KB042031

초뻬이는 죽었다

강병철 소설집
초뻬이는 죽었다
1판 1쇄 펴낸날 2015년 12월 18일
지은이 강병철
펴낸이 이재무
책임편집 박찬세
디자인 이영은
펴낸곳 (주)천년의시작
등록번호 제301-2012-033호
등록일자 2006년 1월 10일
주소 04618 서울시 중구 동호로27길 30, 413호(묵정동, 대학문화원)
전화 02-723-8668
팩스 02-723-8630
홈페이지 www.poempoem.com
이메일 poemsijak@hanmail.net

ⓒ강병철, 2015, printed in Seoul, Korea

ISBN 978-89-6021-252-7 04810
    978-89-6021-251-0 04810(세트)

값 14,000원

초뻬이는
죽었다

강병철 소설집

천년의
시작

책을 엮으며

강원도 원주 작가촌에서 거居할 때이니 세 해 전,
조조할인 영화관에서 혼자 만난 제목이 『건축학 개론』이다. 그리움의 멘
탈에 황홀하게 젖은 채 전신주에 기대어 초가을의 해바라기 중인데 웬 댕
기동자 사내가 허리춤 잡는다. 사주를 봐주겠다며 다짜고짜 찻집에 가자는
것이다. 뿌리치기 힘들어 터미널 벤치에서 두 시간가량 면대에 돌입 직후.
"손으로 먹고사는 팔자군요."
손으로 먹고살지 않는 직업이란 과연 무엇이 있을까? 머리를 짜야 일거
리가 나온다, 와 비슷한 문장이라서 시큰둥했지만 눈빛만큼은 상대를 마주
했으니 조신한 포즈를 취해준 셈이다. 그는 대기층의 떠돌이 귀신들과 외롭
게 사라져간 예언자들의 고초에 대하여 좔좔좔 봇물을 터뜨리다가 선문답
처럼 또 한마디 던진다.
"효심이 깊으신데 마음대로 되지 않으시군요."
그 사연 자체의 절절함 역시 진부함을 벗어나지 못해 시큰둥한데, 마지
막 예언 하나가 솔깃하게 찌르긴 했다.
"예순 초반이 되면 원하는 일이 확 풀립니다. 그 대신 건강 위기가 찾아
올 수 있으니 살얼음판 걷듯 조심해야 하고요."
건강 얘기쯤이야 약방의 감초 정도로 치부했지만 '내가 원하는 일이 잘
풀린다'는 내용에서는 귀가 번쩍 열렸다.
"근데 아저씨 아까부터 뭘 자꾸 적으세요."
되새김질에 빠지기도 하는, 지금이 바로 그 이순耳順의 초입이다.
글판에 들어온 지 서른세 해.

4

여전히 문장 앞에 서면 살얼음판처럼 조마조마하다. 한때 '이 세상에서 가장 깨끗한 사내'로 규정하며 시위대 스크럼에 고개 디밀고 어깨동무도 했었다. 해직 이후 미소와 눈물 사이를 시계추처럼 넘나든 신산의 사연도 숙명이다. 기울어가는 젊음 어느 직후였던가. 응답 찾아 뿌린 씨앗들이 미루나무처럼 쑥쑥 커서 스승의 그늘을 만들어주어서 철없이 행복하기도 했었다. 그랬다. 울타리 공동체를 떠올릴 때마다 아스라한 청사진이 떠오르기도 하는 것이다. 그렇게 멍든 상처 식히다가도 노여움에 울컥하는 이유도 나는 잘 알고 있다.

열세 번째 책이다.

비로소 분필쟁이 벽에 숨어 결벽적으로 메스를 대었던 습성에서 무장해제를 시도했음도 밝힌다. 진정성의 토로가 적나라할 수도 있겠다. 그러나 글은 아무리 솔직하게 옷을 벗어도 삶보다 절박할 수 없다. 미안하다, 울면서 고백해야 할 부분에서는 슬그머니 피하는 게 약점이요 내 스타일이다.

이 세상 동반자들 모두에게 전폭적으로 감사드리며.

2015. 초겨울
강병철 씀

5

● 차례 ●

춘빼이는 죽었다

초뻬이는 죽었다

큰형이 죽었다.

초삐이와 용역 대기자 문턱만 들락거리던 망자 백돈희의 이름자를 오랜만에 불러본다. '용역' '운반' '건설' '나머지 모든 잡일'이라는 코팅 앞에서 아침 담배 뻑뻑 죽이던 피붙이의 이름자다. 기다리고 기다리다 노가다 배정 쪽지 순번을 받으면 벽돌을 나르거나 골재를 지고 허공 계단을 올랐다. 자투리 잡일은 농번기와 농한기의 차이가 컸다. '밭텡이'라는 품팔이나 트랙터 대모도 일이 가장 많은데 그마저 동남아인들의 진출로 일거리가 쪼그라들어서 만만치가 않았다나. 일거리가 떨어지면 상갓집 초삐이로 기웃거렸다.

용역 깡패 노릇은 처음부터 제외시켜서 그나마 다행이었다. 만약 병구 형이 시키는 대로 철거민 해체 재개발 현장에 투입되었더라면 그는 총알 대용 돌격대로 용맹무쌍 앞장섰다가 쇠파이프 한 방에 낙엽처럼 떨어졌을 것이다. 그랬다. 철거민 스크럼을 향해 돌진하다가 돌팔매 한 방에 짚토매처럼 쓰러지면 그게 끝이다. 부실한 몸의 사연이 깨진 그릇 조각처럼 아주 일찌감치 잦아들었을 게 확실하다.

큰형의 전문성이라면 그나마 못 박는 기술이었다.

각못은 한 방에 쳐 해결했고 민머리못은 두 방, 대갈못은 일곱 번 만에 끝냈다. 눈썰미로 차분히 가늠해서 각도와 타격을 정확히 맞췄으니 그것만은 몸으로 때우는 게 아니라 솜씨가 붙은 숙련 기술이었다. 못대가리 빳빳이 세우며 눈자위 바르르 떨던 순간이 가장 진지한 모습이었는데.

"1인치 각못은 '탕' 하는 단방짜리고 2인치 민머리못은 두 방 '탕 탕', 한 뼘 가웃 대갈못은 '탕탕탕탕 탕탕탕' 일곱 방으로 조근조근 죽여야 해."

대갈못 박는 일곱 번째 굉음에서는 삼삼칠 박수처럼 우쭐대며 잘랐으니 그게 큰형의 에너지 포즈로는 유일한 몸짓이었던 것 같다.

그 후 초삐이 행태로 변조되면서 그런 몸짓은 서서히 잦아버렸다.

초상집 출입에 맛들이면서 인력 센터 출근부에 빨간색 날짜만 부쩍 늘어났으니 그게 알콜 중독 막장 드라마의 예고편인 셈이다. 언제부터였나, 소리시市의 모든 상갓집에 슬쩍 옷깃만 스쳐도 재빨리 끼어들어 아예 술 도가니 코스에 빠지곤 했다. 나중엔 세상이 술과 안주 두 가지 종류로만 보였는지 고추밭을 지나가다가도 입맛 쩝쩝 다시며.

"저걸 따서 고추장에 푹 집어넣었다가 쏘주 두어 병 비우면 하루가 신나게 지나가는데."

하며 혓바닥을 날름거렸다. TV의 '남극의 눈물' 같은 프로에서, 온난화로 거대한 빙산 덩어리가 둥둥 떠다니는 '지구, 위기의 생태계' 장면이 방영되면.

"빙하 세상에서는 펭귄 고기 한 사라 생으로 잘라서 톡톡 튀는 배갈 한 병이 후끈후끈 추위도 가시고 아주 딱인데."

심지어 인력 센터 사무실 어항 속 열대어들이 햇살 받으며 알록달록 지느러미 흔드는 아스라한 장면에서조차 입맛 쩝쩝 다시며.

"금붕어나 참붕어나 똑같은 매운탕 거리거든. 미나리 모가지 잘라 수북이 얹어놓고 살짝 데치면 아주 죽여주지. 뼈는 뱉아서 고양이 주고. 이."

모든 화면들이 맞춤형 술병에 바싹 붙어 안주로 둔갑하는 것이다.

그런 낭만적 상상력은 아무에게도 인정받지 못했다. 남들은 단지 그의 죽음도 초삐이의 알콜 반사작용일 거라며 가볍게 정리했을 뿐이다. 그러니까 사돈의 팔촌 장례식장에서 거나하게 걸치고 하얗게 날밤까지 새우고 돌아오던 날 아침.

겨우 프라이드에 받혀 생을 마감한 것이다.

인터넷 신조어 초삐이는.

'초상집 베짱이'의 줄임말이다. '초상집마다 잽싸게 끼어드는 문상객', 즉 상갓집 찾아다니며 밥과 술과 세월을 죽이는 반식객이다. 큰형이 원조 룸펜과 다르다면, 한 달에 열흘 이상은 노가다 전선에 임했다는 점과 불안하게나마 식솔들이 수세미처럼 대롱대롱 매달려 있었다는 점이다. 나머지 시간은 그 부류들 행보대로 움직이면서 아예 생김새까지 바뀌었다. 상갓집 투명인간에서 점차 어엿한 실세로 탈바꿈하는 것이다. 선수급에 진입하면서 장지 문제나 호상꾼의 일처리 순서, 심지어 상주 앞에서 염의 진행 절차까지 브리핑하면서 밤마다 망자들의 추모 실세로 동참했다. 그 헌신적 투자의 동참 기간 2박 3일은 그야말로 주안상 천국이므로 당연히 인력 센터에 출근하지 않았다. 상갓집 역시 '주酒사파'들이 바글거려야 조금은 어울리므로 절반의 합법 공간으로 방치시켜주었다.

프로 식객답게 장례식장 풍경의 서사성도 만들어내었다.

철공소 둘째 딸이 남편의 술주정에 맞붙다가 갓난아이 숨통이 끊어질 뻔한 스토리도 정통한 소식통으로 전달했다. 부부 싸움 직후 주정뱅이 사내가 먼저 푸르락푸르락 술집 찾아 뛰쳐나갔는데 곧바로 아내까지 머리칼 흐트러진 채 문을 박차는 바람에 갓난아기 혼자 꺼억꺼억 눈이 뒤집어졌다는 사연을 조물조물 풀어줄 때면 구경꾼들의 혓바닥도 바싹바싹 말라붙었다. 신새벽, 술떡이 된 남편이 문을 열자마자 숨이 잦아진 갓난아이를 발견하

13

고 119로 실어갔다나, 어쨌다나.

예순둘 생신, 경축날 비명횡사한 양파 농사꾼 박 영감 사연도 그중 하나다. 저녁 식사 후 대청마루 둥근 상에 모인 온 식구가 하하호호 유희에 빠진 잔치의 파장이었다. 다섯 살 손녀딸이 할아버지 품에 폭싹 안겨.

"엄마 곰은 날씬해. 아기 곰은 너무 귀여워, 뒤뚱뒤뚱 귀여워."

재롱잔치 중 갑자기 울음을 터뜨리며.

"할아버지가 죽었어!"

기함하며 발라당 나자빠졌단다. 아닌 게 아니라 손녀딸이 바싹 안기는데도 벽에 기댄 채 목석처럼 움직이지 않는 게 수상하긴 했었다. 반달곰처럼 덩치 큰 노처녀 맏딸이.

"아부지가?"

손바닥으로 화들짝 볼을 감싸았을 때는 이미 얼음장처럼 차가워.

"아이구머니, 저승으로 갔다아."

뒤로 넘어지면서 허연 허벅지 사이로 양파 다발이 대굴대굴 굴렀다던가. 그렇게 여기저기 장례식 사연을 짭짤하게 끌고 왔지만.

자전거 앞바퀴가 보행선 너머 튀어나온 게 이유였다.

그날따라 일이 없어서 아침부터 인력 센터 그늘에 쪼그려 앉아 번호표 호출만 하염없이 기다리다가 집으로 돌아가는 중이었다. 큰형의 잘못은 딱 한 가지다. 앞바퀴가 신호등 앞 아스팔트 노란 페인트 너머 우측 핸들 방향으로 나가 있는 것을 깜빡한 것뿐이다. 직진하던 프라이드 운전자가 '빨간불로 바뀌기 직전의 노란불'을 빨리 통과하기 위해 과속 질주하는 그 순간 두 꼭지점이 정확하게 일치되었으니, 그게 운명이다. 아주 모처럼, 두 볼이 태양 바라기로 불콰하게 달아오르는 찰나, '꽉' 소리와 함께 삭은 장작 몸뚱이가 허공에 '통' 튕겨진 것이다.

'하필 낡은 프라이드로 마감하다니.'

죽을 자리를 제대로 고르지 못한 것도 안타까웠지만.

문상객들의 '함부로 넘겨짚기'도 억울한 장면이다.

그들은 망자의 죽음을 음주 행태와 연결시키기 위해 알리바이 꿰맞추기에 연신 부심했지만 그건 진실이 아니다. 아스팔트가 술 냄새와 피 냄새 범벅으로 후끈후끈 쏟아졌다 치더라도, 큰형은 돌발 사고 직전까지 분명히 교통신호 규칙을 준수한 상태였다.

마지막 공간의 일치랄까.

바로 전날, 똑같은 병원 장례식장에서 술상 받은 초뻬이 문상객이 다시 다섯 시간 뒤에 그 건물 옆방 주인공으로 자리 잡은 것이다. 흔히 말하듯 얼굴엔 상처 하나 없었는데 가슴 아래로 핏덩어리가 고깃덩이처럼 뭉쳐 있었다고.

망자의 빈소는 장례식장 전체에서 유일하게 조화가 없었다.

문상객 역시 설계사무소 큰 조카의 직장 동료 두 팀을 제외하면 피붙이와 형 친구들 몇몇이 전부였다. 그나마 한 무더기가 모여 소리치며 고스톱 훈기 남기던 바로 그들, 망자의 벗들이었다. 기십 년 전 소리시 C급 건달 출신들로 아슴아슴했던 얼굴들이 25년 지난 형상으로 가물가물 드러내려는 참이다.

'저 사람이…… 아, 그렇구나.'

반가운 해후는 선혀 아니었다. 다만 시장패 언저리 새끼 건달이나 장돌뱅이 스무 살을 보냈던 그들의 표정에도 세월의 신산고초가 덕지덕지 붙어 있었을 뿐이다. 창수 형의 반백 스타일은 그런대로 평탄한 초로를 보여주고 있었지만 병구 형의 세모꼴 대머리에 움푹 패인 송충이 세 마리는 깊고 음습했고.

작은형이 여전히 깎은 밤톨처럼 단정했던 건 처음이 아니라.

집안 행사차 얼굴을 비칠 때마다 항상 넥타이 정장 차림이었으므로 생김새부터 표시가 확 드러났던 터이다. 당연했다. 우리 집 오리지널 핏줄 삼형제 중 유독 작은형만 무탈했던 이유는 순전히 어머니의 가출 때 치마꼬리를 놓치지 않았기 때문이다. 그랬다. 안 잡는다면 모르되 일단 잡았으면 손톱이 벌겋게 까져도 놓치지 말아야 하는 게 정답이다. 지금은 남남으로 익숙하므로 미움과 사랑조차 전혀 없는.

작은형의 선택이 당연히 맞았다.

우선 공부를 할 수 있었다. 초등학교 졸업장이 전부였던 그가 1년 만에 검정고시를 통과했고 서른 직전에 바늘구멍 공무원 시험에 합격해서 부동산 사업자를 아내로 맞이한 것은 순전히 어머니의 치마폭을 놓치지 않은 탓이다. 만약에 작은형조차 다른 피붙이처럼 아버지를 선택했더라면 그도 평생 노가다로 때우다가 '바람 빠진 풍선'처럼 푸석푸석 쪼그라들었을지도 모른다.

내(53세, 철공소 사장)가 염 행사 자리에 조금 늦게 들어왔을 때.

16

큰형은 흰 천이 깔린 철제 테이블 위에 고즈넉이 올려져 있었다. 염은 망자의 성인 가족들과 친구 딱 두 명만 간추려서 참관했는데, 미망인이 된 큰형수, 동생인 작은형 송민길(어머니의 재혼 후 작은형의 성은 '백'에서 '송'으로 바뀌었다.) 부부도 입술을 굳게 닫은 채 자리를 지켰다.

흰 천을 걷어내자 냉동 생선처럼 뻣뻣한 망자의 시신이 드러났는데.

눈동자가 아래로 쳐지면서 흰자위만 덩그러니 드러났을 뿐 하얗고 반듯했다. 시신이 일체의 미동이 없듯이 유족들의 입술도 굳게 닫혀 있었다. 그때 나는 보았다. 그 흰자위 눈빛의 위력을 딱 한 번 실감했던 기억의 스크린이 번뜩 되살아나는 것이다.

독사에게 삽날 겨누던 그 눈빛을.

벌판마다 시퍼런 물감이 뚝뚝 떨어지는 유월의 고추밭에서 딱 한 번 보았다. 풀갈이 밭텡이 중이었는데 발목 장화 옆으로 하필 까치독사 한 마리가 '샤악' 혓바닥 내민 것이다. 인간과 독사는 단지 처음 만났다는 이유로 목숨을 거는 결투에 돌입해야 했다. 팔다리 전혀 없는 즘생 하나가 무장한 인간과 맨몸 대결 자세를 취하는 것이다. 처음에는 독사의 포즈도 만만치 않았다. 큰형이 번쩍 치켜든 밭두렁 각삽을 향해 부지깽이 몸을 당차게 세우며 적의를 불태울 때만 해도 제법 맞설 만할 줄 알았다. 그런데 아니었다. 아주 잠깐 침묵 후 독사가 '쉿' 혓바닥 세우며 고개를 내리찍는 순간 큰형이 흰자위 번뜩 드러내며 삽날을 휘둘렀다.

딱.

독사의 몸이 두 동강 나면서 수직으로 쏟아지던 고추밭 땡볕들이 조각조각 흩어졌다. 고추나무들은 외면한 채 수도승처럼 묵묵히 엽록소만 끌어올렸을 뿐이고.

염장이들은 고인에 대한 석별 예우가 깍듯해서,

벗긴 몸을 아주 극진하게 만져주면서 순간이나마 이승과 저승의 거리를 까마득하게 벌려놓기도 했다. 혼신의 정성으로 극진하게 만지고 쓰다듬으며 망자에의 예우를 갖추는 것이다. 알콜 헝겊을 손가락 사이에 끼고 발바닥부터 지성으로 닦아내더니 사타구니 맨살을 거쳐 서서히 배와 가슴 쪽으로 거슬러 올라갔다. 콧구멍을 깨끗이 비워내고 헝겊을 동그랗게 말아 끼운 염장이가, '보시오' 하는 눈빛으로 마침내 마감을 예고했다. 흰 가운을 차분히 여미다가 홱 돌아보더니.

"저승행 여비 풀어주세요. 마지막이우."

그 말이 떨어지자마자 고즈넉이 지켜보던 지인들의 눈빛에 자르르 동요가 일어났다. 그리고 쉽게 열리지 않던 지갑을 하나씩 벌리기 시작했다. 그때.

"나쁜 새끼야."

후엉후엉 소리가 터지는 바람에 망자의 배웅객들 모두 회들짝 놀란다.

초로의 사내는 배춧잎 세 장을 꺼내 훠이훠이 뿌리며.

"니가 먼저 나한테 전화했잖아. 홍합이랑 쏘주 한판 삐뚜러지게 벌이자
더니 왜 죽냐구? 스발 새꺄."

병구 형이다.

그가 망자와의 작별 표시로 배춧잎 석 장을 올렸으니 잔틀은 아닌 셈이
다. 연탄불 석쇠로 굳게 닫혔던 조개들의 속살 끄집어내어 고추장 치자고
약속했던 빈한한 사연을 푸짐하게 털어내는 것이다.

"이거로 저승길 노자나 하게. 칭구."

이번에는 양복 신사가 목소리 낮추며 차분하게 다가왔다. 지갑에서 딱
만 원 한 장만 꺼내어 가슴 맨살 위에 살며시 얹어놓은 다음 뒷걸음질 친
건 필시 창수 형이다. 나도 냉동 시신 위에 지폐 두 장을 올리면서 그렇게
염장이와 혈육에 대한 예를 갖추며 곁눈질했다. 왼쪽 눈썹 아래 손톱만 한
흉터의 기억을 더듬는 순간 병구 형과 눈빛이 마주쳤기에, 재빨리 알아본
표정을 지어야 했다.

"동생 백창길입니다."

뜨악한 표정을 짓던 그가 마침내 알아본 듯 얼굴이 환하게 펴졌다.

"알겠다. 아, 느이 집에서 라면도 마이 먹었지. 아이고 그거이 다 옛날
이네."

남도 사투리가 묻어 있는 목소리 여기저기에서 장돌뱅이 흔적이 묻어
나왔고.

깨끗이 닦아낸 시신을 삼베옷으로 갈아입히더니 두 다리를 가지런히 모
은다. 시인의 문장처럼, '죽어서야 처음으로 정갈한 삼베옷 한 벌 맞춰 입
는' 중이었다. 수의로 갈아입힌 온몸을 꽁꽁 묶더니 시신을 담은 관까지 다
시 겹헝겊으로 칭칭 동여매는데.

"아악!"

이번에는 큰형수의 돌발 영상이다. 지아비의 염을 뙤똑하니 지켜보던 미망인이 단방에 자지러지며 목이 수수깡처럼 뚝 꺾이는 것이다. 눈동자가 풀리고 하얀 목살까지 바르르 떨리는 돌발 상황에 모든 동작들이 우뚝 멈췄는데.

"정신 차리세요. 아이고."

나머지 사람들도 화들짝 소용돌이치며 큰형수의 수수깡 허리를 부랴부랴 끌어올렸다. 금세 쌍초상이라도 벌어질 듯 술렁이는데, 순간 옆구리가 뜨끔한 것이다. 작은형수의 손가락 기습에 깜짝 놀란 내 군살이 딱딱하게 뭉쳤는데.

"걱정 마세요. 삼촌, 저건 형님이 쇼 하는 거니까."

귀엣말이 쩍쩍 달라붙는 동시에, '결국 이렇게 흘러가는구나' 하는 아찔함이 이마를 '딱' 때리는 것이다. 쓰뭉하게 서 있는 내 반응이 답답했는지 작은형수가 재차 입술을 붙이며.

"놀란 척 적당히 분위기 정도나 맞춰야겠죠. 시간이 해결해주니까. 알겠죠?"

나는 발갛게 달아오른 표정으로.

"웬 쇼요?"

통방구리로 어리둥절 반문했다. 흩어졌던 하늘 조각들이 다시 쨍그랑쨍그랑 점액질 반죽으로 합체되는 중이었다. 그러거나 말거나 그미는 나의 반문에 더욱 고무된 듯.

"기절 놀이로 사람들의 관심을 끌어보려는 거예요. 생각해보세요. 남편이 죽었는데 응달 그림자처럼 숨겨져 있으면 미망인 체면이 말이 되겠어요. 적당한 타임을 잡았네요. 유치찬란하긴. 우리 성님."

기절 소동 작전으로 상갓집 주역을 확보한다는 것이다. 아닌 게 아니라 큰형수는 예전에도 돈이나 집문서 문제로 가족 갈등이 절정에 이를 즈음

19

느닷없이 배를 싸안고 뒹굴어서 판세를 뒤바꿔놓기도 했다. 소위 판세 뒤집기 혼절 소동이라는데.

"나중에 화장터 불길 속으로 함께 들어가겠다고 데굴데굴 구르는 게 하이라이트일 걸요. 가스관 터뜨리고 같이 죽자며 고래고래 난리 블루스도 연출될 거고. 그게 죄다 부촛돈과 연결될 테니. 풋."

그러니 그 돌발 영상도 기실 기십 년 내내 터지던 규칙적 연출의 연장일 뿐이다. 윗동서가 자지러지면 아랫동서가 그렇게 콧소리 킁킁 찍으며 잘라내던 재생 영상도 마찬가지다. 그러거나 말거나 작은형은 묵묵부답 고요하게 몸의 균형을 지탱하는 중이었고.

그 음습한 동굴 속에 갇힌 운명은 아버지 탓이다.

고무신 공장에서 쫓겨난 서른다섯 이후 단 한 번도 고정 수입을 가져오지 못한 아버지 탓이 당연하다. 진짜 우리들은 음습한 쪽방과 팅팅 불은 라면이 불변의 운명인 줄 알았다. 시장통 품팔이 그 곤궁한 생활이 큰형에게 고스란히 대물림되었는데, 그나마 그에게는 아버지와 달리 몇 명의 친구가 붙어 있었던 점이 다르긴 했다. 그래서일까, 큰형은 소리시 골목길 토박이 몇몇 친구들에게만 유독 공을 들였다. 주머니가 바닥나면 가겟방 외상 장부까지 거침없이 뽑아내었다. 그렇게 세간 밑천 뽑아내는 밑 빠진 독이었으므로.

집안에서는 작은형에게 밀리면서 애당초 만상제 자리의 존재감조차 없었다.

작은형은 어렸을 때부터 소유물 개념이 분명했다. 자투리 장난감까지 정리하여 색종이로 품목을 정리한 종이 박스는 비밀 창고처럼 지퍼가 채워져 아무도 손댈 수 없었다. 틈틈이 공부도 챙기면서 성적도 중간 이상까지 올려놓았으니, 물과 기름처럼 뱅뱅 돌던 큰형은 그나마 작은형과 헤어진 후 남남보다 더 서먹해졌다.

어머니가 벼랑 끝 선택으로 집을 나간 것도.

당연히 아버지 탓이다. 아버지는 품팔이 일당에 취할 때마다 술 냄새 풍풍 풍기며 아들 삼 형제를 꿇어앉혔다. 그리고.

"나도 왕년에 한주먹 했다. 스쳐 맞으면 한 방이고 제대로 맞으면 뻗었다."

그 장돌뱅이 테이프를 재탕 삼탕 우려내었고, 그때마다 조무래기 삼 형제는 굽힌 무르팍이 저려서 머릿속까지 하얘지곤 했다.

지어미를 방심한 게 결정적 이유였다.

아버지는 귀싸대기나 발길질을 날릴 때마다 어머니가 삼류 신파처럼 꺼이꺼이 어깨만 들먹일 줄만 알았으니, 묵을수록 독해지는 여자의 서릿발 서슬을 놓친 것이다. 발길질로 채일 때마다 '일어서라, 일어서라' 꺼풀 벗겨지면서 그미의 눈빛이 번뜩번뜩 빛날 즈음이다.

아버지의 손바닥에 머리칼이 한 움큼 뽑혔던 날.

마침내 어머니는 꽁꽁 묶은 보따리를 움켜쥐었다. 나(11세)는 집을 나가는 보따리 옭매듭에서 어금니 깨무는 소리가 들린다는 비밀을 처음 알았는데, 그게 끝이었다. 울면서 떠나간 보따리는 다시는 집으로 돌아오지 않았다.

"어머니를 따라갈 거야."

작은형이 문지방 넘던 보따리 매듭을 잡아당겼다. 손목에 파란 핏줄까시 바르르 떨렸지만 움켜쥔 치마꼬리를 절대로 놓치지 않았다.

"어머니 말씀에 순종할 거야. 배가 고파 배창자가 끊어져도 절대로 밥 달라고 안 조르고 끝까지 참아낼 거야. 독하게 공부해서 성공할 거라구요."

그렇게 차악의 선택으로 최악을 피할 수 있었다.

어머니의 새 남자네는 돈줄이 그럭저럭 돌아가는 집이었으니.

전축과 옷장이 있었고 침대 위에는 빙빙 돌아가는 붉은 조명까지 있고 저물녘이면 잠자리 날개 같은 잠옷으로 갈아입는다고 했다. 무엇보다도 집안 여자에게 손찌검 따위를 벌이는 시정 조무래기가 아닌 게 가장 행복했다. 가끔 양복에서 기생집 술청의 분 냄새는 풍겼지만 일단 집에 들어와서만큼은 화초에 물도 뿌리고 전구다마도 갈아 끼우며 새로 합친 가족들과도 무난하게 소통했다.

화단 앞에서 신문 보는 모습이 가장 새롭고 기품 있는 풍모였다.

새벽마다 벽돌 의자에 앉아 돋보기 너머로 신문을 훑는 가장의 모습은 품격부터 확연히 달랐다. 작은형이 고등학교 졸업 자격증을 따고 공무원 시험까지 통과할 수 있었던 이유는 그렇게 어머니의 새로운 환경이 뒷받침되었다는 점이다. 남아 있는 가족들은 그만큼 더 폭삭 주저앉았다. 몇 년 뒤 큰형도 집을 떠났기 때문에 나 혼자 떨어진 이삭을 챙겨야 했으니.

아버지는 안방에서만 승냥이 신음으로 깃털을 세웠을 뿐.

대문 바깥에 나서는 순간 무기체가 되었다. 집 나간 지어미가 양평 어디쯤에 살림 차렸다는 풍문을 듣고도 농짝을 깨부수거나 석유통을 불사르지도 못했다. 포목상 사내와 눈 맞고 배 맞아 살림 차렸다는 깨꽃 소문이 문풍지 사이로 쏟아졌는데도 시불시불 쏘주병만 죽이다가 기껏해야 남아 있는 어린 아들 둘에게 매운 꿀밤만 날릴 뿐이다. 그런 아버지가 새파란 여자를 꿰어찬 것도 신기하다. 눈두덩에 시퍼런 점이 달렸지만 잘록한 뒤태를 지닌 여자가 어느 날 갑자기 아버지의 방에 합체한 것이다.

동사무소 서류 처리까지 모두 어린 내가 떠맡은 이유는.

아버지가 관공서 문패 앞에 서면 몸이 뻣뻣하게 굳었기 때문이다. 그랬다. 소리시로 이사 가면서도 전학 수속을 밟지 않은 것도 순전히 아버지가 동사무소의 행정 절차를 두려워했던 탓이다. 그 대신 나에게 하루 왕복 차비로 버스표 네 장 값 40원만 달랑 주었는데, 이문동까지만 왕복 네 시간이 걸렸고 버스에서 내려서도 꼬박 40분을 더 걸어야 했다. 그나마 배차

간격이 시간당 한 대씩이었기 때문에 행여 놓쳤다 하면 쪼그려 앉아 하염없이 기다려야 했다. 육성회비나 미술 준비물 때문에 '엎드려뻗쳐'에도 이골이 붙었던 어느 날이었던가, 35원으로 등교하는 상황이 벌어졌다. 동전 네 개 중의 하나가 5원짜리였던 것이다.

돈을 빌릴 엄두조차 낼 수 없었으므로 무작정 걷기로 마음먹었다. '죽이 되건 밥이 되건 하루는 흘러간다'는 배짱도 있었다. 하굣길 첫 버스에서 내린 후 오뎅 한 꼬치로 곱창을 채우니 몇 시간 버틸 만한 결의가 다져지기도 했다. 그렇게 세 시간쯤 지났을까, 골목길 깨진 가로등까지 회색빛으로 잦아지고 있는데, 문짝을 열자마자 바가지 깨지는 소리가 켁켁 터졌다.

"이 새꺄. 빨리 와서 방 닦고 설거지해야지, 쓸개 빠진 놈."

내가 훌쩍거린 건 아버지가 던진 플라스틱 바가지가 아파서가 아니었다. 어느 날 불쑥 합쳐진 새어머니까지 부부 짬뽕으로 궁합을 맞추며.

"아가, 왜 속을 썩이닛?"

부엌 쪽으로 밀치는 척 몸을 가리더니 검지손가락으로 눈을 찌른 것이다.

늦게 만난 새 부부는 아홉 살 소년을 합동으로 때린 다음 합동으로 살을 섞었다. 나 혼자 건넌방에서 뽀드득뽀드득 공복을 견디고 있는데 그들 부부는 김치 한 접시 놓고 이마를 맞대었다.

"묵으쇼."

"잡숴, 당신."

하며 쎄쎄쎄 쏘주잔 각 일 병씩 오순도순 비우며 전야제를 준비했다. 그날 밤 쪽방 너머로 중년 남녀의 깨꽃 같은 신음 소리를 들으며, 처음으로 수음을 했다.

아버지가 새 여자와 꼭대기 동네에 따로 떨어져 살면서.

큰형 친구들의 출입이 더욱 잦아졌다. 입대 영장 받기 직전까지 빈둥대는 백수들 아지트로 '입에 맞는 떡'이 뚝 떨어진 것이다. 그랬다. 학력 별무 백돈희는 교복 출신 백수들을 위하여 그렇게 자기의 노가다 일당을 떼거나 동생인 내 주머니까지 털어 기꺼이 수발을 자청했다. 나는 길바닥 동전까지 자린고비처럼 애지중지 품는 중인데, 그들이 풀방구리처럼 들락날락 축낸 게 문제다.

라면 안주로 대낮부터 쏘주병을 깐 뒤.

불콰한 낮술 기운으로 기타 치며 노래를 부르기도 했다. 그들은 쪽방의 음습한 분위기와 다르게 통기타와 포크송만 죽어라고 애창했다. 어니언스의 「저 별과 달을」 김정호의 「하얀 나비」 그리고 「Take me home country road」나 「Beautiful sunday」 같은 팝송까지 곁들이며 먹물식 낭만에 파묻히려 했다. 김세환의 「작은 새」나 양희은의 「아침 이슬」을 부를 때 얼핏 지적인 비장함까지 보였던 그 분위기에 취하면서도 백수나 노가다에서 아주 잠깐 낭만적 청년으로 변신하는 것이다. 애창곡 십팔번지는 송창식의 「날이 갈수록」이다. '캠퍼스 잔디밭엔 또 다시 황금 물결 잊을 수 없는 얼굴, 얼굴, 어얼굴들. 루루루루 꽃이 지네. 루루루루 세월이 가네.' 그렇게 아무 상관없는 신기루 캠퍼스를 떠올렸다가 아슴아슴 지워내는 순간이 가장 행복한 표정이었다. 그리고 다음날 큰형 혼자 '남들의 캠퍼스'를 털어낸 채 질통을 지거나 방통을 쳤다. 골재를 퍼서 공사판 열여섯 계단 서른두 계단까지 하염없이 기어올랐다.

문제는 그 스무 살 백수들이 고스톱 치고 우르르 라면을 끓일 때마다 우리 형제의 주머니만 바삭바삭 말라간다는 점이다. 병구 형이 책받침 피크로 기타 줄을 드르륵 긁으며.

"쥔 양반 돈희야, 라면 먹을 시간이 되었쇼. 우히히히."

그때마다 쏘주병도 자발적으로 운송해왔고 냄비에 부글부글 물도 끓였다. 솔직히 창수 형이나 진섭이 형은 돈을 내진 않았지만 설거지 자원봉사라도 했으니 기본 양심은 지키는 편이었다.

"대신 주방 시다바리는 제가 다 합니당. 밥값으로 됐지?"

너스레 떨면 얄미워도 그럭저럭 넘어갈 수 있었다.

라면과 담배와 쏘주까지 공짜 잔치 벌이는 병구 형이 당연히 미운털 1호가 되었는데, 그때마다 나는 부글부글 속을 끓였다.

'안 돼요. 함부로 몸을 열면 아무 것도 남지 않아요.'

밑바닥이 훤히 드러난 라면 상자의 아우성을 다독이다가 순간적으로 울화통이 폭발한 내(15세)가 기차 화통을 터치며.

"건드리지 마. 내 라면이야."

라면 봉지를 콱콱 밟을 때마다 '삐용삐용' 두더지 때리는 방망이 소리가 터졌다. 기타 소리가 뚝 그쳤고 나는 이왕 높인 목청을 더욱 돋웠다.

"그만 먹으라구요. 형들은 이게 간식일지 모르지만 이건 내 하루 식량이요. 내가 뼈 빠지게 프레스 공장 멕기칠해서 벌어온 식량이니까 꽁으로 먹지 마세요. 형들이 라면 축낼 때마다 나는 밥을 굶게 된다구. 제발."

싸늘한 냉기가 쏟아졌다. 큰형은 홍당무 표정으로 '후우후' 고개를 돌리는데 병구 형이 먼저 혀를 끌끌 차는 척하다가 내 목덜미를 확 잡아당겼다. 나는 문지방 끝을 잡고 시끈시끈 버티면서.

"놔요. 시발."

"니가 잘못한 거잖아."

큰형의 목소리가 '말리는 시누이'처럼 가슴에 못을 박는데, 병구 형은 기어이 골목까지 질질 끌고 나오려는 것이다. 똬리 틀며 버티는 나에게 유들유들한 목소리로.

"형님들한테 시발이 뭐예요. 뒤에 두 번씩이나 '요'자도 안 붙이고, 이. 니 견적이 쪼깨 두꺼워진 건 알겠는데."

앞차기가 날아오는 줄 알고 몸을 뒤로 젖혔는데 훅이 들어왔다. 배를 쓸어안고 엎드리자 등짝으로 주먹이 박혔다. 한 방만 더 날아오면 나도 진짜 와장창 엎어버리리라 마음먹는데 그대로 끝난 이유는 낡은 슬라브 때문이다.

"그러지 마욧. 따식아."

태권도 돌려차기 자세를 취하려던 그가 '흡' 소리를 지르며 얼굴을 감쌌다. 벗겨진 구두짝에 맞은 슬라브 모서리가 힘없이 무너지면서 병구 형의 면상을 그대로 긁어버린 것이다. 처음에는 가느다란 생채기였는데 벌어진 살갗 사이로 피가 뚝뚝 떨어지면서 금세 얼굴이 피갑칠이 되었다. 나는 재빨리 깜짝 놀란 척.

"괜찮아요? 형."

소매 끝으로 닦아준 다음 한 발 물러섰다. 혹시 하고 바깥으로 우르르 몰려나왔던 형 친구들이 하얗게 질려버렸다. 처음에는 나한테 얻어터져 피투성이가 된 줄 알고 납덩이처럼 굳어버렸는데, 다행히 병구 형이 먼저.

"헛발질에 넘어진 거야. 쪽팔려."

하면서 일단락되었다. 그 흉터를 달고 그가 입대했던 게 엊그제 같은데, 벌써 초로의 세월이 흐른 것이다.

제대병 병구 형과 다시 관계의 끈이 이어진 시점은.

공사판 일손이 딸릴 때마다 큰형을 불러다가 시다바리로 써먹기 시작하면서부터다. 주로 나사못 뽑기나 전선줄 운반, 청과물 시장 하역 작업이나 리어카 끌기 등 오로지 몸으로 때우는 단순노동인데, 몸의 손상을 마다하지 않는 큰형의 바닥 근성을 추켜주면서 고무줄 일당의 유도리를 이용하는 것이다. 한 달 품값 중 보름치 남짓 정도만 쥐어줘도 관계가 끈적끈적 이어지는 건.

큰형의 외로움과 조급증 탓이었다.

작업 중 누군가 '백 씨' 하고 부르는 소리가 들려야 마음이 놓였고 집에 들어가기 직전에 쏘주 서너 병은 비워야 하루가 채워지는 것이다. 그 틈새로 자리잡은 거간꾼 병구 형의 반쪽 공수표는 솔직히 입을 싹 닦은 것은 아니고 손이 끊어지지 않을 만큼만 배급을 주는 것이다. 한 달에서 일주일 치를 뺀다든가 보름 분에서 닷새 치를 삭감하면서 그렇게 '악어와 악어새'의 고무줄 공생이 수십 년을 이어갔다. 밀린 임금 지급 날짜의 저물녘 즈음 술집으로 호출해서.

"돈희야, 미안허이."

병구 형은 품값의 절반 치를 마치 자기가 접대하듯 술값으로 헤프게 주물렀다. 시장통 뺀니 바른 아줌마까지 슬쩍 옆구리 가까이 밀어붙이며.

"잘해드려."

자기 돈처럼 거드름 피우면, 큰 누나뻘 작부가 화장품 냄새 스멀스멀 풍기며 '옵바 옵바' 달라붙어 허벅지도 비볐을 것이다. 처음에는 '업힌 새끼 돼지 눈뜨듯' 조신한 표정을 짓던 큰형도 취중 배포가 커지면.

"친구끼리 시혈 무슨 돈 얘기냐. 그냥 마셔. 짜샤. 브라자."

젊은 날 뚫린 구멍이 주기적으로 길이 났지만 큰형은 죽기 직전까지 병구 형 브로커에 끌려다녔다. 그렇게 고무줄 공생 관계로 생존 전략 유지 중인데.

여자를 만난 운명적 끄나풀이 부실한 서까래를 한동안 받쳐주었던가.

행운성 사고 직후 분가한 사건이 큰형의 유일한 전성기였던 것 같다. 그 반쪽 짚신 사내가 '굼벵이 뒹구는 재주'처럼 스물한 살 젊은 여자를 덜컥 꿰어찬 것이다. 약국집 담장 벽돌을 나르던 짚신짝 연분 덕분이다. 그랬다. 약사네 식모는 둥그런 얼굴과 훤칠한 키 그리고 동치미 피부로 헤픈 백치미 웃음을 던져주곤 했단다.

나와 병구 형들과의 관계는.

큰형의 동거가 신혼집 쪽방으로 옮겨지면서 사실상 끊어져버렸다. 은밀한 사생활 커튼을 훌러덩 열어젖힌 채 히죽대는 반건달들의 웃음보를 도저

27

히 봐주기가 민망했다. 아이스크림으로 불러내었고 깨진 가로등 아래에서 옷 속에 손을 넣었다던가. 시다바리 백돈희는 그렇게 덩쿨째 굴러온 호박을 귀하게 모시지 못했다.

형수의 식당 서빙으로 월세 2만 원짜리 단칸방에서 살고 있었는데.

고주망태로 쩐 채 밤 12시 이후에야 들어왔고, 12시가 넘지 않을 때는 꼭 도시락 반찬통처럼 두어 화상씩 옆구리에 달고 들어왔다. 지아비의 친구들은 쏘주상 받치자마자 오이 조각 씹으며 음담패설을 와르르 쏟아내었다.

"언제 하냐?"

"문고리 열고 들어서자마자. 흐흐흐."

"완죠니 벗고?"

"흐흐. 설거지통 붙잡고 치마만 올리고."

큰형수까지 민망한 술상에 끼어 흘멍흘멍 웃는 것이다.

그나마 큰형수는 소소한 잇속을 챙길 줄도 알아서 바깥에서 옹색한 살림을 조금씩 채워갔다. 식당 손님들이 엉덩이를 툭 때릴 때마다 두루뭉술 팁을 챙기며 속곳 깊숙이 채울 줄도 안다고 했다. 안에서 새던 쪽박이 바깥으로도 새면서 쬐끔씩 '돈의 맛'도 익숙할 즈음이다. 더러는 아홉 시 퇴근 이후 노래방까지 합석하면서, 언제부터였나, 큰형수의 화장발이 진해졌고 술 냄새 짙어진 만큼 치마끈이 흩어지기도 했더란다. 그렇게 푼돈이 쌓이면서 큰형의 몸이 쪼글쪼글 쇠해지면서 인력 센터를 빼먹고 초뻬이 행태로 물타기도 하면서 '제 식구 파먹기'에 눈을 뜨기 시작했던가.

큰형은 유독 나(27세, 병마개 공장 공원)에게만 구두쇠 셈법으로 좁혀오는데.

바깥 생활의 깨진 쪽박 인심과는 정반대로 집안 행사에선 움켜쥔 손바닥을 도저히 펼 줄 몰랐다. 아버지 환갑이 임박했을 때에도.

"형, 아버지 환갑은 어떡해?"

"……난 돈이 없으니까."

일단 미루면서 동생의 다음 패를 조붓이 기다리는 것이다.

안쓰럽긴 했다. 어느새 이마가 한쪽으로 찌그러지면서 비대칭 주름살에 눈꼬리 축 늘어지는 세월을 만난 것이다. 족히 스무 살 이상은 더 늙은 눈빛으로 힐끔거리는 게 이골이 나서 울화통을 지그시 누르고 있는데.

"요새 환갑…… 그냥 대충 넘기자. 형제끼리 국밥이나 한 그릇씩 먹덩가."

슬그머니 발을 빼는 것이다. 집안 대소사를 우물쭈물 떠넘기기 시작한 건 순전히 큰형 잣대로 부풀려진 나의 경제력 때문이다. 나 역시 겨우 먹고 살 정도였지만 즈이 동생 아랫배가 튼실한 줄 알고 무조건 돈 문제를 떠넘기기 시작한 것이다. 나는 일을 맡으며 조건을 걸었다.

"잔치판은 내가 벌일 테니까 그 대신 여기 들어오는 돈에 형은 일절 손대지 마."

다짐을 받자, 머리를 조아리며 손바닥까지 비볐으니 그게 오케이 싸인이다. 초대장을 돌렸고, 나머지는 전화나 사발통을 띄우면서 생전 처음 사람 사는 맛을 보는 것 같았다. 드디어 우리 집도 남들처럼 집안 행사를 치르는구나, 하는.

회갑 날, 작은형이 친엄마를 모시고 온 것이다.

어머니는 출가(?) 이후 확실히 몸이 풍만해졌고 볼도 장년의 태가 줄줄 흐르는 때깔로 보기 좋았다. 솔직히 양복 정장 사내의 모자 동반 출현 자체만으로도 눈이 부실 지경이었다. 이 대 팔 가르마와 반질반질한 구두 그리고 바지의 각이 칼날같이 서렸다. 그러나 정작 잔치마당 행보에서는 엉거주춤 아주 불편했는데, 그건 작은형도 마찬가지였다. 그나마 나에게는 악수를 청했지만 큰형에게는 눈인사 이후 고개도 돌리지 않았고 아버지에게

조차 딱 한 번 술잔을 권했을 뿐 더 이상 눈길도 주지 않았다.

'저럴 거면 집 나간 모자가 왜 동시다발로 등장했나.'

할 정도로 겸연쩍게 두리번대기만 했다. 어머니는 그렇게 한 시간쯤 머물다가 떠나기 직전에 헤어졌던 아들 두 형제를 찾아와 각자 십만 원 봉투를 하나씩 건네주었다. 먼저 큰형 뒷주머니에 봉투를 찔러준 다음 나에게 슬금슬금 다가오더니, 어깨 너머로 큰형수를 가리키며.

"창길아, 쟨 아주 몹쓸 년이야."

도대체 왜 또, 하며 짜증스러워하거나 말거나

"부조가 들어오는 족족 무조건 즈이 주머니에 쏙쏙 집어넣네. 너도 이 봉투 잘 챙기지 않으면 몽땅 삼천포로 빠져나간다. 식당 심부름 짓에서 배운 버릇 부뚜막까지 끌고 들어오네."

재 뿌리는 송곳 안부는 한쪽 귀로 쓸쓸히 흘려들었다.

큰형수의 서빙 식당에서 손님들과의 행태 때문에 열이 받았던가. 만 원짜리 한 장에 허벅지 드러내더라는 그 문풍지 소문은 이쯤에서 끝내야 할 것 같지만.

큰형수에게 흘러갈 봉투를 잘 간수하라는 그 얘기는.

13년 후 아버지가 돌아가셨을 때 작은형수 입에서 또 나왔다. 중년의 아낙이 된 작은형수가 그날따라 잰걸음을 보여서 음식 수발에도 모처럼 마음이 놓였는데, 하필 막판에 내(40세, 한겨레신문 보급소 소장) 옆으로 다가오더니.

"부조금은 형님한테 절대로 주지 마세요. 요새 노름에 빠져 완전히 맛이 갔어요. 돈이 생기면 전부 그쪽으로 새어나갈 게 뻔하니 차라리 큰조카에게 주세요."

식당 서빙 실직 이후 큰형수의 낮술 화투판 소문이 더 커졌단다. 초장에 작은 판돈으로 시작된 화투놀이가 점차 배짱이 세지면서 하루에 십만 원 이상 잃을 때도 있으니 안팎으로 밑 빠진 독이 되었단다. 그 대신 큰조카 하나는 야무지게 커서 확실하게 중심을 잡을 줄 알았다. 주정뱅이 부모에게 매달 15만 원씩 부쳐주는 알토란 효자니 그쪽에 맡기는 게 안전빵 보증수표라는 것이다. 내가 받은 봉투는 그렇게 장부에 올리지 않고 큰조카에게 고스란히 전달해주었다.

큰형의 두 아들 모두 공부를 그럭저럭 감당했다는 점은 불행 중 행운이었다. 특히 큰조카는 20대 중반에 벌써 안양에 17평 임대아파트를 겨냥해서 입주 신청한 다음 나중에 갚아나갈 셈법이라니 알토란처럼 야무지다.

어쨌든 아버지의 장례식 부좃돈 계산도 내 몫이었다. 더하고 빼고 나니 80만 원이 남았으니 애오라지 밑진 행사는 아니다. 작은형까지 3등분으로 나눌까 그냥 둘이서만 반 토막 낼까 망설이는데, 큰형수가 다가와.

"삼촌, 이 돈은 우리를 주는 게 좋지 않겠어요? 아이들 혼사 준비도 해야 하고."

그 한마디에 나머지 부의금을 보따리째 통으로 털어주었다.

'마지막으로 한 번 더 몰아주는 거야. 다음부터는 진짜 칼처럼 자르리라.'

결정하니 마음이 편안해졌다. 곁눈질로 빙빙 돌던 큰형의 주름살이 한꺼번에 쫘악 펴졌고.

아버지의 죽음을 다시 되돌리자면.

큰형수의 SOS호출로부터 시작되었다. 워낙 급박한 불똥인지라 해결사 노릇도 불가능했지만 설사 일찍 전갈이 왔더라도 마땅한 방책이 있었던 건 아니었다.

"삼촌, 아버님이…… 어쩌나. 대형사곤데."

고질병인 중풍이 막판까지 온 것이다. 3년 주기로 재발되던 병마가 잠시 소강상태를 지나 재발병을 반복했는데, 6년 만에 극한상황까지 온 것이다.

그즈음 아버지는 큰형 부부와 따로 떨어져 시속동 달동네에서 혼자 거居하는 중이었다. 새엄마가 지갑을 털어 집을 나간 후 그대로 주정뱅이 독거노인으로 주저앉은 것이다.

차마 아들네와 합칠 염치가 없어서 아버지의 막판 주량만 점입가경으로 늘어났다. 멸치 한 봉지로 참이슬 서너 병까지 해결했고 어떤 때는 밥을 두 끼씩 건너뛰면서 여섯 병까지 비우기도 했다. 작은형이 주선해준 영세민 최저생계비로 버텨냈을 뿐이지 그마저 없었으면 벌써 끝장났을 몸이었다. 그 와중에도 큰형은 슈퍼 평상에서 페트병 맥주를 비우는 중이었는데.

기실 합석 중인 병구 형이 어른거렸던 게 생각나긴 한다. 반건달 양복 때깔의 사내 하나가 남루한 노무자의 나이롱 잠바를 다독다독 어루만지는 척 술잔을 나누며 벼룩의 간을 야금야금 빼먹는 중이었다.

"당장 택시 부르고 병원으로 갑시다. 형님이 장남이잖수."

통방구리로 쏴붙이자 흐느적흐느적 다가오긴 했다. 처음에는 앰뷸런스를 부르려 했지만 콜 한 방에도 50만 원이라서 초장부터 엄두가 나지 않았다. 일단 택시를 잡아 만 원 한 장으로 흥정을 끝내니 당장 49만 원이 굳는 것이다. 어차피 모든 경비는 내 차지다. 작은형 송민길 공무원이 봉투를 가져오면 쬐끔은 삭감될 수 있지만 나머지 비용과 환자 수발은 죄다 내가 감당해야 한다.

납작 엎드리던 아버지의 표정도 가슴을 아프게 했다. 의식이 돌아오는 짧은 순간 '제발 살려달라'는 애절한 눈빛이 송곳처럼 가슴을 찌르는 것이다. 또 있다. 아버지의 몸이 너무 가벼운 것이다. 거구의 두상으로 어깨도 넓어서 자식 삼 형제 중 부친보다 몸피가 좋은 자식은 없었는데, 막상 등에 업히자 짚토매처럼 서걱서걱 가뿐했다.

병원에 와서도 우왕좌왕 몸 둘 바 모르던 큰형이.

"집에 가야겠다. 차 끊기겠네."

뜬금없는 소리를 던져 울화통이 터졌다. 즈이 막내동생은 입원 수속과 응급조치에 동분서주 정신이 빠져 있는데 정작 집안의 만상제 자리가 맥을 자르는 것이다. 나는 일부러 어리둥절한 표정으로.

"······택시비가 얼만데?"

"아까 흥정했었잖아. 배추 이파리 한 장."

조간신문 배급 소장인 내 월수입은 50만 원 안팎이었다. 인건비라도 건지기 위해 내가 시내 몇 구역을 직접 배달에 나가지 않았더라면 30만 원 이하로 바닥 쳤을 지경이니, 나 역시 바둥바둥 사는 중이었지만.

"이따가 만 원 줄 테니 기다렷."

짧게 소리를 끊었다. 그때부터 큰형은 괜히 주전자 뚜껑만 들었다 놨다 하며 연신 불안한 시간을 때우는 것이다. 비실비실 잦아드는 알콜 기운 행태가 안쓰럽긴 했지만 일부러 버릇을 길들이기 위해 부글부글 참는 중인데.

"인제 집에 가야 하니까 아까 준다고 했던 배추 이파리 줘."

정이 뚝 떨어지는 소리를 던지는 순간 앗, 불길한 착시를 만난 것이다. 택시비 확보의 안도감으로 돌아서는 그의 왜소한 어깨가 순식간에 푸시시 잦아지는 외마디 비명 같은 잔영이다. 그게 끝이다.

이제 큰형도 이승으로 떠났으니.

마침내 초삐이가 아닌 상갓집 정식 주체로서 당당히 자리잡게 된 것이다. 다행히 토박이의 화장 가격은 턱도 없이 쌌다. 서울 시민은 기본 100만 원인데 소리시 거주민은 6만 원이니, '화장터 건립 결사 반대' 스크럼에 합세하지는 못했으나 토착민의 혜택을 톡톡히 받은 셈이다.

'마지막 길이 외롭지 않도록 성심을 다해 배웅해드립니다.'

현수막 그 문장은 살아 있는 사람끼리 따뜻해지라는 뜻이리라.

사망진단서와 주민등록등본 1통씩 첨부한 화장 신청서를 접수시키고 5

호기 화구를 배정받았다. 망자가 마지막까지 두려워하던 관공서 서류를 완전히 처리했으니 그는 비로소 자유롭게 날아가는 영혼이 되었다.

그리고 나도 처음으로 큰형의 얼굴을 짯짯하게 살펴볼 수 있었다.

관을 얹은 대臺가 들어가자마자 화구문이 철컥 닫히면서 검은 커튼 위에 망자의 영정 사진이 세워졌을 때다. 주름살과 기미를 지워 매끄럽게 세워진 얼굴이 망자로서의 품격이 보이는 것이다. 죽음으로 가는 표정은 모두 똑같이 고즈넉하구나.

그랬다. 큰형은 기껏 독사 한 마리 죽였을 뿐 한 번도 동생들을 두들겨 패지 못했다. 외로운 반건달 친구들에게 술 공양 자리를 마련해줬으며, 거리상으론 분명히 아버지를 가장 가까이 모셨다. 건달 친구들의 안식처 울타리였으며 바람난 형수가 수렁에 빠질 때마다 멍든 발등 식힐 수 있는 그늘이었다. 문득 눈시울이 시큰해지면서 병구 형들의 고스톱 판에 지성껏 라면 봉지를 뜯어바치고 싶어지는 것이다. 부디 저승에서는 맨살의 독사 향해 삽날 겨누지 말고.

"대갈못은 탕탕탕탕 탕탕탕 일곱 방짜리야."

그런 근육질 목공으로 거듭날 수 있는 세상으로 보내주고 싶다. 이제 병구 형네들의 주물탕 손장난에 허벅지도 대주고 사타구니도 바치고 싶다, 고 감상에 젖는 중인데.

"5호기 유가족은 유골 수습해가세요."

마이크 소리와 함께 망자의 받침대가 서서히 밀려나오는데 아, 그 위에 남아 있는 것은, 없다. 진짜 아무것도 없었다. 이상하다. 소금꽃 무더기 같은 하얀 재 한 줌뿐 형의 자취가 선명하게 사라져버리면서 슬픈 안도감이 혼재되는 것이다. 장난 같은 망자의 생이 삽시간에 유유한 강물로 변신하다니.

장례식 치른 잔금 300만 원은 큰형수에게 통째로 넘겨주었다. 지아비의 마지막 선물을 건네면서 갑자기 가슴이 서늘해지는 이유를 나는 분명히 알고 있다. 장례식장 기러기 떼로 어른거리는 천상의 그림자가 '너는 지금 살아 있는 줄 알고 손 흔드냐'며 껄껄 웃는 것이다.

남영동 박세 블루스

남영동 딱새 블루스

거리에는 돈이 되는 쓰레기와 돈이 될 수 없는 쓰레기로 양분되어 있었다. 돈이 될 수 없는 쓰레기는 눅눅한 비린내로 썩어갔지만 돈이 되는 쓰레기들은 닦을 때마다 반들반들 윤을 내며 상큼한 지폐 향기를 쏟아내었다. 그랬다. 돈이 되는 쓰레기는 썩지 않고 반영구적으로 보존되었으므로 종이건 고철이건 일단 모아서 종목별로 분류시켜서 묶어만 놓으면 언젠가는 싹을 틔우고 새끼를 칠 수 있었다.

노끈으로 몇 묶음씩 고물상에 넘기고 삼립빵 한 봉지를 조각조각 쪼개서 떼어 먹고.

나머지 동전 몇 개는 아버지에게 바쳤다. 홀아비인 아버지는 일곱 살 지능익 지적장애인이었지만 다행히 나와 기순이끼지 모두 초등학교 성적은 좋은 편이었다. 어쨌든 나는 어린 날부터 물리적 눈을 뜨는 생존력을 타고 났다. 만약 까마귀 양아치만 만나지 않았으면 넝마주이로 돈도 만질 뻔했을 텐데, 어느 날 외나무다리에서.

"일루 와봐라. 얼라야."

원조 넝마에게 목덜미가 딱 잡히면서 종을 쳤다.

나(14세)보다 목 하나쯤 큰 놈이 새까만 손에 쥔 갈고리를 휙휙 흔들며 손가락을 까딱이는 것이다. 갈고리 끄트머리만 봐도 아랫도리가 싸-하게 내려앉았다. 도망쳐봤자 다음 덫에 걸리면 곱빼기로 깨질 게 뻔하므로 똥 싼 바지 모양으로 어기적어기적 다가갈 수밖에 없었다. 그가 갈고리로 버 걱버걱 긁어대는 바람에 머리통이 당장 고깃덩이처럼 너덜너덜 뜯어질 것 같았다.

"한번만 더 걸리면…… 알간?"

귀퉁배기 한 방 맛보기로 끝날 수도 있었는데.

"각자 능력껏 줍는 거지. 쌍칼."

겁을 먹은 채 속으로만 삭힌 건데, '쌍칼' 소리가 입술 바깥으로 툭 튀어 나왔나 보다.

"뭣! 시발. 죽을라고 아주 뺙을 쓰는구나."

'시발'이 아니라 '쌍칼'이었는데,라고 항의할 수는 없었다. 눈을 홉 치켜뜬 죄로 핵꿀밤 두 대를 더 보태자마자 정수리가 알밤처럼 부어올랐다.

"눈 깔아. 눈깔을 빼서 당구장 쓰리쿠션으로 돌린당."

나는 더 이상 반항할 자신이 없었으므로.

'빨리 나이를 먹어서 힘이 세어지면 팔을 꺾어 아작내야지. 부러뜨린 팔을 뽑아서 대가리고 마빡이고 통째로 후려칠 거야. 이 아더메치[1]한 놈, 저런 놈들은 '10월 유신'도 반대하게 생긴 더러운 관상이야.'

복수의 다짐으로 물러선 다음 일단 구두닦이로 방향을 틀었다. 두 살 더 먹은 친구 지상이(나와 키가 똑같음)가 점박이 형에게 소개해준 것이다. 오야지인 점박이는 나를 뚫어지게 쳐다보더니,

"똘망똘망은 해 보이는데 오래 해먹겠나? 기집애처럼 생겨가지고. 잉."

갸웃갸웃했다. 그렇게 끼어든 게 엇그제 같은데 순식간에 6년 세월 캥

---

1 아니꼽고 더럽고 메스껍고 치사하다.

거룻밥을 먹게 된 것이다.

구두닦이들은 보통 오야지 하나에 딱새가 두셋, 찍새가 서넛씩 붙는다. 찍새, 딱새의 '새'는 짭새처럼 인칭을 나타내는 비속성 접미사이다. 오야지까지 졸개들의 돌림자 '새'를 사용하면 체통이 서지 못하므로 대신 '아버지' '막리지' '첨지' '꼭지'의 극존칭인 '지'를 붙이는 거라고 가르쳐주었다. 동병상련의 패거리로 묶이면서 내 환경이 완전히 바뀌었다. 환영식 때는 점박이 형이, 사춘기 쫄따구들에게 막쏘주도 한 잔씩 따라주었다. 이제 소년이 아닌 것이다. 고추에 거웃이 날락말락한 우리는 '구두통 한솥밥 동지'로 뭉쳤다는 생각으로 아주 잠깐 우쭐해졌다.

찍새는 주로 어린 쫄따구들이 맡는다. 서너 명 정도가 각자 따로따로 흩어져서 다방이나 식당 같은 데를 훑으면서 손님을 물색하는 식이다. 구두를 얼마나 찍어오느냐에 따라 배당 몫이 달라지므로, '뭉치면 죽고 흩어져야 사는' 게 찍새들의 철칙이다. 걷어온 구두의 3분의 1 정도에 해당하는 돈을 떼어 나누는 게 보통이다. 네 명이서 열 개의 구두를 찍어오면 찍새들이 30프로씩 가져가 각자 나누고 70프로 중 딱새에게 떼어주는 월급을 제외한 나머지 전부를 오야지가 챙긴다.

딱새는 '닦는 사람'이란 뜻이다. 칫솔로 구두창 진흙이나 먼지를 털어내고 구두약을 칠하는 역할인데 경륜이 쌓이면 오야지로 올라가기도 하고 똘똘한 놈은 일찌감치 중간에 따로 독립하기도 한다. 월급제로 보통 삼만 원 정도(2012년 기준으로 80만 원 정도) 받는데 대개 스무 살이 넘으면 다른 구역을 찾아 오야지로 독립하려 한다. 나는 찍새 생활 1년 만에 딱새로 초고속 승급했고 3년 후에 독립된 구두 박스를 가질 수 있었다.

광은 당연히 오야지가 낸다. 이는 고난도 기술의 상징이자 딱새 보스다운 권위의 표상이 된다. 딱새가 굵은 솔로 구두약을 듬성듬성 발라서 넘기면 오야지는 헝겊을 좌르르 돌리며 광내기 작업에 돌입하는 것이다. 그는 확실히 달랐다. 오야지가 뱉는 침은 끈적거리지 않고 구두코에서 연잎 위의 물방울처럼 매끄르르 구르는 게 청정하고 환상적이다. 또 있다. 오야지는 대우를 받는 만큼 딱새들을 보호해야 할 의무가 있으므로 다른 구역과의 전쟁이 터지면 영역 사수에 목숨을 걸어야 한다. 아령과 샌드백 치기의 주먹 단련도 필수이고 구두통 속에 멍키스패너 같은 연장도 준비해 비상사태에 대비한다.

그러나 나는 다르다.

내가 구두를 닦으면서도 밤마다 책과 씨름하는 이유는 언젠가 대학생 시인이 되기 위해서다. 이발소 액자에서 만난 푸시킨처럼 '삶이 그대를 속일지라도 슬퍼하거나 노여워하지 않는' 기품 있는 시인이 되는 것이다. 헌책방에서 구입한 참고서를 자정까지 손에서 떼지 않았고 일요일마다 시립도서관에 출입했다. 군면제 학력이라서 제도권 공부도 가능했지만 결정적으로 잘못 풀린 패가 몇 개 있었으니.

첫 번째는 '흥부네 선물세트 단방에 날려 차기'였다.

밑천 없이 일자리를 구할 수 있다는 게 밑바닥 인생의 장점이므로 구두닦이건 넝마주이건 '맨땅에 헤딩'하다 보면 푼돈이 쥐어지는 것이다. 대신 구두닦이는 넝마주이와 달리 자기 패거리라는 소속감이 강한 게 달랐다. 그렇게 손바닥 발바닥으로 마르고 닳도록 닦고 닦아도 겨우 세 식구 풀칠하는 정도였으니 열심히 일해서 부자가 되는 세상이 절대로 아니다.

"공장 가기 싫어. 요샌 여자라도 중학교까지는 나와야 한대."

기순이만큼은 중학교는 물론 대학교까지 가르칠 작정이었다. 돈을 모아 일단 여동생부터 가르치되 나도 곧바로 대학에 입학하리라 마음만 먹어보았다.

"복권만 당첨되면 단박에 해결될 텐데."

남몰래 벼락 맞아 죽을 확률의 일확천금을 노리기도 했다. 그렇게 5년 세월 복권을 찍다가 어느 날 기적이 일어났으니.

내 복권이 2등으로 당첨된 사건이다. 보았다. 일간 스포츠의 고우영 연재만화 『수호지』 바로 아래 칸이었다. '반금련의 침대에 오르려던 무대가 발길로 채인 채 훌쩍훌쩍 우는' 맨 마지막 칸 바로 아래에서, 선명하게 적힌 내 복권 번호를 분명히 보았다. 눈 비비고 다시 확인해도 틀림없이 진짜 내 번호였다.

1등 한 명은 삼천만 원이고 2등은 오백만 원짜리가 다섯 명인데.

'조'만 다르고 나머지 숫자가 똑같은, 그 '아차상' 다섯 중에 내가 딱 꽂힐 줄은 하느님도 몰랐을 것이다. 그동안 복권에 날린 돈 총액인 오천 원의 1,000배가 넘는 행운이 하늘에서 호박덩굴처럼 쿵, 떨어지는 순간이었다. 심장 소리가 뱃고동처럼 두근두근 울린다는 사실도 새롭게 알았다.

"일체 비밀로 해야 한다. 기순이만 빼고."

복권을 구두통에 넣고 처음으로 기름 냄새 잘잘 풍기는 치킨도 한 마리 샀더니.

날마다 건너던 한강 다리 가로등이 갑자기 환하게 밝아졌다. 강물은 물안개를 뽀얗게 내뿜었고 교각 너머로 네온사인도 반짝반짝 빛나는 것이다. 이 세상 모든 물상들이 나만을 축복해주니 그게 바로 천국이었다. '열두 시에 만나요 브라보콘, 둘이서 만나요 브라보콘, 살짝이 데이트를 해태 브라보콘.'

방 두 칸짜리 전셋집으로 옮기고 빨리 학원 등록을 한 다음 검정고시를 봐야겠다고 마음먹었다. 이 구두통도 나와 고락을 함께 했지만 이제 작별이다. 기회가 왔을 때 과감하게 실행해야 하므로.

"안녕. 나중에 양복쟁이 시인이 되어 손님으로 만날 거야."

난간 위에 올려놓고 회전 돌려차기로 날려버렸다. 그런데도 구두통이 강심을 향해 빙글빙글 돌다가 '풍덩' 소리를 낼 때는 하마터면 현기증으로

43

쓰러질 뻔했다.

"아버지 오백만 원짜리 복권이 당첨되었어요. 저는 내일 당장 학원에 정식으로 등록해서 공부를 시작할 거예요."

아버지는 통닭 냄새에 취해 방싯방싯 웃을 뿐이다. 아들이 들고온 치킨 다리를 허겁지겁 뜯으며 침만 질질 흘리니 모처럼 판잣집이 기름 냄새로 풍요로워졌다. 여동생 기순이가 흥분을 감추며.

"구경이나 좀 하자."

"비밀로 해야 한다. 일체."

기순이의 입술에 손가락을 붙이고 눈을 부라렸다. 입방정 잘못 내다가 멀쩡한 쪽박도 깨지게 되므로 돌다리도 두들겨봐야 했으나.

"복권 좀 보자니까."

"뺑이야, 한강에 발로 뻥 차버렸지."

그런 생뚱한 농담을 던지는 찰나 아차, 머리를 짓찧고 죽고 싶은 심정이었다. 복권을 구두통에 넣은 채 앞차기로 한강물에 날려버린 걸 깜빡한 것이다. 후닥탁 주머니란 주머니를 죄다 뒤졌으나 당연히 없다. 선명하게 없다.

"짜증나. 그런 농담."

(기순이는 지금도 그때 오빠가 심심풀이로 짜증나는 농담을 던졌던 줄만 안다.) 굴러온 호박 넝쿨은 그렇게 물속에 잠겨 영원히 나타나지 않았다. 하루 동안에 천국과 지옥을 번갈아 경험하면서 그만큼 강심장이 되어 이를 옹물고 구두닦이에 매진하게 되었지만.

'깨어진 첫사랑'도 구두통 때문이다.

나는 구두를 닦으면서 일요일마다 남산도서관에 다니는 건강한 근로청소년이었고 숙희는 친구들 무더기에 섞여 중간고사를 준비하는 단발머리 여고생이었다. 일요일 오전 열한 시, 나는 송성문의 『정통종합영어』를 보

고 있었고 숙희는 홍성대의『수1의 정석』을 푸는 데 골몰하고 있었다. 아
카시아 꽃이 지루하게 늘어지던 봄날, 내가 먼저.

"콘사이스 좀 빌려주시겠어요."

그 말이 불쑥 튀어나온 것도 운명이다.

소녀의 눈동자가 호수처럼 출렁이면서 창문 너머 치렁치렁 늘어졌던 아
카시아 무더기가 하얀 꽃비처럼 우수수 떨어졌다. 만남이 곧 행복임을 처
음 느꼈다. 시립도서관 아래로 내려가는 계단에서 솜사탕을 떼어 먹다 보
면 그렇게 둘만 남고 이 세상 모든 물상들이 사라지는 것이다. '빠빠빠바빠
보리테엔 젊음이 넘치는 거리마다 사랑과 우정이 만날 때는 보리텐 보리텐
우리의 맛, 난 정말 보리텐 사랑할 수밖에 없어.'

숙희는 검정고시생을 사법고시생처럼 특별하게 취급했었는데.

나는 거짓말을 한 게 아니라 사실을 실토하지 않았을 뿐이다. 열일곱부
터 열아홉 살까지 2년 동안 손 한번 잡지 않은 채 영원히 청순하게 사랑하
리라 마음만 먹었다. 그러면서 왠지 검은 마魔가 시샘하면서 이 깨꽃 행복
이 와장창 깨어질 것 같은 가위눌림도 있긴 했다. 아닌 게 아니라 열아홉
오월 이후 플라토닉 첫사랑이 된서리를 맞았으니.

경수 형과 딱 한 번 부닥친 게 벼랑 끝 추락의 이유인데.

그 이웃집 법대생 경수 형을 떠올리면 제일 먼저 뒤태부터 뿌옇게 등장
한다. 한마디로 뒷모습의 차원이 달랐다. 넝마를 메고 가다가 그의 2층집
창틀 너머로 돌부처처럼 움직이지 않고 책과 씨름하는 등허리를 한참 동안
훔쳐보곤 했다. 두꺼운 책을 옆구리에 끼고 골목길 저쪽으로 꺾어지는 그
의 넓은 어깨를 가물가물 바라보면 아, 가슴이 싸-하게 황홀한 것이다. 하
지만 마주칠 때마다 경수 형이 무심히 던지는.

"열심히 살아라."

그 말이 껄끄러웠다. 열심히 사는 것보다 열심히 공부하고 싶었다. 나도

45

검정고시를 통과하면 반드시 당신들처럼 대학생이 되리라 주먹을 쥐곤 했다. 두툼한 책을 옆구리에 끼고 생머리 여대생과 종소리 울리는 계단을 내려오고 싶었다. 우윳빛 살결 포동포동한 캠퍼스 친구들 틈에 섞여 사랑과 낭만에 젖고 싶은 것이다. 사내아이 계집아이 둥그렇게 모여 앉아 기타 치고 노래하는 해변가 풍경이 신기루로 떠오르면 황홀함으로 몸이 자르르 떨렸다. 게다가 점박이 형까지.

"사람을 패더라도 학삐리는 건드리지 마라. 우리랑 수준도 다르지만······ 주먹잡이도 체통이 있지. 책상머리 것들 건드리는 건 하바리 양아치들 짓이다. 쪽팔리면 안 돼. 이."

그렇게 대학생들을 특별히 봐주려는 건 나도 적극 동조했다. 그래서일까, 마주 오는 골목길에서 어깨가 부딪쳐도 슬쩍 넘어가주었다. 그게 아니었더라면 우리 구역에서 멋모르고 술떡으로 전봇대 걷어차던 학삐리들을 벌써 여러 차례 손보았을 것이다.

서울은행 남영동 지점 출입문 옆에서 '나 홀로 딱새'로 독립한 지 바야흐로 한 달 차인데.

"창길이니?"

경수 형의 말꼬리에 '-니'라는 끝말부터 호사스러웠다. 부동산 사업을 하는 부친이 재개발사업 붐을 타고 돈 좀 만졌다는 소문도 들었던 차이다. 그는 지금 준비 중인 사법고시에서 이미 1차를 두 번씩 붙은 상태라, 동네 사람들 모두 내년에는 결정될 테니 일찌감치 돼지 한 마리 절단 내는 잔치 준비나 하라며 성화 중이었다.

광을 내기 위해 구두코에 침 뱉는 순간.

뒷골이 땅기는 이유가 분명히 있었다. 나는 광내기 침을 뱉을 때 가끔씩 울컥 치밀어오르곤 했었는데 그 장면에서 딱 걸려버린 것이다. 반질반질한 구두코에 하필 경수 형의 매끈한 얼굴이 비치면서 내 심기가 불편했던 터이다.

"열심히 사는구나."

위로하기 위해 환한 미소로 던져주는 '열심히'란 단어가 또 다시 거미줄처럼 얼굴을 덮었다. 나는 '열심히'를 의심하고 미워했다. 아무리 열심히 구두를 닦아도 날아간 복권을 찾을 수 없으며 아무리 열심히 일해도 경수 형네 2층집 유리창 하나 챙길 수 없었다.

그러거나 말거나 그는 신고 있던 구두를 벗어주고 은행으로 들어가면서 동네 후배를 위한 측은지심을 보여주는 것이다. 나 역시 슬리퍼를 가장 좋은 걸로 골라 내주면서 경수형의 발바닥 냄새를 지성으로 털어내었다. 고시생의 구두 속 발 고랑내에는 법학 냄새가 얼마나 두툼하게 섞여 있을까, 흠흠 지성의 내음을 맡아도 보았다.

구두통 안에 솔은 두 종류인데.

칫솔까지 포함하면 세 가지로 늘어난다. 칫솔은 구두창 밑바닥의 흙을 터는 데 사용하고 두꺼운 솔은 굵은 먼지를 처리하며 마지막 가느다란 꼬챙이 솔로 나머지 먼지 알갱이까지 샅샅이 제거한다. 펜치는 구두 뒷굽 뎅까시킬 때 박힌 못을 뽑는 도구이고 쇠뭉치는 구두창 발꿈치 안에 거꾸로 받쳐서 망치로 실못을 칠 때 사용한다. 그리고 마지막으로 헝겊을 좌악 펴서 본격적으로 광을 내는 것이다.

구두약 뚜껑이 열리지 않아 뜻밖의 낭패를 볼 때가 있다.

경수 형 구두를 끝낸 다음 은행 대리의 구두약을 바를 때도 그랬다. 꽉 낀 뚜껑이 아무리 잡아당기고 손톱으로 밀어도 움쩍도 않는 것이다. 펜치로 틈새를 찍어 밀어내다가 미끄러지는 바람에 손등이 벗겨지면서 벌겋게 피가 맺히는 순간이다. 통장 정리를 마친 경수 형이 반들반들하게 닦여진 구두를 요모조모 아주 꼼꼼하게 훑어보더니.

"니는 이 계통으로 성공할 것 같다. 열심히 노력해라."

진심이 뚝뚝 떨어지는 목소리였던 것 같다. 그런데 그 진정성 서린 위로가 송곳처럼 얼굴을 쿡쿡 찍는 것이다. 부글부글 끓이던 울화가 마침내 한꺼번에 팡 터져버렸다. 구두약을 팽개쳐버리자.

"짱강!"

소리와 함께 꽉 닫힌 뚜껑 틈새가 벌어지면서 사람들의 눈길이 우수수 쏟아지기 시작했다. 뜨악해하는 그를 노려보며 나는 낮고 단호한 목소리로.

"이게 수단이지 목적이 아닌데요."

울멍울멍 표창을 돌려주었다.

목적과 수단은 분명히 다른 것이다. 나는 언젠가 대학생이 되고 시인이 될 꿈으로 부풀어 있는데, 열심히 구두를 닦아서 성공하란 격려가 모욕스러운 것이다. 구두닦이는 입에 풀칠을 해주지만 절대로 미래의 희망이 될 수 없다. 오야지로 오륙 년을 더 버티더라도 결국 밑바닥 왕초일 뿐이므로 나머지 인생은 분명히 바뀌어야 한다.

"나가시오. 당장."

땡그르르르르.

캥거루표 구두약 뚜껑이 홀라당 열리면서 바닥으로 끈적끈적한 액체가 시커멓게 쏟아졌다. 경수 형의 얼굴이 흙빛으로 바랜 채 원망스럽게 한마디 했다.

"너를 욕되게 한 게 아닌데…… 섭섭한 놈."

"대학생이 될 거라구요. 지금도 주경야독 칼을 가는 중이요."

하얗게 질려버린 경수 형이 둥그렇게 벽을 쌓은 사람들 속으로 슬금슬금 숨어든 게 끝이다. 어쨌든 그 소문이 은행 안으로 퍼지면서 여기저기 구두를 모아 챙겨주는 부메랑의 덕도 짭짤하게 챙기긴 했다. '섭섭한 놈'이란 표현이 경수 형이 뱉을 수 있는 최대의 독설이었을지도 모르지만, 그게 문제가 아니었다.

결정적인 아킬레스 사건은.

동순이 때문이다. 격분의 순간 구경꾼 틈에 숙희의 친구 동순이가 아주 잠깐 비쳤다가 슬쩍 사라지면서, 딱새의 정체가 탄로난 것이다. 큰일 났다. 사라진 그림자를 찾아 재빨리 치달렸으나 엎질러진 물이 되었으니.

숨긴 것도 아니고, 단지 실토하지 않았을 뿐인데.

하늘이 와르르 무너졌다. 나는 머리가 하얘진 채 울멍울멍 서 있었고 동순이는 전신주를 껴안은 채 죄인처럼 웅크리는 중이다.

"내가 직접 얘기할 테니 먼저 얘기하지 마요. 절대로."

으름장으로 당부했고, 동순이도 연신 손바닥 비비면서 반드시 그러마고 했다. 입만을 봉하면 일단을 덮을 수 있고 그 사이에 검정고시를 붙고 대학생이 되면 모두가 용서될 것이다. 그러나 사랑의 반전의 드라마는 끝내 이루어지지 않았다.

착한 여자 숙희는, 차마 나를 내치지 못하고 그냥 '친구 사이로 유지하자'고 유치찬란하게 제안했다. 나는 어항처럼 흔들리는 머리를 반듯하게 세운 채 입술을 반달형으로 추켜 세웠을 뿐이다. 뽕짝 풍 타협을 제시한 그미도 나의 '웃는 입술과 글썽이는 눈빛'을 읽었을 것이나 아무 내색도 하지 않았다.

"첫사랑은 원래 깨지라고 생긴 거야."

그렇게 입술을 깨물면서 처음으로 시를 쓰면서 밤을 새웠다. 애인이 아닌 그냥 친구가 된 숙희를 향한 마지막 연시戀詩의 제목은 「투명화」인데.

> 하얀 호수 비춰준 샛별은 눈물일까
>
> 비바람에 깎일까 잠 못 이루네

구두약이 새까맣게 낀 손가락으로 비슷한 단어와 문장만 고치고 또 고쳐

썼는데 딱 두 줄에서 멈춰버렸다. 그랬다. 아픈 가슴을 글로 채워 넣는다는 게 불가능하다는 걸 처음 알았다. 봄바람과 아지랑이와 갈매기를 수십 번 넣었다가 결국은 싸그리 뺐었다. 단지 그녀도 샛별처럼 잠을 이루지 못할 거라고 갈망했던, 그게 끝이다.

동자동 오야지 강상철(24세)은.

곱슬머리에 옥니다. 레슬러 근육질에 경상도 사투리까지 곁들여서 누가 뭐래도 생김새만큼은 확실한 터프가이였다. 그는 광을 내는 중에도 김정호의 「하얀 나비」, 조영남의 「앞으로 봐도 아가씨가 최고」, 펄시스터즈의 「커피 한 잔」 등을 부르며 '딩가딩가 싯다운 고고sit down gogo' 동작으로 흔들곤 했다. 동자동 패들은 그의 양배추 헤어스타일 때문에 강배추 형이라고 불렀는데 반대파인 남영동 패거리는 '형'자를 빼고 그냥 강배추라고 불렀다. 문제는 그가 생김새와 다르게 음습한 잔머리를 자주 굴렸다는 점이다. 돈줄이 딸릴 때쯤 똘마니 병규(16세)에게.

"촌놈 신사 하나 골라 뒷굽 박기 씌워버리자."

오더를 때려주면 병규는 가차없이 실행에 옮겼다. 그게 문제다. 강배추는 딱새에서 오야지로 승격되자마자 이따금 찍새들에게 '강짜배기 뒤축 수선'을 연출시켜 푼돈을 빼먹는 상황을 즐기곤 했다.

굽이 닳은 쪽을 잘라내고 새것을 갈아 강력 접착제로 붙이는 게 첫 작업이다. 그 다음 줄칼로 자투리까지 반지르르 쳐낸 다음 헝겊으로 구두코부터 반질반질 문지르면 멀쩡한 새 구두로 변신한다. 사람들은 앞창 바꾸기인 '야기쓰끼'보다 주로 뒷굽 갈기인 '뎅까'를 주문하면서 구두 수명을 몇 년씩 연장시키곤 했었는데 강배추는 그걸 노렸다. 구두 닦는 것보다 열 배쯤 비싼 그 '우격다짐 뎅까'를 만드는 것이다.

병규가 선발대로 나선다.

일단 만만하게 생긴 시골 신사 구두를 찍어 요리조리 돌려보며 '먹잇감이다' 판단되면 구십 도 차렷 자세로 배꼽 인사를 올린 뒤.

"사장님 이거 뒷굽 수선하시죠? 완죠니 새 신발이 됩니당."

구두만 닦을 심사였던 촌신사는 무슨 얘긴지 잠깐 멍 때리다가 아차, 당황해서 엉거주춤.

"아니야, 닦기만 할 거야. 수선하지 마."

그럴수록 병규는 아주 화사하게 웃으며.

"넵, 잘 알았습니다. 확실하게 수선하겠습니닷."

다른 손님까지 죄다 들리도록 동문서답을 던져놓고 '아니라니깐' 소리가 나오기 전에 냅다 줄행랑치는 것이다. 강배추는 이차구차 상황 보고를 받은 다음.

"한 놈 지대루 걸렸다. 자르고 박고 색칠해서 쇳가루 좀 뽑아내자."

뒤축부터 뚝 떼어내니, 구두닦이에서 구두수선공으로 변신하는 순간이다. 삼백 원짜리 구두닦이가 졸지에 삼사천 원짜리 구두수선으로 바뀌는 것이다. 완전히 새 구두를 만들어놓았으니 솔직히 손님 입장에서도 마음만 바꾸면 꼭 손해만은 아니지만 어차피 강매에 끌려다니기 싫어서라도 싸움은 터지게 되어 있다.

자, 먼저 병규가 시골 신사와 오픈게임을 벌일 시간이다.

망설임은 일체 거세한다. 아닌 게 아니라 '구두닦이 소년이 내 말을 잘못 알아들은 것 같은데' 하며 불안해하는 손님 앞에 가서 구두를 척 돌려주며, 아주 당당하게.

"삼천 원 되겠습니다. 원래는 사천 원인데 특별 서비스 기간이므로 대폭 세일입니다. 아싸, 반짝반짝 하네요. 우리 손님 구두가 바뀌니 완전히 영국 신사임당. 삐빱바 놀라."

"이 자식아, 내가 언제 구두 뒤축 갈라고 했어?"

병규는 일부러 '아, 머여' 하는 표정으로 눈동자를 동그랗게 굴리며 갸

51

웃갸웃하는 척.

"싸—장님이 해오라고 하셔서 제가 '넵, 잘해오겠습니다' 하고 뛰어갔잖아요. 여러분들도 모두 들으셨죠?"

"내가 언제…… 그냥 구두만 닦으라고 했잖아? 원래는 닦을 생각도 없었는데…… 참."

"신사분이 왜 그러세요? 귀가 포경인가요."

"이런 고얀 놈이, 어른 앞에서 뭣, 포경."

촌신사가 벌떡 일어나 멱살잡이로 늘어지는 바로 그 타이밍에 강배추가 시불시불 등장하는 것이다. 일단 덩치로 기선제압을 하겠다는 듯 고릴라 가슴 쿵쿵 치며 촌신사 앞에 우뚝 선다. 곱슬머리에 옥니 그리고 문신과 근육이 혼재된 팔뚝이 금세 벽돌이라도 뽀갤 기세다. 얘기를 듣는 척하다가 상대방이 한마디라도 실수하면 꼬투리 잡을 심사지만 반응이 마뜩지 않으면 강배추가 먼저 선수 치기로 낚시코를 던지기도 한다. 일부러 코딱지를 후비며.

"그 식기 참."

들릴락말락 욕설 미끼를 던지는 것이다. 가뜩이나 옴팍 쓴 바가지에 열이 받친 손님이.

"왜 나한테 욕이훗?"

욱, 반발하는 순간 낚시코를 확 잡아챈다.

"내가 언제 욕했어?"

"당신이 금방 내 앞에서 '그 새끼 참'이라고 했잖소? 여기 나 말고 또 누가 있어?"

"나 혼자 해보는 소리야. 우리 찍새 꼬봉이 구두를 똑바로 걷어왔어야지. 고물짝 구두 지성껏 고쳐 샘뻥 상품으로 창조해주고 이런 꼴을 당하니 화가 안 나냐구? 홧김에 혼잣말로 '그 식기'라고 한 거야. 시헐. 민주주의

국가에서 혼자 하는 욕도 죄다 결재 맡은 다음에 실시해야 하나? 새끼도 아니고 식기, 밥 퍼먹는 식기 몰라? 시부랄 엿 같네."

싸움의 방향키를 엉뚱한 쪽으로 돌릴 즈음 다방 마담이나 다른 사람들이 우르르 뜯어말리는 게 공식이다.

"이왕 고친 건데 되돌릴 수도 없잖아요. 젊은 사람 건드려서 이익될 게 없으니 아저씨가 참으세요. 삼촌도 이번엔 특별히 오백 원만 깎아주면 타협이 되겠네. 한 발씩 양보해야 흥정이 되지."

마담의 중재로 마무리되기도 했다. 그렇게 상황이 종료되면 강배추는 병규에게 오백 원을 뚝 떼어 팁으로 주곤 했는데, 문제는 그 바가지 소문의 후유증이다. 언제부터였나, 구두수선 강매가 동자동 골목골목 소문나면서 손님들이 병규 앞에서는 아예 구두를 벗지 않는 것이다. 그렇게 손님이 가물어가면서 예전보다 훨씬 초조해진 강배추 패거리가 갈월동 경계를 넘어 남영동까지 침범했으니.

원래 갈월동 굴다리를 경계로 강배추네 동자동과 점박이네 남영동으로 구역이 나뉘어 있었다. 구역 침범은 절대 금기 사항이므로 상황이 터졌다 하면 즉각 전투 개시 선전포고가 된다. 하필 점박이 형이 권투선수를 마감한 울화증의 다음날 일이 터진 것이다. 강배추 형의 머리가 망치 한 방에 움푹 패었으니, '꿩 잡는 게 매'다.

점박이 형(23세)은 얼굴에 점이 단 한 개도 없다.

본명이 '석전반'이라서 그냥 이름자를 변형시켜 점박이 형이라고 불렀다. 그도 원래 체육관 샌드백 파 출신이지만 본성이 착하고 근본이 좋다는 평을 듣는다. 특히 노량진에서 단 둘이 사는 할머니에게 꼬박꼬박 밥을 챙겨준 다음 출근하는 효자 표 손자이기도 하다.

그러나 점박이 형 스스로도 삼류 복서임을 인정했다. 열아홉 살 때부터 샌드백을 두들겼고 3라운드짜리 오픈게임을 여섯 번 치른 커리어인데도 데뷔전에서 은퇴한 무지렁이 선수 하나를 간신히 이긴 것 빼놓고는 내세울 만한 성과가 전혀 없었다. 챔피언을 목표로 헝그리를 감수하는 게 아니라 링에 오르는 스릴 자체를 즐기려 했고 실제로 땀이 범벅이 되도록 글러브를 날렸지만 성적은 시답지 않았다.

골목 주먹과 링의 세계는 등급이 다른 것이다. 데뷔전 딱 한 판만 이겼고 나머지 다섯 판을 스트레이트로 패했으며 한 번도 TV에 나오지 못했으니, 홍수환이나 유제두를 꿈꾸기에는 물 자체가 다른 삼류 복서다. 몸집의 탄력에 비해 물주먹이라는 공론이었는데 모두 판정패인 걸 보면 그나마 맷집은 좋았던 셈이다. 그 역시 한계를 인정하면서 마지막 한 판을 벼르는 중이었다.

삼각지의 용상 체육관은 교실 두 칸 정도의 낡은 공간이었는데 그렇게 주먹의 고수를 노리는 청소년들로 바글바글 땀이 튀었다. 주로 구두닦이, 중국집 배달원, 노가다 등 가난한 사람들이 고아원처럼 북적거렸지만 더러는 권투를 전공해서 체육과 대학생으로 진학하려는 중산층 고등학생들까지 샌드백 치고 줄넘기를 뻘뻘 돌렸다. 어느 날 점박이 형이.

"이번에는 텔레비전에도 나온대."

평소와 달리 벌겋게 상기된 표정으로 나타났었다. 구두솔 문지르기를 한참 멈추더니.

"나비처럼 날아서 벌처럼 쏘고 싶다."

딱 한 번 오픈게임으로 방영된다는 소문으로 흥분한 채 설레었지만, 그게 글러브와의 마지막 작별이었다.

신인왕전 후보 밴텀급 16강전은 막장 복서끼리의 벼랑 끝 대결이었다.

홍코너의 36세 노장 자동차 정비소 아저씨는 3전 3패로 전패의 기록이었고 청코너 23세의 구두닦이 석전반 선수는 6전 1승 5패로 그나마 1승 보유의 관록으로 링에 올랐으니, 피차간에 '늙은 애송이 싸움'인 셈이다.

이기는 사람은 4전 1승 3패나 7전 2승 5패를 가져가는 것이고 지는 사람은 4전 4패나 7전 1승 6패의 밑바닥 기록이 되는 것이다.

일단 생김새에서는 점박이 형이 유리해 보였다. 이쪽은 젊고 크고 잘 빠진 몸매였는데 상대방은 그냥 땅딸한 중년의 아저씨였을 뿐이다. 어쨌든 양쪽 선수 모두 한 번만 밀리면 진짜 '영원한 아웃'이므로 바득바득 전의를 다듬는 중이다. 문제는 홍코너 늙은 복서의 '때리고 껴안는' 클린치 작전이 그럭저럭 먹혔다는 점이다.

세컨 아웃, 땡-.

종이 울리자마자 두 무명 복서가 사각의 복판에서 죽을 동 살 동 주먹을 휘둘렀다. 36세 복서는 땅땅한 체격답게 인파이터로 접근하려 했고 키가 한 뼘 이상 큰 점박이 형은 링 바깥쪽으로 빙빙 도는 아웃복서 전략이다. 둔탁한 펀치가 작렬하면서 코피가 터지고 또 그로기 상태로 로프에 기대기도 하면서 사활을 건 3라운드 경기가 판정으로 끝이 났다. 날리는 주먹도 치열하고 맞아주는 아구통도 치열했지만, '늙은 땅딸보와 젊은 장다리의 대결'은 장다리의 패배로 마감되었다. 점박이 형은 나비처럼 날지도 못했고 벌처럼 쏘지도 못했다. 원투를 치며 밀고 들어와 재빨리 상대방의 주먹을 양팔 사이에 끼우는 땅딸보 복서의 클린치 작전에 번번이 말려들면서 날개와 침이 꽁꽁 묶인 채 감점을 당한 것이다.

결국 두 선수에게 4전 1승 3패와 7전 1승 6패의 새로운 커리어를 만들어주었다. '자동차병원 대표'가 '구두병원 대표'를 이기고 마침내 '중년의 첫 승리' 포효를 지르자 관중들이 우레와 같은 격려 함성으로 늦깎이 복서를 칭찬했고.

그만큼 점박이 형은 공황 상태로 쪼그라든 채 털레털레 혼자서 걸어 나왔다. 그날 밤 눈빛이 폭발 직전의 예민함으로 번들거렸는데.

"이런 물주먹으로 권투를 해먹겠다는 게 도동놈 심뽀였지. 이젠 죽을 때까지 캥거루밥이나 퍼먹다가 싸움판 벌어지면 망치로 찍어버리란 팔잔가 보다.”

씨익 웃는가 싶더니 금세 눈물이 그렁그렁 맺혔는데, 그 와중에도 돈은 아꼈다. 점박이 형은 대전료 삼만 원을 톡 털어 할머니에게 주겠다며 서랍에 넣고 자물쇠로 채웠고 따로 동전을 꺼내더니 감자깡 한 봉지로 쏘주 네 병을 꼴깍꼴깍 비워냈다.

다음날 동자동 찍새들이 우리 구역에 슬쩍 침범한 게 사단이 되었으니.

점박이 형은 원래 술은 싼 걸 마시더라도 담배만큼은 비싼 걸로 품격을 세우자는 귀족형 흡연주의자다. 그날도 300원짜리 거북선을 사기 위해 바깥에 나왔다가 ‘희야 다방’ 계단에서 신사 한 명과 우연히 마주친 것이다. 주머니 속에서 백동전의 까끌까끌한 부분을 만지작거리는데 어럽쇼, 앞자리에 등장한 신사의 양말에 걸친 게 분명히 슬리퍼였다. 양복 정장에 슬리퍼를 신은 복장은 누군가에게 구두를 맡겼다는 표시인데.

‘……우리 애들이 구두를 가져온 적이 없는데.’

순간 동자동 패거리가 번쩍 떠오르며 와장창 뚜껑이 열린 것이다. 삼팔선을 침범해서 손님을 훔쳐갔으니 이걸 피하면 절대로 사나이가 아니다. ‘울고싶은 놈 싸대기 때린’ 격이랄까. 쉽게 싸움을 걸지는 않지만 일단 상황이 터지면 물불을 가리지 못하는 그의 몸에 기름을 붓고 불을 붙인 것이다.

그즈음 점박이 형도 파마를 했는데, 양쪽 패거리 찍새들은 ‘뽕 곱슬 대 자연산 곱슬’의 한 판 대결을 조마조마 기대하며 승부를 점치곤 했다. 한강 다리나 백사장 어디쯤에서 똘마니들이 둥그렇게 모인 가운데 영화 장면 같은 숑방숑방 맞짱 대결은 상상만 해도 스릴이 넘쳤다. 하지만 사나이의 맞짱 대결은 시작도 하기 전에 망치 한 방으로 일찌감치 끝장났다. 점박이 형이 짜장면을 먹던 강배추의 뒤통수에 그대로 둔기로 찍어버렸는데.

그때 나는 딱새 생활을 정리하고.

주택은행에서 '나 홀로 부스'의 아늑한 독립 영업소를 이루는 중이었다. 그런데 점박이 형이 구두박스에 불쑥 들어오더니 무표정하게.

"창길아, 망치."

대답도 듣지 않고 구두통의 망치를 꺼내 들고 튀어나가는 것이다. 이상하다. 눈빛이 뒤집어졌다는 생각도 얼핏 들긴 했으나 구두가 세 켤레나 밀려 눈코 뜰 새 없는 상황인지라 붙잡을 꿈조차 꿀 수 없었다. 그땐 너무 바빴고, 순식간에 끝난 일이라 정말 아무 겨를이 없었다. 불과 십 분 뒤에 나타난 점박이 형에게 피 묻은 망치를 돌려받고도 나는 태연스레 나머지 밀린 구두 닦는 일에만 몰입했을 뿐이다. 곧바로 경찰들이 출두한 다음에야 강배추의 두개골이 손마디만큼 패었다는 걸 알게 되었는데.

문제는 경찰들이 점박이 형을 끌고 가기 위해 장발족 머리를 당기는 바람에 또 뜬금없이 형량이 불어난 것이다. 점박이 형이 경찰의 곤봉을 밀어내며.

"노라구. 강배추 새끼가 잘못한 건데 왜 나만 건드려."

그러거나 말거나 백곰 형사들이 팔을 비틀며 바닥에 찍어 누르려 하자 점박이 형이 욱하는 마음에 벌떡 일어나 경찰관의 이마를 밀어붙이며.

"남의 구역을 침범했으니 삼팔선 넘은 기밀성보다 더 나쁜 새끼야. 계속 이러면 딩신들도 똑같아. 왜 기밀성 같은 놈의 편을 들어. 시발."

'김밥 옆구리 터진' 그 말 한 방에 막걸리 보안법이 추가된 것이다.

경찰들이 지켜보는 자리에서 감히 '김일성보다 나쁜 놈' 운운한 게 갈고리가 되었다. 북괴의 학정을 겪지 못한 사람들에게 북괴는 대한민국보다 나은 행정을 하고 있다는 것을 은근히 암시하게 된 것이며, 그곳에서 살아보겠다는 의사도 잠재된 것이어서 반국가 단체를 이롭게 하는 이적 행위가 된다는 것이다. 손가락 한 방에 오랏줄에 묶여 끌려가는 걸 보면서 나는 그

57

때 우리들을 묶고 있는 더 무서운 사슬 구조가 존재함을 처음으로 알았다.

그래도 점박이 형은 오야지답게 의연했던 것 같다. 면회장 철창 너머 태연한 표정으로 머리카락 쓸어 올리며.

"예나 거기나 먹고 싸는 건 마찬가지니 우리 같은 맨 땅에 헤딩 선수들은 쫄거나 밀질 게 없어. 니가 한 달에 두 번 노량진 할머니 좀 챙겨줘라. 그 대신."

그렇게 나에게 남영동을 통째로 맡기는 바람에 하마터면 눈물이 쏟아질 뻔했다. 이제 점박이 형의 구두 박스에서 여섯 명의 쫄따구들을 혼신으로 건사해야 한다. 시인의 꿈은 구두통에 접어두더라도 슬퍼하거나 노여워하지 말아야 한다. 이제 길 잃은 똘마니들을 보호하고 영역을 지키며 밥과 술을 챙겨줘야 한다. 오랜 가뭄이 끝나고 태풍 경보가 들이치는 진부한 칠월이었다.

아버지의 꽁치

버드나무 만물상

그 점방을 접게 된 건 순전히 새마을운동 탓이니.

초가지붕 없앨 때까지는 안간힘으로 버텼는데 마을길이 넓혀지면서 결정타 한 방 제대로 먹은 것이다. 들또부들이 읍내 깊숙이 나들기 시작하면서 변두리 가겟방의 손을 끊은 건 아주 당연하다. 버스 엔진 소리에 파묻혀 내왕하는 재미에도 맛이 들었지만 그보다는 읍내 슈퍼의 상품 가짓수가 월등히 많은 데다가 매장이 화사하고 가격마저 쌌기 때문이다. 그렇게 완행버스 노선이 시골 구석까지 확장되면서 신작로 중간에서 보따리 행상들을 상대하던 만물상들이 한꺼번에 문을 닫게 된 것이다. 게다가 '버드나무 점방' 앞엔 완행버스조차 서질 않았으니, 그게 '송장에 말뚝 박기'다. 손님들이 발길을 밧줄 자르듯 쌍둥 끊었는데.

하필 버스 개통 직전의 점방 확장인데.

뒤란 벽을 허물고 복개천 건너 버드나무까지 가게를 넓히자마자 버스가 개통되었으니 그것도 패착이었다. 아버지가 무조건 잡화를 쟁여 올린 건 동네 사람들에게 당신 점포의 번창한 유통을 과시하겠다는 마음도 쬐끔은 있었던 것 같다. 건어물 도매상을 깨고 잡화 소매상으로 바꾸면서도 아직 건재함을 보여주기 위해 무리수를 둔 것이다. 아닌 게 아니라 박리다매를 목표로 들인 자잘한 물건들을 산더미처럼 배치시키니 외견상 전시 품목으로는 그럴싸했다. 그러나 이름부터 촌스럽게 '버드나무 점방'이라고 붙인 게 실책이었다. 경천리 '새마을 만물상'이나 '유신 슈퍼'처럼 시대감각을 느끼게 하든지 '아폴로 마켓'처럼 로케트 이름이라도 넣었어야 손님들 눈길이 멈춰졌을 것이다.

가겟방 물품 배치 순서는.

벽걸이 액자에서부터 시작되었다. 초가집 울타리에 어미 돼지가 뱃살 출렁출렁 누워 있고 새끼 돼지들이 오그르르 젖을 빠는 이발소 고물 그림을 집어온 것이다. 꼭대기에 '가화만사성'이라고 적혀 있는 액자 아래 칸에 양초나 성냥, 바느질 용품을 진열했다. 그 다음 앞 칸에 진간장이나 설탕·과자류를 정돈했고 그 아랫집에 건어물·야채 순서로 늘어놓았으니 일단 배열 모양새에 신경을 쓰기도 한 셈이다.

잡화류는 쉽게 상하지 않으므로 한 달 가까이 묶어두어도 여유가 있었지만 소채류는 이틀만 지나도 윤기가 죽었다. 열무는 사흘, 시금치는 이틀, 특히 상추는 하루 만에 이파리가 시들기 때문에 저물녘이 되면 그냥 떨이로 넘길 수밖에 없었다. 구두쇠 장돌뱅이들은 저물녘까지 기다렸다가.

"무조건 떨이요, 막판 설거지."

외치는 순간 각다귀 떼처럼 몰려들어 덤핑 떼듯이 물건을 챙겨갔다. 아버지는 그 틈새에서 그렇게 자잘한 살림도 하나씩 장만하고 집수리도 해나가는 쏠쏠한 재미를 기대했으니, 완행버스 개통 직전까지는 솔직히 승산도 있었던 것 같다.

아버지는 부지런했지만 귀가 아주 얇아.

외상은 물론이고 쌀가마 보증까지 덜컥덜컥 서주곤 했으니, 그 잰 인심이 덫이 된 것이다. 망한 것도 망한 거지만 너덜너덜 붙어 있는 외상값이 더 골치다. 빚쟁이들이 현금을 풀어놓지 않으니 장사건 농사건 심기일전

재기를 모색할 손가락 셈법이 깨지는 것이다. 아무리 맨발로 뛰어도 바위 덩이처럼 움직이지 않는 외상값과 눈덩이처럼 부푸는 농협 이자를 감당할 수 없었으니, 터진 물꼬를 엉덩이 맨살로 막는 격이었다. 결국 외상값 장부 두 권만 달랑 남긴 채 '빨가벗은 몸뚱이'로 문을 닫았다.

그리고 점포 폐업 순간부터 장부의 빚쟁이 명단들과 '맨땅의 헤딩' 게임을 벌여야 했다. 그나마 농사꾼들은 책임감 하나는 확실히 나왔지만 보따리 장사들은 막걸리 값 몇 푼은 후하게 베푸는 척하면서도 외상값만큼은 '도마뱀 꼬리'처럼 몸통을 감췄다. 찾아갈 때마다 장독대나 뒷간의 숨은 그림으로 변신하는 수전노의 막장 인심도 보여주었다. 그러나 아버지는 절대로 포기를 모르는 사람이었으니 장부에 잡힌 품목만큼은 반드시 받아내리라, 이를 가는 것이다. 눈길 십여 리 정도는 외상값 찾아 이삭 줍듯 타박타박 다리품 팔기도 했다.

아버지의 꽁치

삼각리 방앗간 머슴 네 명 중 둘은 문맹이었고 둘은 국문을 읽을 줄 알았는데.

국문 해독자 중 홀아비 한 사람이 오야지 노릇을 하며 새경 두 가마를 더 얹어 받았다. 그 오야지 머슴은 귓바퀴 사이에 언필을 꽂은 채 쌀 방아 회계장부도 계산하고 나들목 가마니 출입도 체크했기 때문에 사람들은 듣기 좋게 '총무'라고 불렀다. 중학교를 졸업했으니 배운 축이요, 체격도 강대하고 얼굴도 빈티가 전혀 없는데 이차구차 사유로 장가를 가지 못했단다.

그나마 갓 서른에 가운데 머리카락부터 숭덩숭덩 빠지는 바람에.

족히 십 년은 늙어보였다. 그랬다. 모자를 쓰면 30대인데 벗는 순간 그냥 마흔이 훌러덩 넘는 화상으로 변신하는 것이다. 그 바람에 아이들은 '요

강 대가리'라고 놀리며 줄행랑쳤고 어른들은 그냥 후덕하게 '대머리 총무'
라고 불러주었다. 김상희의 노래「여덟 시 통근길의 대머리 총각」대신 '대
머리 총무'를 붙여주었는데 마을 악동들이 '여덟 시 통근 길에 요강 대가리'
로 개사해서 합창으로 놀리다가 오그르르 도망치기도 했다. '여덟 시 통근
길에 대머리 총각 오늘도 만나려나 기다려지네. 무심코 그를 따라 타고 본
전차 오가는 눈총 속에 싹 트는 사랑.'

당재골 옴팡집 놀음판은 겨울철 '묵 내기 민화투'에서부터 시작되었다.

'묵 내기'에서 '닭 내기'로 바뀌더니 장돌뱅이들이 끼어들면서 새끼 돼지
로 변신했다가 노름판 규모가 눈덩이처럼 팅팅 불어 급기야 논문서까지 등
장한 것이다. 아버지는 논문서 품은 노름판에 절대로 끼지는 않았지만 막
걸리 잔 얻어 마시는 재미로 조금씩 출입 횟수를 늘려갔다. 고리도 뜯지 않
고 그냥 구경꾼으로만 뭉개는 그에게 끝발 패에 몰린 방앗간 총무가 정부
미 몇 가마 값을 보증 세운 것이다. 아버지 여린 마음의 지난至難함의 시초
였다. '똥 누러 갈 때와 똥 누고 나올 때'가 다르듯 보증 서러 쫓아다닐 때와
보증이 끝난 이후의 판세가 완연히 바뀌었다.

그는 체격답게 넉살이 좋은 데다가 말발도 강해서 노름판 보증 부도 이
후에도 아주 당당했다. 아버지의 '대범한 척'을 이용하여 맞부딪칠 때마다
농담 따먹기 식으로 독촉의 강도가 잦아지게 만드는 허허실실 타법도 썼
다. 우연히 외나무다리에서 마주치듯 딱 걸렸을 때에도 총무 대머리가 도
리어 화사하게 웃으며.

"자꾸 졸라대면 받을 돈두 증발되능 겨. 다급허지 말구 진득허게 기다리
라구. 노름판 빚은 원래 '내놓으쇼' 식으로 재촉하능 게 아녀."

껄껄 너스레로 외통수를 피하면 오히려 채권자인 아버지가 식은땀을 흘
리는 것이다.

'내 돈을 꾸어서 노름한 거니까 나한텐 생돈이라구. 노름판 돈이 아니

여.'

라고 대꾸하지 못했다. 게다가 자존심도 있어서.

'돈 좀 갚어주쇼. 지발. 잉.'

하며 징징 달라붙는 모습을 보이지 않으려고 무던히도 참은 것이다. 게다가 어머니나 자식들 앞에서는 일부러 헛기침 포장으로 자신감을 보여야 했다. 당장 대문을 박차고 쳐들어가 아랫목에 누워서라도 끝까지 박박 긁어낼 것이라고 큰소리까지 뻥뻥 쳤다. 그 허세가 쌓이고 쌓였다가 폭발한 것이다.

그 맞짱 사단의 원인은.

감감무소식이 된 쌀 두 가마니 값이다. 꼬박 일곱 달을 질질 끌면서 몇 말 값씩 띄엄띄엄 쪼개 받아 간신히 한 가마니를 채웠지만 나머지는 함흥차사가 된 것이다. 표정을 감추려던 아버지의 얼굴이 찌들어가면서 검은 그늘이 점차 깊게 떨리기 시작했고.

마침내 아버지의 번뜩이는 눈빛이 위력을 보였으니 그게 '꽁치 사건'의 오픈게임이다. 장터 주막집에서 외통수로 걸리자 일단 소매 끌고 막걸리 한 잔부터 콸콸 따라주었단다. 타는 속내를 감춘 채 점잖은 척 몸을 돌렸으므로 처음에는 아버지가 '쭈우' 하고 풀이 꺾이려니 했다. 그런데 막걸리 석 잔쯤 들이킬 즈음.

"몇 푼이나 된다구 그리 똥을 태우냐구. 시발."

속으로 중얼거린 '시발' 소리가 툭 튀어나오면서 아버지의 눈자위 떨림이 순식간에 격해졌다. 눈치 빠른 대머리도 아버지 심장의 급한 박동을 느꼈나 보다. 전신주 뒤로 몸을 빠이빠이 감춘 줄 알았던 그가, 웬일일까, 잠시 후 파안대소로 나타나더니.

어디서 구했을까. 썩음썩음한 꽁치 한 상자를 턱 내미는 것이다.

파장까지 남은 '맛 가기 직전의 생선 궤짝'을 받아든 아버지의 인상이 어정쩡하게 퍼지며 일단 입막음이 되었다. 식솔들한테 던져주면 임시방편으로나마 체면이 선다는 판단을 한 것 같다. 상자를 묶은 짐받이 자전거를 휘청휘청 끌며 일곱 식구들 얼굴을 떠올릴 즈음 눈발 사이로 어스름 땅거미가 꽁꽁 뭉친 채 몰려왔다.

다섯 자식들 모두 오그르르 달려들어 꽁치 상자 밧줄을 끄르는데, 어머니 혼자 표정이 불안하게 흔들린다. 빚을 받아 시장 좌판이라도 벌여야 식솔을 먹일 수 있는데, 남편은 기껏 썩은 생선 개평 하나로 헬렐레 벌어진 채 물렁이 사내가 된 것이다. 본디 성격만 급했지 뒤끝이 하염없이 물렁한 지아비에게 부아가 나서 대뜸.

"워쩔튜? 가겟방 폐업했으면 야중 생각해서 종잣돈이라두 맹글어야 식솔들 목구녕 채우쥬."

"순리대루 풀리게 되어 있어. 죄다."

아버지는 짐짓 태연한 척했지만 벌써 얼굴이 벌겋게 달아올랐다.

66

"그 냥반 돈이 읎어 안 주는 게 아니잖뉴? 죄다 꽁쳐놓구 우는 애부텀 순서대루 젖 주능 규. 다리 건너 기름집 빚잔치 할 때 졸라대는 집부터 처분헝 거 시장 바닥 사람들은 죄다 알유. 그 집모냥 야반도주허먼 우리만 알 거지 되능규."

"겨울 한파니 생선 썩을 염려도 읎으니 지져 먹구 구워 먹으면 되능 거여. 글구 기름집이랑 방앗간은 격이 다르니 꽁치 상자랑 관련시킬 필요는 읎어. 빚 갚음이 아니라 그냥 장례 이자여."

소재지 가는 길목 다리 옆의 기름집 얘기로 비켜나려 한다.

사람 좋은 기름집 주인은 머리칼에 기름 잘잘 발라 이 대 팔 가르마 타는 마흔 살 멋쟁이이기도 했다. 그가 여기저기 돈을 꾸어 석 달 뒤 두둑이 이자 쳐줄 듯 큰소리치더니 어느 날 소리 없이 줄행랑쳤단다. 야밤중 트럭 한 대에 살림 보따리 죄다 묶어서 흔적도 없이 사라지더니, 세 해가 바뀌도록 감감무소식이다.

"목돈으로 주고 푼돈으로 받고 야중엔 꼬리 감추구…… 저번 고두리 노름판에서두 또 논문서 날렸다는 소문이 파다해유. 기름집은 야반도주 헐라면 집이라두 처분해야지믄 대머리 총문 홀애비 맨몸만 빠져나가면 그게 끝유. 안 뵈슈? 애아버지만 쳐다보다가 깡통 찰지 모르는 다섯 새끼 입 좀 보슈."

어머니가 지아비를 설득하느라 한마디 덧붙인 게.

"오머니두 괴깃국은커녕 이밥 자신 지 반년은 됐구유."

'할머니 쌀밥 얘기'가 던져지는 순간.

"……깅가? ……그래두 떼먹진 뭇헐 거여. 홀애비 그놈이."

그제야 너무 물렁했다는 자각이 들었는지 아버지의 눈자위가 가느다랗게 흔들렸으니 타고난 효자 성정도 있었으리라. 갑자기 찬장에서 금복주를 꺼내더니 신김치 씹으며 서너 잔을 거푸 들이키는 게 수상하다. 아닌 게 아니라 술잔을 딱 소리 나게 내려놓던 아버지가 갑자기 고개를 홱 치켜든 채 부뚜막 천장을 노려보는 눈자위가 푸줏간 고깃덩이 같다.

"절단을 내버릴깡. 시부랄 새깽이."

어럽쇼, 이번에는 거꾸로 어머니가 불안해진 것이다.

"……근력 주정하라능 게 아니잖뉴. 빚만 해결허란 거지."

"방앗간 사무실에 등허리 지남철처럼 칠싹 붙이구 돈 줄 때꺼정 끝장낼 거여. 막판까지 안 나온다."

김치 한 조각을 뼈다구처럼 오도독오도독 씹으며 꽁치 상자를 노려보더니 발목 장화를 들었다. 아버지가 바짓가랑이를 장화 속에 쑤셔 넣자 사립문이 화들짝 젖혀지면서 찬바람이 우수수 쏟아졌다. 분명히 뒤집어서 탁탁 털었는데도 여전히 발바닥 미끄러지는 소리가 찌끄덕거린다. 말리지도 못하고 당기지도 못하는 어머니 표정이 바람 빠진 풍선처럼 찌그러들었다. 막차가 끊어졌으니 장화 걸음으로 시간 반 거리인데 바깥바람이 무시로 세다.

할머니는 새벽마다

부엉이 울음 심난하던 밤이 지났고 아버지는 새도록 돌아오지 않았다.
어둠이 쳇바퀴처럼 동을 틔울 때까지 동생들 모두 단잠에 빠졌고 두 사람만 뒤척이며 잠을 설쳤다. 장이도 새벽잠에 민감해서, 어머니가 건드리기 전에 이미 눈이 떠진 것이다. 지난밤에 어머니가.
"아침에 함 가봐라."
어머니가 고개를 돌리다가 문턱에 머리를 부딪치시니 이마를 짚은 손바닥 사이로 피가 뚝뚝 떨어진다. 그러거나 말거나 이마를 짚은 그대로.
"함흥차산 걸 보니 필시 무슨 사단이 난 모냥이여. 어떤 땐 제법 진득허게 참는데 워쩌다 한 번씩 일을 벌이몬…… 큰소리 뺑뺑이 허풍도 아녀…… 울보쟁이가 승질빼기는 불 같으니. 아이그. 내가 똥이 열 자루여."
어머니는 충동질의 부채감으로 잠을 설친 채 입술만 까맣게 타들어가는 것이다. 그랬다. 아버지는 허풍이 세고 심약한 울보 체질이지만 다혈질 사내이기도 했다. 큰소리 뺑뺑 치다가도 코너에 몰리면 술병을 뜯었고 열통이 터질 때마다 후엉후엉 머리를 짓찧는 바람에 식구들까지 담벼락 받으며 잠을 설치기도 했다.
첫새벽.
장이는 오줌을 누기 위해 토방을 건너려는 중이었다. 원래 시궁창인데, 여름날엔 미나리 밭으로 시퍼렇게 넘실거리다가 겨울엔 다시 텅 빈 시궁창으로 변하는 그 자리다. 토방 앞에서 해바라기 자세로 웅크린 그림자 하나가 주춤 흔들리니.

'앗, 할머니다.'

할머니는 새벽마다 몸을 동그랗게 웅크린 채 그렇게 대문 밖으로 달팽이 산보를 나오시곤 했다. 사립문에서 시궁창까지 옮기는 데도 꼬박 세 차례씩이나 쉬어갈 때면 쑥국새도 함부로 울지 못했다. 사립문이 가까워질수록 버걱버걱 엉덩이 긁히는 소리가 선명해진다. 이번에는 고의춤에서 무언가를 부스럭부스럭 꺼내자, 썩은 오이처럼 시커멓고 길쭉한 놈이 툭 튀어나온다. 마른 비듬 몇 잎이 소금꽃 조각처럼 목덜미 타고 하얗게 떨어진다.

'꽁치다.'

할머니 손에 들려 있는 건 틀림없이 그 '아버지의 꽁치'다. 갈퀴 손톱으로 꽁치 대가리를 발라내더니 입술로 '툭' 하고 튕겨냈지만 내내 광목 치마에 풀썩 떨어질 뿐이다. 이번에는 몸통 가시를 발라낼 차례다. 어느새 구워냈을까. 살을 발라낼 때마다 잔가시 사이로 아궁이 재티가 부스스 떨어진다. 그러다가 장이와 눈이 마주치자.

"딱 한…… 개밖에 안 먹었당."

슬쩍 외면하며 꽁치를 기둥 쪽으로 숨겼는데도 어느새 새벽 토방으로 비린내 지천이다. 장이도 반대쪽으로 고개 돌린 채 사립문을 나온다. 허공으로 밥풀때기 같은 것이 희끗희끗 비치더니 금세 뿌옇게 흩어진다.

'눈이라두 한바탕 쏟아지려나?'

장이는 차비 삼십 원을 속주머니에 쑤셔 넣은 채 총총걸음이다. 나 홀로 버스를 탄다. 그 해방감만으로도 심장 뛰는 소리가 하늘 끝까지 울려 퍼지는 것 같다. 버스만 보면 신작로 타고 어디론가 훌쩍 떠나고 싶은 충동에 사무쳤는데 뜻밖에 그 회색빛 꿈이 이루어진 것이다. 이상하다. 날마다 보는 풍경들도 바퀴가 구를 때마다 새롭게 펼쳐지는 것이다.

69

대머리총무와 맞짱

아버지의 몸집은 집에서보다 훨씬 왜소했다.

허리를 뒤틀 때마다 신문지 도배지 사이로 매흙가루 떨어지는 방앗간 사무실에서다. 삭은 장작처럼 잦아드는 아버지의 좁은 어깨가 지게목발처럼 서걱서걱 드러난다. 풀러진 윗단추 사이로 가슴팍 터래기들이 원숭이처럼 더부룩한데 기름기 먹은 머리카락도 수인처럼 뻣뻣하게 서 있다. 천장 쥐떼들이 두두두 연쇄음을 냈지만 파리채 한번 던지자마자 얼음장처럼 고요하게 가라앉았다. 벽시계 그림자까지 음침하게 흔들리다가 눈두덩에 끈적끈적 붙어버린다. 등허리가 가렵지만 움직일 수 없다.

"장작개비가 산더미 같네."

뒤란에 쌓인 참나무 둥치는 금세라도 불이 붙어 활활 타오를 것처럼 나뭇간 꼭대기까지 꽉 차 있다. 남의 떡은 그렇게 쳐다보기만 해도 배가 부르다. '우리는 언제 저렇게 산더미 장작을 활활 태워볼 수 있을까.'

장이는 꼬맹이 시절, 딱 한 번 푸짐하게 쌓아보았던 장작더미 기억을 더듬는다. 너댓 살 때쯤 되었을까.

괴산에서 조치원으로 이사 올 때니 7년 전이다.

이삿짐이 워낙 없다 보니 트럭 짐칸이 절반이나 비었더란다. 어머니는 시장 바닥 판자때기란 판자때기를 죄다 주워 모아 이삿짐 빈자리에 쑤셔 넣기를 시도했다. 사과 박스나 고등어 상자, 구루마 바퀴나 싸리비 몽둥이까지 죄다 긁어모았다. 특히 면장댁 마당에서 집어온 뽕나무 장작은 폭탄 화력으로 아궁이 꽉 채운다고 소문이 난 터였다.

"홋홋헐 거시여."

어머니도 모처럼 귀밑까지 걸린 입술로 홍조를 띠웠었다.

하지만 이사 이후에도 구들장은 항상 냉골이었다. 아끼고 아낀 나뭇단

끼리 응달 속에서 뿌옇게 먼지만 내면서 파삭파삭 삭을 뿐이었다. 세월만큼 윤기를 잃어가던 판자때기 녹슨 못들이 먼지 속에서 날을 드러내며 벌겋게 세월을 보냈다. '훗훗한 구들장'의 꿈들은 그렇게 수전노 주인장 만나 시나브로 잦아들었고.

문을 여는 찰나, 누워 있던 아버지가 미라처럼 스르르 일어선다.

눈동자가 카ー 하고 빛을 내는 바람에 장이가 흠칫 한 발자국 물러설 뻔했다. 아버지는 눕혔던 등허리를 부석부석 일으키더니 웬걸, 딸의 헝클어진 머리를 버걱버걱 긁어주며 팔을 잡아당긴다. 처음이다. 얼떨결에 안겨 본 아버지의 첫 품이 후끈후끈 어지러워서 번들거리던 눈빛을 깜빡 놓쳐버렸다. 남자들의 가슴이란 게 초췌해 보여도 이렇게 후끈거리는 거구나. 설레설레 흔들며 문득 집에 돌아가고 싶다는 생각도 해보지만 발바닥이 떨어지지 않는다. 참새 떼들이 죄죄죄 날개 치며 환기통 사이로 곤두박질 난리통이다.

딸내미를 보는 순간 회가 동한 것일까.

아버지는 장지문을 탁 소리 나게 닫더니 성큼성큼 밖으로 나간다. 고무장화의 바람 빠지는 소리가 찌걱찌걱 들리는 건 마루에서 내려섰다는 신호음이다. 아버지는 남의 방을 점령할 때까지는 용감무쌍했지만 새도록 아무의 눈길도 받지 못하면서 기운이 잦아진 상태였다. 그러다가 돌연 등장한 큰딸 장이를 보는 순간 다시 분기가 터진 것이다.

장이는 불안하거나 어지러울 때마다 순식간에 기면증에 빠지는 특이한 체질이다. 구들장이 따뜻하니까 한번 붙은 등허리가 떨어질 줄 모른다. 따뜻하다. 십 분쯤 지났을까. 낭떠러지에 추락하는 가위눌림으로 '으흡' 신음 지르며 일어선다. 수런대는 소리가 문지방 어둠으로 밀려오면서 갑자기 커졌다고 생각했다. 이상하다. 유리창 흔들리는 소리가 '우당탕탕' 겹쳐지는 것이다. 보이지 않는 아우성이 더욱 불안해서 화들짝 일어섰다. 아니다 다를까.

싸움판을 둘러싼 구경꾼들의 등짝으로 저녁놀이 쏟아지는 중이었다. 그리고.

총무 대머리가 솥뚜껑 손바닥으로 등을 찍어 누르는데.

아버지 역시 담벼락에 발목을 붙인 채 만만찮게 버텨내고 있었다. 뒷다리로 지렛대처럼 버티면서 나머지 한쪽으로 안다리를 걸겠다는 작전이다. 아무튼 수수깡처럼 가느다란 종아리로도 어지간히 버틴다는 생각인데, 이런 게 텃세일까.

"엥간하다."

구경꾼들은 뒷짐 진 채 빙긋빙긋 바라보다가 아버지가 이길 만하면 말리는 척 총무 대머리를 거들었다. 구경꾼들이 말리지만 않았으면 아마도 아버지의 나머지 손으로 오금당기기를 걸어 넘겨버렸을지도 모른다.

대머리의 어깨 걸어치기에 걸려 마당가 저만치로 밀려버릴 뻔했지만 '고양이 뒤집기'로 재빨리 버티며 반격의 주먹을 쥐었으니 아버지가 밀리는 건 절대로 아니다. 아주 잠깐 싸움닭 거리를 두고 노려보더니, 이번에는 놓고 치기 맞짱인데, 구경꾼들은 다시 원래의 구경꾼 자세만 취할 뿐이다. 대머리가 팔을 바람개비처럼 돌리다가 주먹을 뻗자 근육 속 뼈마디가 우두둑 펴진다.

"비호같이."

대머리의 왕주먹을 비호같이 피했다는 쉿소리다.

"조선낫으로 네 모가지를……."

'잘라버리겠다'는 소리는 유리창 소음에 쨍그랑쨍그랑 묻혀버렸다. 툇돌 위에 비스듬히 해바라기하던 고물 체경이 장화에 밟힌 것이다. 유리 파편에서 고춧가루 매운 냄새가 부스스 터진다. 아버지의 눈동자에서 쏟아지는 빨갛고 파란 핏줄이 거울 조각에 반사되면서 지구본의 날줄 씨줄처럼 정교해진다.

"어느새."

키 작은 사람들은 무조건 밑에 파고들어 상대방을 당겨 배 위로 뒤집어 넘기는 기술을 쓸 수도 있다. 아버지가 사타구니 밑으로 파고드는 건 '뒤집기' 한 방을 노리려는 그 속셈이다. '어, 어, 어.' 뒤로 밀리던 대머리의 한쪽 발이 고랑에 빠질 듯 위태롭다. 아버지가 올라타려 하자 그제야 구경꾼들이 매달려 우르르 뜯어말렸는데.

"갱굴창이었으먼 완죠니 끝났는디."

아버지는 받아내지 못한 빚보다 써보지 못한 뒤집기 기술을 더 아쉬워한다. 헐떡이는 좁은 어깨 너머로 썩은새 같은 어둠이 밀려오는 중이고.

"갱굴창이었으먼 니 몸뗑이 온전했으랴."

"네 살이나 더 먹었다. 느이덜 조치원 촌놈 족보는 워쩨 위아래두 읎냐."

"나이 값이나 햄마."

"공대발 좀 붙여. 젖망구리. 으이그. 제발."

서른아홉 아버지는 그가 쓰는 반말 때문에 특히 분을 삭이지 못한다. 일가붙이끼리 연결된 내륙 토박이 텃세로 아버지를 '날아온 돌' 취급하면서 서너 살을 까뭉개는 게 종시 분하다. 쇠꼬챙이라도 들어서 '박힌 돌' 텃세를 아작내겠다고 수십 번은 작심했었다.

"정미소 사장님 보기 민망하지 않냔 마."

"쥔이 배 아프먼 머슴이 똥 누냐?…… 장가도 못간 요강 대가리 새끼."

"뭣이, 무슨 대가리. 잇. 시발."

그는 '장가도 못간'보다 '요강 대가리' 소리를 훨씬 못 견뎌 했다. 아닌 게 아니라 석양빛이 비치면서 이마 꼭대기부터 사기요강처럼 번들번들 장관을 이룬다.

"새경 두 가마 더 받는 총무 자리두 머슴살이는 마찬가지얀 마."

"아가리 닥촷."

아버지는 이기지도 못했지만 그렇다고 밀린 것도 아니다. 위에서 보자기로 덮듯 누르면 아래서는 안간힘으로 몸을 받쳤으니, 딱 소강상태였다. 장이는 문득 시퍼렇던 겨울 하늘이 샛노랗게 변하는 것을 보았다. 보았다. 분명히 보았다. 어지러우면 하늘 빛깔이 노랗게 변하는 몸의 이치도 알았다.

"아버지, 독짝."

빈혈 속에 튕겨 나오는 외마디 소리다. 장이가 돌멩이에 걸려 넘어지려는 아버지의 엉덩이를 순식간에 받쳐낸 게 신기하다. 손바닥에 받쳐진 물렁 바가지 두 쪽의 속살 감촉이 순간적으로 따뜻했던 것 같다.

뿌욱.

사람들이 웬 소린가, 하며 눈이 둥그렇게 커졌다. 코를 찌르는 구린내가 진하게 퍼지는 동시에 모두들 찌그러졌던 입술이 반달형으로 활짝 올라가며.

"히익…… 펫펫펫."

아버지의 엉덩이 재봉선이 타타타 틀어지면서 광목 빤쓰가 삐지직 튀어나왔다. 터진 홑바지가 따뜻한 방귀 냄새를 나풀나풀 열어주자 장이도 손바닥 냄새를 훌훌 털어내었다.

"에헤헤헤헤헤."

어금니 깨물던 긴장감이 깨지고 구경꾼들의 배꼽 잡는 소리가 쨍그랑쨍그랑 울려 퍼졌다.

"엥간하다. 이. 고쟁이꺼정 뚫고 나오는 폭풍 방구라."

"낡은 빤쓰 조각 뚫는 방구. 열심히 연습 해서 방구대회 나가두 되겠네. 나이롱두 뚫고 야중에 벽돌도 뚫고 철갑선도 뚫는 방구 태풍…… 사라호 태풍…… 우헤헤헤헤."

돌연 수탉처럼 나타난 계집아이가 중년 사내들의 진흙탕 싸움을 뜯어

말린 셈이 되었다. 방앗간 주인이 팔짱을 풀더니 그제야 점잖은 척 사이를 가른다.

"딸내미 앞에서 숭악한 꼴 그만 보입시다. 이. 총무님도 우리 집에서 오래오래 붙어 있을 참이니 기름집처럼 하이칼라 야반도주로 돈 떼먹히지 않을 거요. 대머리 까졌다구 죄다 꽁짜만 밝히는 게 아니란 걸 알큐. 공짜 대머리가 아니라 사장님 대머리유. 지가 책음진다구요. 이."

구경꾼들도 대머리 소리에 키득키득 웃음을 참으며 인정이 많은 척.

"그만 하소. 쌀가마 두어 짝보담 사람 인정이 몬저지."

부르르르릉.

마침 오토바이 소리가 들리고 제복 차림의 지서 순경까지 나타나자 구경꾼들마저 슬금슬금 흐트러졌다.

"몬저 집으로 돌아가라…… 벼 한 가마 값이라두 받아가야……."

동굴처럼 음습해진 아버지의 눈동자 때문에 장이의 가슴이 철렁 내려앉는다. 오토바이 순경 아저씨까지 출동이라니 아무래도 심상찮다. 자전거에 엔진을 부착한 '자전거 오토바이'가 굉음을 울리며 위압적으로 등장했고.

그날 밤 얻어맞았다

하늘 뚜껑이 뚫린 채 눈발이 펑펑 쏟아지던 날.

꽁치 상자 때문에 아주 잠깐 행복했고 그 상자 때문에 가슴에 평생 빼낼 수 없는 대못이 박혀버렸다. 폭설을 뚫고 등장한 꽁꽁 언 상자를 내려놓는 순간 '우리 집에도 무언가가 상자째 들어올 때가 있다'며 포만감으로 속이 꽉 찼던 터이다. 동생들이 감히 만져보지는 못하고 주둥이도 찔러보고 옆구리도 찔러보며 실실 눈치 보던 그 '아버지의 꽁치'다. 그랬다. 딱 한 번만이라도 비린 것으로 곱창을 채우고 싶었던 다섯 남매의 회가 불쑥불쑥 동하는 것이다. 마침 초저녁 잠이 많은 어미와 할미도 코 고는 소리만 들리므로, 순간적으로.

우리끼리 한번 꽁치를 구워보겠다는 결단을 내리면서.

장이가 십구공탄 위에 석쇠를 올려놓았다. 동생들 넷이서 오그르르 손바닥 비비는 게 부나비처럼 피싯피싯 화사하게 비치기도 했다. 생선 몸통에서 누런 기름방울이 뚝뚝 떨어질 때마다 파샷파샷 소스라치며 번뜩이는 것이다. 불꽃 혓바닥이 새파랗게 날름대면서 코를 찌르는 연탄가스 냄새가 완전히 죽여주는 것이다. 남매들은 그렇게 콧구멍 파고드는 기름 냄새로 일찌감치 헛배가 불렀다.

각서 한 장으로 지서를 빠져나온 아버지가 고주망태 술판을 만든 건.

방앗간 사장이 주막으로 소맷자락 끌면서 대머리 총무와 화해의 술잔을 주선했기 때문이다. 찌뿌둥하던 술판이 금세 풀리면서 분위기를 타더니 서로 멍자국을 문질러주는 시늉으로 주전자 횟수가 불어났다. 마침내 맛이 가면서 '우헤헤헤' 주태백이 배짱으로 바뀌더니 '성님' '동생' 판으로 가슴이 후덕해졌다. 여덟 시 통근길에 대머리 총각 내일도 만나려나 기다려지네. 빨갛게 젖은 얼굴 부끄러움에 처녀 맘 아는 듯이 답하는 미소. 좋다, 좋아. 시헐시헐. 부어라. 마셔라. 샤방샤방 뭐든지 해결해보자.

주막 창가로 쏟아지는 눈발을 받던 그 젓가락 장단까지만 딱 좋았다. 그 후 술기운으로 눈 내리는 밤길을 시간 반 이상 헤매면서 다시 몸도 마음도 만신창이로 피폐해졌다.

장이네 남매들은 비린내에 취해.

한 마리, 두 마리씩 더 올려놓으며 주둥이가 새까맣도록 구워대던 중이었다. 허기 탓이었을까, 생선 냄새에 그슬린 불꽃을 깜빡 놓친 게 문제다. 담요 꼬리에 붙은 불꽃 무더기가 얼핏 화사하다고 느꼈던 것 같긴 한데 그냥 쓰레기장 고무 타는 냄새인가 보다 하며 까묵 지나친 것이다. 아닌 게 아니라 느끼한 냄새 따위는 원래 집안 전체에 덕지덕지 배어 있던 터이다.

그 냄새가 불꽃 몇 점을 순식간에 잡아먹는가 싶더니 찌익찌익 문짝 떠미는 소리로 바뀌는 것이다. 그랬다. 장이가 대가리부터 와자작 깨물자 동생들도 눈빛 번뜩이며 비린 가시 쟁탈전을 벌이는 바람에, 바로 뒤에서 아버지가 저승사자처럼 불을 켜고 쏘아보는 것도 까맣게 몰랐다. 위험한 불꽃놀이 와중에도 꽁치 대가리 한 입 더 베물고 싶어 달려드는 동생들의 풍경을 보면서 아, 처연한 생각으로 사무칠 즈음이다.

빠각.

분명히 뒤통수가 번쩍했고, 콩이 뛰었고 불이 반짝했다.

이번에는 옆구리다. 나머지 네 남매는 건드리지도 않고 아버지는 여전히 장이 하나만 두들기고 아작낼 뿐이다. 손바닥을 벗어난 꽁치 대가리가 화덕에 떨어지면서 기름 냄새를 바드득바드득 터뜨린다. 아버지가 세숫대야 물을 담요에 덮어씌우자 찌든 가난이 시커멓게 피어올랐던 것 같다. 연기 그리고 장작개비를 뽑은 아버지의 취한 그림자가 야차처럼 그릉그릉 덮칠 판이다. 그러나 무섭기에는 허우대의 균형이 너무 허술하다.

판자때기 뚫린 구멍으로 찬바람이 불어와서 얼굴을 '풍' 찌른다. 찬바람조차 뜨겁고 아파서 정수리가 후끈 더워진다. 연기가 걷히면서 아버지의 몸이 자꾸 왜소하게 쪼그라드는 바람에 오히려 울화통이 터져서.

"배가 너무 곯아서 참다 참다 두어 점 떼 먹은 건디⋯⋯."

하다가 순간적으로 그 '두어 점'이란 단어가 울컥 올라와서.

"쥑엿."

그 소리가 빵 터져버렸다. 겨우 썩은 꽁치 따위나 한 입 깨물다가 귀싸대기 언어맞는 신세가 순간적으로 울화통 터졌던 것이다.

"머시."

기실 '쥑엿' 소리에 더욱 놀란 건 아버지가 아니라 오히려 소리를 지른 장이 쪽이다. 으으으, 아버지의 파리채 손바닥이 장이의 얼굴을 꾹꾹 짓눌러도 신음을 참아내려 했던 건 순전히 성미 독한 딸내미의 오기 탓이다. 그런데 더 이상 눌리면 짓물린 얼굴이 반죽처럼 흐물흐물 쪼개질 것 같아서.

"아부지 편드는 사람은 나밖에 없드만…… 왜 엠헌디서 술 마시구 죄 없는 딸만 때려…… 한강 바닥에서 눈 흘기냐구웃!"

소리 지르며 혼신의 힘으로 밀쳐낸 것이다. 그 와중에 괴력이 솟구쳤는지,

"어어어, 이년."

눈사람처럼 힘없이 무너지는 아버지의 몸이 안쓰럽다. 부실한 전봇대 뿌리 뽑히듯 우지직 쓰러지며 머리를 문턱에 부딪치는 걸 보면 짚토매처럼 허약한 아비다. 장작더미에 기대어 일어서는 아버지 입술이 닭 똥구멍처럼 끔벅끔벅 벌어져서 자꾸만 눈시울이 시큰거린다. 잡히면 난장이 터질 것 같은데 장이는 웅크린 몸을 더 이상 놀리기가 싫어진다.

남자들은 좋겠다. 하다못해 힘없는 집안 식구들이라도 장작개비로 팰 수 있어서 좋겠다. 장이도 또래 여자아이보다 힘이 세지만 술 취한 사내들의 완력에는 대응할 엄두가 나질 않는 것이다. 마음의 수치심보다 몸의 아픔이 훨씬 고통스럽다.

갈밭, 이튿날

부엉이 울음이 등짝 찍는 낮달 그리고 신우대 언덕이다.

찐빵처럼 부푼 이마가 아직도 뜨근뜨근한데 갈밭 사이로 떠오르던 아버지의 얼굴이 서서히 쇠해졌다가 사르르 사라진다. 매서운 바람이 관절을 찌를 때마다 가슴이 뜨끔뜨끔 숨을 쉰다. 몇 대 정도 더 맞아주고 싶었

는데 몸과 마음이 따로따로 움직여지는 바람에 아버지한테 조금은 미안하기도 하다.

우물과 소녀가 함께 마주보니.

물에 비친 시뻘건 얼굴 뒤로 푸른 하늘이 보자기처럼 펼쳐져 있다. 사람의 몰골이 이런 식으로 바뀌는구나. 도리질 치는데 이번에는 물수제비 따라 흔들리던 할머니의 얼굴이 딱딱하게 움직이지 않는다. 바람이 불 때마다 활엽수 나목들이 그렇게 번갈아가며 우, 우, 우 신음을 끌어안는 중이다.

"더 크게 울어 동네방네 소문내자. 착한 딸 패는 저승사자 아빠라고."

설레설레 고개 흔든다.

"혼자 묻고 살 거여."

세상에는 이루어질 수 있는 일과 이루어질 수 없는 일이 분명히 구분되어 있었다.

조약돌은 아무리 땅에 묻어도 비누 조각이 되지 않았고 칡뿌리는 잇몸이 시큰대게 씹어도 절대로 껌으로 변신하지 않았다. 그저 검정 고무신 잘라 씹듯 오도독오도독 물어뜯어도 한사코 단물이 쏟아지지 않은 채 혀 마디만 썼다. 아귀통 통증이 귓바퀴까지 올라와서 욱신욱신 시큰덕거리는 턱을 받치면서 날이 가고 신산한 달이 지났다.

그런데 쥐똥나무 그림자가 왜 그리 소란스러웠을까.

이파리 하나하나가 손가락처럼 오도독오도독 펴지면서 벌떡 일어나 싸대기라도 싸맬 것 같다. 찬바람이 쏴아쏴 맨살로 파고들 때는 곱은 손으로 '아이 추워' 하며 독구리 끝을 올려도 두 볼이 새빨갛게 달아오른다. 배고플 때 추운 게 가장 슬프다.

"울어라 울어. 이판사판 다 들리게."

아니다, 아니라고 도리질 친다. 우는 장면은 아무에게도 들키지 말아

79

야 한다.

공책 한 권 앞뒤로 빼곡히 글로 써서 땅속 깊이 꽁꽁 묻어놓고 절대로 뜯어보지 않으리라. 썩은 꽁치 냄새에 취한 다섯 남매 이야기. 주린 배 채우러 봄나물 뜯던 아지랑이 사연. 취할 때마다 식구들을 괴롭히던 울보 아버지. 죽어라고 일거리를 지고 다니며 온갖 지청구를 죄다 짊어진 어머니. 그리고 기어다니며 꽁치 대가리를 발라먹던 할머니의 쇠한 육신까지 연필심 발라 짯짯이 적어놓고 싶다. 그중에서 동생 넷을 낳고도 배가 부른 채 일더미에서 헤어나지 못하는 흥부네 울 어머니 얘기가 가장 안쓰럽다. 그래도 입을 떼선 안 된다. 나중에, 정말 나중에 어른이 되어 승자勝者가 되면 그때는 진짜 구덩이 파헤치며 꺼이꺼이 울어볼 수 있을 것이다.

"약 발르러 가자. 앰뷸런스 불러 병원에 가등가."

높새바람이 다시 어깨 떠밀며 연신 충동질이다. 침 발라가며 무르팍 묵은 때 벗기던 장이는 헛김이 빠져 배시시 웃으며.

"근양 물로 닦아내면 되능 거시여."

가볍게 잘라버린다. 나중에, 그야말로 먼 훗날 멋지게 성공한 여자가되어.

흙 속에 묻힌 어린 날의 글을 파내는 장면은 얼마나 설렐까? 그런데 1990년대쯤이 되면 그런 행복의 세상이 진짜로 올 수 있기는 한 걸까. 잘생긴 머스마와 하늘빛 자동차 타고 끝도 없이 달릴 수 있을까. 촛불 켠 식탁에서 나이프로 고기를 썰면서 눈 내리는 정원 바라보고 싶다. 설레설레 고갤 흔들자 그렁그렁 눈시울에 솜사탕 풍경이 탑새기처럼 후두두 날아간다.

소매로 콧등을 훔치는 건 앙가슴 사이로 파고드는 바람 때문에 자꾸 콧물이 흐르기 때문이다. 소매 끝으로 문지르자 금세 굳은 코딱지가 볼따구에 달라붙는다. 울멍울멍 남색 치마를 올린다. 엉덩이가 조랑박처럼 왜소한데 억새풀 매운 풀잎이 조갯살을 파헤칠 것 같다. 별빛이 싸-하게 쏟아지며 번뜩거린다.

"별아, 어디 갔다가 바로 꼭대기에 떠서 나를 훔쳐보고 있니."

시베리아 육자배기

"홍아. 느 아배가⋯⋯."

장지문 걷히자마자 찬바람이 비린내를 쏟아붓는다. 탑새기에 섞여 푸다닥 들이민 할머니의 몸뚱이가 삭정이처럼 바삭바삭 부서질 것 같다. 손에 쥔 꽁치는 어제 먹다 만 아랫도리 반 토막이다. 또 비린내다.

"죽었다아. 진짜루 명태처럼⋯⋯ 술에 취혀⋯⋯ 쩌어쩍 굳어버렸다아. 우리 집은⋯⋯ 인제⋯⋯ 오티게 산다니?"

그 와중에도 누나인 장이를 부르지 않고 두 살 터울 장손인 사내 동생 '홍이' 이름을 부른다. 홍이와 용이가 엣, 하고 입을 벌렸는데 그 와중에도 장손답게 홍이가 먼저 숟가락을 내리고 문지방 넘을 채비를 한다. 장이는 문득 홍이의 숟가락이 삽날처럼 커지는 걸 본다.

"무에? 아배가."

할머니만 달랑 남겨놓고 식구들 모두 탁구공처럼 튀어나왔다. 겨드랑이 사이로 따라오는 비릿한 꽁치 냄새 흔적들을 매단 채 사립을 냅다 뛰어넘는다. 장마철 미꾸라지 떼 다라에 쏟아놓고 소금 한 줌 뿌릴 때마다 요동치며 비늘 터뜨리던 그 냄새다. 가족들 모두 오합지졸 모양으로 악다구니 쓰며 동구 밖으로 달리는 그 사이로 함박눈만 무시로 쏟아진다. 그리고 모샛뜰이다.

팽나무 아래 시커먼 보자기 하나가 웅크린 채 싸락눈에 덮여 있다. 아버지다. 눈발 속에서 밥상처럼 뙤똑 엎어져 있는 그니는 틀림없는 내 아버지다. 아, 꼼지락거린다. 뻣뻣한 송장인 줄 알았던 울 아버지가 짚토매처럼

81

새근새근 숨을 쉬는 걸 보니 분명히 살아 있구나. 장이는 문득 '아배가'라는 말을 '아버지'로 고치고 싶어진다. 짚토매 흔들리는 몸뚱이를 '생강 부락' 이정표에 기대 놓고 등허리 들이대며 아버지의 수수깡 뼈마디를 일으키겠다고 용을 쓴다. 아버지가 살아야 집안 꼴이 잡힌다.

"잡아라."

장이가 겨드랑이 사이로 손을 넣자 홍이와 용이까지 달려들어 딱딱해진 팔을 주물럭거린다. 어떻든 구들장까지 옮겨놓으면 아버지의 몸이 따스하게 펴질 것이다. 나머지 동생들이 우르르 달려들어 엉덩이를 밀어 올리는데 어머니의 숨소리가 가장 거칠다. 우드득.

"우이이익."

홍이가 몸을 세우기 위해 용을 쓰다가 울멍울멍.

"나는 어른이 되두 술은 입에두 안 댈 거여."

"아부진 애기 때버텀 술고래였간. 사능 게 부치닝깐 마시능 거여."

장이가 동생들 달래며 가슴을 싸매는데도 아버지는 묵묵부답 반응이 없다. 온 식구가 게딱지처럼 달라붙어 눈발 위로 리어카 바퀴 굴리는 데도 멍석 위에 누운 채 가쁜 숨만 내뿜고 있다. 미끄럽다. 발 한번 잘못 딛으면 온 식구가 리어카째 저만치 곤두박질칠 판이다. 아버지의 미지근한 몸으로 시베리아 칼바람이 덮이면서 막걸리 거친 숨발이 간신히 터지더니.

"간다아 간다아아 나는 간다아아으으 아욱."

노랫가락을 터뜨리는 건 아버지가 깨어났다는 신호다. 아, 이젠 살았다. 뜬금없는 리어카 장타령이 살아 있음을 보여주는 것이다. 아버지는 그 고주망태의 신명으로 모진 세파를 버티어나갔을지 모르지만 그런 취중 신명이 때론 지긋지긋한 것이다. 어머니도 입술을 웅문 채.

"모진 거이 목숨이여. 쉽게 죽간디."

서설이다.

등허리 시려운 와중에도 무시로 쏟아지는 눈발이 황홀한 것이다. 그래 서일까. 동구 밖에서 사립문까지 눈 덮인 풍경이 성탄절 카드처럼 평화로 워 보인다. 온 세상이 똑같이 하얗다.

덜컹덜컹.

"죽자니 청춘이요 살자니 고해라."

자식들은 줄 서서 오그르르 리어카를 따라오는데 아버지 혼자 또 한바탕 가락을 터트리는 것이다. 손이 곱고 발이 시렵다. 얼어붙은 행색으로 온 식 구가 리어카에 묶여 굴비 타래로 끌려오는 동안 폭설에 묻혀, 윗눈썹과 아 랫눈썹이 붙어버렸다. 어머니가 한쪽 콧구멍을 막고 힘을 팽 주자 콧물 더 께째 눈보라를 뚫더니 고샅에 파묻혔다.

방문을 열자 대가족의 밥숟가락이 그때까지 사발 속에 꽂힌 채 꼿꼿이 서 있는데 할머니 혼자 꽁치 대가리를 발라내고 있는 중이다. 나무뿌리 같 은 무르팍 위로 눈발 몇 송이 들이닥쳤고.

나비와 나방

그해 오월부터 그랬다고 했다.

일곱 해 지나 아버지는 마흔셋이고 장이는 열여섯 앙가슴 찬 처녀가 되 었을 즈음이다. 아버지는 등이 굽고 잇몸이 흔들리면서 마음이 확실히 유 순해졌다. 우선 술이 줄었고 주먹질도 완전히 잦아들었으며 마음도 후덕해 졌다. 홍이와 용이가 열서너 살 변성기가 되도록 집터가 예전의 그 자리라 서 지루했던 세월이었고.

그런데 언제부터였나.

아버지가 발자국 옮길 때마다 어깨 뒤로 검은 그림자가 흠칫 따라붙는 것이다. 판자때기 쪼개는데도 그 그림자가 다시 목을 조르는 게 참으로 수상한 기분이다. 조인 목이 실제로 욱신거리기까지 했는데도 '그런가 보다' 하며 그냥 망치를 던지고 부엌으로 들어갔다. 왠지 불길하다며 도리질 쳤지만, 일단 지금은 종아리끼리 마른 진흙 비벼내며 새참을 찾는 중이다.

또 금복주 쏘주병이다.

빛바랜 상표가 너덜너덜 흩날리는데 반 병짜리 쏘주와 식은 꽁치 접시가 불쑥 나타난 것이다. 장독대 뚜껑이 햇살 받아 반짝반짝 비추는 게 섬찟했지만 그런가 보다 하며 병나발을 불었다. 독한 쏘주라도 일단 창자까지 들이키면 싸─해야 하는데도 어럽쇼, 휘발유 냄새가 터지는 바람에 재빨리 꽁치 대가리를 씹었다. 그런데도 뭉클, 오장이 뒤틀리는 게 심상치 않다. 국수 건지던 어머니 보고,

"쏘주 마셨는디 오째 속이 울렁거린다."

"쐬줄? 읎었는디…… 오디서 났슈?"

쓰뭉하니 물었을 뿐이다.

"찬장에 있데. 꽁치조림 옆댕이루."

"예끼 보숏. 농약인디…… 내가 아까참에 올려놓구 깜빡 안 치웠구먼. 퓃퓃."

어머니는 아까울 것도 없다는 듯이 몸을 돌리려다가 아찻, 화들짝 놀라 엉덩방아를 찧는다. 조루에서 새참 국수발을 쏟아내리려는 순간 지아비가 '무에' 입술을 벌리려다, 발라당 뒤집어졌다. 장독 위로 이마를 부딪친 부실한 몸집이 개구리 뻗듯 발발 까라진 것이다. 장독대 옆구리로 간장이 콸콸 쏟아지면서 짠 냄새 지천이다.

아버지는 쓰러지면서 천막집 가게 입구의 페인트 글자를 보았다. '가화만사성'의 '성'자 더께가 누렇게 바랜 채 기울어져 있었다. 토해낸 꽁치 타액 위에 쇠파리들이 까끌까끌한 발바닥 비빈다. 그렇게 흐릿해지는 눈을 감았다.

'죽는구나.'

눈알이 툭 튀어나온 채 세상과 작별했다.

저마다 착한 짝 지워 '둥지 튼 새끼' 평수 늘려가는 여생을 그려보던 그의 꿈은 거기서 종료되었다. 그 집 좀씨 자식들 모두 키 큰 짝 골라 종자 개량 하겠다던 꿈도 그냥 꿈으로 마무리된 것이다.

삼일장.

낮에는 나비가 날개를 수직으로 세워 노란 무꽃에 촘촘히 앉았고 밤에는 나방이 날개를 수평으로 벌리며 남포등 옆으로 꾸역꾸역 모여들었다. 버드 나무 치렁치렁 흔들리는 오월이었다.

방생종합병원 506호

방생종합병원 506호

감 선생이 욕조 거울로 알몸을 짯짯이 살필 때는.

수수깡 다리 두 개가 부실한 뱃가죽을 바둥바둥 지탱하고 있는 즈음이었다. 불룩하지만 부실했다. 뱃살의 중간 부분이 두툼한 바가지 형形은 소위 근육질 체형으로 백두급 씨름 선수처럼 장사 체질 몸매지만 아랫배가 축 늘어진 채 밑둥만 볼록한 풀자루 형形은 영양가 없는 비곗실 똥배일 뿐이다. 그러니까 풍만한 살집끼리도 최고봉의 위치에 따라 뽀대와 근력의 차이가 다름을 적나라하게 확인시켜주는 것이다. 지금 그의 아랫배는 바람 빠진 풍선처럼 금세 시들시들 주름이 접힐 것 같다.

머리숱에 대한 고뇌도 마찬가지다.

중년 이후 가운데 머리카락부터 시작된 탈모 현상이 점점 반경을 넓히더니 지금은 정수리 중간에만 염소 똥처럼 뙤똑 붙어 있는 게 도저히 후덕한 체질로 보이지 않는 것이다. 머리를 감을 때마다 손가락 힘을 완전히 빼고 유리 항아리 다루듯 아주 살금살금 어루만지지만 결국은 세면대 구멍에 한 주먹씩 메워지곤 했다. 그래도 발모제 광고에는 절대로 현혹되지 않는다. 소비하라며 혓바닥 날름거리는 저 브라운관 영상들이 진짜 효력이 있다면 어찌 전두환과 김우중 같은 거물들이 아직까지 대머리로 남아 있겠는가?

따르르르르릉.

샤워 때마다 전화 환청에 시달리는 것이다. 수화기 소리가 요동칠 때마다 깜짝 놀라 튀어나와보면 번번이 헛발질인 터라 이번에도 긴가민가 엉거주춤하는 중이었다. 그런데도 벨소리가 끊어지지 않아서 앗, 이번에는 진짜구나, 깜짝 놀라 몸을 돌린다.

"전화 안 받아."

이상하다. 주방 쪽으로 소리쳤는 데도 고요, 고요할 뿐 아무 반응이 없다. 그제야 아내가 새벽 미장원 출타 중임을 떠올리고 욕실에서 화들짝 튀어나오다가.

콰—쾅.

비누칠 발바닥 그대로 장판에 미끄러졌다. 허공에 부웅 떴던 알몸뚱이가 수평 한일자—字로 뻣뻣하게 쿵, 떨어지는 것이다. 몸을 받치려던 수수깡 척추가 또 한번 크크쿵 뒹굴면서 천장에 매달려 있던 별 조각들이 한꺼번에 요요요 요동쳤다.

90

'이렇게 무너지는가?'

인대가 나갔구나. 너무 아파 뒹굴 수도 없는 데도 전화벨 소리가 따르릉 따르릉 끊어지지 않는다. 감 선생은 뱀처럼 똬리 틀면서도 엉금엉금 수화기를 부여잡는다.

"삼치를 지질까?"

그는 사우나 오징어처럼 뒤틀리는 중이었고 수화기 저쪽에선 머리카락 공사를 마친 다음 태평하게 아침상을 기획 중이다.

"아침부터 비린내가 좀 그런가? 후후후. 일단 먹고 가그린으로 대충 헹구고 출근하자."

"……아. 지금 내가 전화 받을 상황이 아니거든."

감 선생은 흐흥흐흥 울부짖으며 전화를 놓친다. 당황한 수화기 저쪽 목소리가.

"왜 그래? 여보세욧!"

귓바퀴에 쟁쟁 퍼졌던 것 같다. 그리고 까무러치는 통증, 언제부터였던가, 까맣게 잊혀졌던 중추신경 감각이 되살아나면서 짐짓 기적 같은 소생을 기대도 해본다. 그러나.

"······미안해."

아프다. 동시에 등허리 전체가 모세관 현상처럼 푸르딩딩 물들여지면서 고통과 황홀의 교차를 동시에 느끼던 시점이다. 잊혀졌던 등뼈 신경이 참으로 오랜만에 되살아났을 거라는 예감도 드는 것이다. 그 순간 아내에게 왜 미안하다는 말부터 던졌을까?

이유 없이 관절을 괴롭히던 고질병의 진단이 정확히 밝혀진 건 나이 삼십 직후다.

원래 사춘기 때부터 관절 통증에 시달리긴 했었다. 이상하다. 상처도 없고 붓기도 없고 멍든 자국도 없는데 관절 마디마디가 쑤셔서 움직일 수 없는 것이다. 인대가 느릿느릿 굳어가다가 상반신을 서서히 덮어가면서 석회질 통뼈가 되는 희귀병 강직성 척추염이다. 엑스레이 형광판에 비춰보면 등뼈 전체가 대나무 뿌리처럼 한 줄기로 얼기설기 뒤엉켜 있다. 그 지병은 남자에게만 해당되며 나이 사십이 넘으면 바이러스의 진행이 멈춰 통증이 사라진다고만 알고 있다. 목이 석고처럼 굳으면서 고개 숙여 인사를 해본 지가 족히 십 년은 넘은 것 같다. 그래서일까? 낙상의 순간 등뼈 신경과의 교감을 되찾은 기분으로 아주 잠깐 황홀했었다. 그러나 펄떡펄떡 뛰던 신경 세포는 금세 사우나 오징어처럼 쪼그라들었고.

"시발 년."

응급실 이동침대가 남자 방 6인실에 진입하자마자 만난 첫 소리가 하필 육두문자다.

91

"똑바로 넣어달라구."

지금은 박박머리 고등학생 사내가 입술에 밥숟가락 넣어주는 즈이 누이에게 도끼눈 뜨고 노려보는 중이다. 동시에 506호실 출입구 1번 침대 쪽 식사 중이던 두 남매가 숟가락 든 채 석고처럼 굳어 있는 것 같다. 누이의 숟가락이 실수로 콧등에 스치자마자 마구잡이 욕설을 터뜨리는데 정작 보호자인 생머리 소녀는 고즈넉한 인어공주 표정이다. 그야말로 고요한 표정으로 밥풀때기를 한 알씩 주워 말없이 식판에 올려놓을 뿐이다.

"쉿, 쟨 고삐린데요. 교통사고로 뇌가 손상되어 가끔 발작을 일으켜요. 선생님이시니까 한번 따끔하게 혼내주실래요?"

감 선생은 먹한 표정으로 눈만 끔벅거렸다.

안경잡이 젊은 의사는 대학생처럼 푸르딩딩하면서도 표정에 자존이 꽉 차서 왠지 만만치 않아 보인다. 이제 저 청년 닥터가 지시하는 규칙에 순응하면서 병실 생활에 적응해야 한다. 감 선생은 몸을 통째로 돌려 환자마다의 표정을 조심조심 살펴본다.

열아홉 서병오는 만 2년 세월의 장기 입원 환자로.

병실의 최연소 환자이자 최고참이다.

아까 그 발작은 자신도 모르게 튀어나오므로 기실 본인의 인격이나 자정 능력과는 전혀 상관이 없다. 수도 없이 반성하지만 틱 현상처럼 불쑥 터지는 욕설을 제어할 방도가 없음도 안다. 세상에서 그의 외침을 받아줄 사람은 절대 없으므로 가장 사랑해주는 핏줄들에게만 돌발 쌍욕을 터뜨리는 것이다. 그나마 서병오의 팔 신경이 죄다 끊어져 직접 손찌검으로까지 이어지지는 못하니 악재가 오히려 행악질을 막아주는 셈이다.

1학년 입학 직후에 사고를 냈으니, 제대로 다녔으면 고등학교 졸업반이다. 다리 묶인 세월이 늘어나면서 찾아오던 친구들도 하나씩 꼬리를 감추며 그렇게 벗들과의 간극도 벌어지는 중이다. 지금은 착한 누나 두 명만 번갈아가며 간호해주니, 그 고마움을 당연히 깊이 새기고 있다. 감사의 표시, 그게 전혀 마음대로 안 되고 욕으로 튀어나오지만.

스물일곱 큰누나 계화는 시청 민원실의 임시직 공무원인데.

내년쯤 지역 인재 티오를 받아 정식 공무원으로 임명되는 게 인생의 목표다. 그러나 지금은 너무 바빠 그 목표를 위한 점검의 여부가 전혀 없다. 쏟아지는 공문서 처리와 방송통신대학 과제물 그리고 집안 살림과 남동생 병간호까지 시간을 쪼개니 쉬는 시간은 꿈조차 꿀 수가 없다. 야근이 없는 월·수·금요일 저녁마다 간호를 나오며, 강의 없는 토요일에도 격주로 빠져나올 수 있다.

가장 감사한 사람은 남자친구인 준구 오빠.

병실의 간호 시간까지 동행해줘서 눈물이 좔좔 흐르게 감사하지만 단 한 번도 제대로 표현하지 못했다. 남동생 간호와 데이트를 겸하니 불편하면서도 알토란 같은 실속 사랑을 나누는 게 눈부시게 눈물겹다. 둥지 틀 소망은 여의치 않지만 그래도 사내를 만나면서 몸의 절반이 채워지니 그게 사랑인가 보다. '사랑한다' 그 말은 가슴에 묻고 징검다리 건너듯 오늘도 조심조심 까치발 걸음이다. 몸을 열어주지는 않더라도 혼신으로 껴안아주고 싶다. 지금은 책을 봐야 한다며 병오가 잠든 틈에 교양 과목 독후감 『도가니』를 펼치는데 하필 준구 오빠의 팔꿈치에 끼고 있는 『자본론』이 눈에 띄어 조금은 불안하다.

준구의 자동차 부품 공장은 두 달째 파업 상태다.

해고자 열댓 명이 시청 담벼락에 텐트를 치고 노숙으로 밤을 새운 지 60일.

강팍한 날씨들을 버텨내며 배를 채우고 담요로 몸을 덮어야 싸움에 버티는 몸을 만들 수 있다. 완장 찬 잡바들에게 텐트가 찢기고 취사도구가 비바람에 나뒹굴기도 했지만 파업 동지들은 '노동 해방'을 찾기 위해 해고와

93

감옥까지 불사하며 촛불을 들었다. 무릎 꿇고 사느니 서서 총을 맞겠단다. '나는 나쁜 놈이다.'

준구가 정문을 나설 때마다 죄인으로 오그라드는 것은 당연하다. 노천 바닥의 김치와 콩나물 그리고 멀건 국밥 위로 피어오르는 아지랑이를 볼 때마다 몸이 멈짓멈짓 얼어붙는 것이다. 당연히 동지들의 대열에 뛰어들어 싸워야 한다. 그러나 그때마다 최악의 사태 스크린이 가위눌림으로 번뜩여서 묶인 발목을 헤어날 수가 없었다.

목 잘린 동지들의 절규는 벼랑 끝 사투였다. 물론 그도 퇴근 후 구호의 현장에 몇 차례 합류하기도 했다. 그런데 함께 구호를 외치다가도 목이 달랑달랑 불안해지면 절반쯤 담갔던 운동화를 재빨리 빼면서 구경꾼 자리로 몸을 숨기곤 했던 것이다. 싫다. 괴롭다. 그러나 하청 업체와 바지사장 그리고 텐트를 걷어차고 밥그릇을 깨던 덩치 큰 가죽 잠바들을 떠올리며 설레설레 흔들지만 알몸으로 맞설 자신은 도저히 없다. 그 자학만큼 두려운 것이다.

하지만 지금 병실에서만큼은 일 대 일 강인한 모습을 보여줘야 하므로. '사나이답게.'

준구는 중환자 서병오와의 첫 대면부터 굳은 악수로 강렬한 눈빛을 던져주었다. 서병오도 누운 채로 고개를 끄떡이며 '수컷 대 수컷'의 근육질 소통에 동의하는 표정이었다. 무릇 '앉아서 오줌 누는 동물들'보다 뭔가 다른 품격을 보이기 위해선 어금닛소리 포장도 중요하다며 입술을 옹물었다.

진압의 모든 게 초강수다. 사측은 가족들의 일당 120원의 임금 인상 요구안에 즉각 열세 명의 목을 자르는 것으로 화답했다. 120만 원이나 12만 원이 아니라 낱돈 120원이니, 가진 자들의 인심이 참으로 야박하고 비열하다. 나머지 가족들이 소매로 얼굴 훔치며 하소연하자 동조 눈물 대가로 또 열일곱 명의 목을 잘랐으니 지금은 해고자만 서른 명이다. 사장은 기자

회견을 자청하며 '자식의 종아리를 치는 아비의 심정이라'며 비통한 표정을 짓더니 다음날 노조 측에 벌금 15억 원을 청구했다. 해고와 감옥을 무서워하지 않는 투사 부류에게는 벌금형이 직방이란다.

준구는 아무것도 할 수 없었다. 여성 조합원들이 현수막을 빼앗기지 않으려고 바닥에 질질 끌려가는 데도 그는 주먹만 부들부들 떨었을 뿐 담벼락 그늘에서 뛰쳐나오지 못했다. 아, 사나이답지 못하다.

'인간이 싫다. 산다는 게 뭔가.'

준구는 밥줄과 의리 사이를 시계추처럼 저울질하며 손바닥을 비빈다.

'산다는 게 제발 무엇인가.'

막내 누나 슬기도 똑같은 문장을 떠올리며 고개를 떨구는 중이다.

아주 가끔 희망이란 단어를 떠올릴 때마다.

앞이 차단막처럼 쿵, 막히면서 뻣뻣하게 굳은 몸을 움직일 수가 없는 것이다. 졸업 후 직장을 잡아보지 못한 스물한 살 소녀는 무수리처럼 병실 시중을 들 뿐 한 번도 불만을 토로한 적이 없다. 아니, 그 공간도 없다. 말을 터뜨리는 순간 지금까지 간신히 지탱했던 순수함의 주축조차 와르르 무너질 것 같다. 언니가 자기보다는 똑똑하고 얼굴도 예쁜 만큼 뭔가 더 중요한 일을 해야 하므로 몸과 시간을 당연히 희생적으로 투자해야 한다. 언니와 그의 남친이 『도가니』와 『자본론』 같은 품격 있는 책들을 읽을 수 있도록 뒷바라지해야 집안이 편안하게 돌아갈 것 같다.

남동생의 욕설이 다른 환자들의 뜨악한 눈빛에 섞이면서 목이 조여드는 감촉도 이미 몸에 익숙해져 있다.

'병오도 참을 수 없는 거야. 그게 유일한 스트레스, 방출이거든.'

때로는 욕지거리를 조물조물 다져서 햄버거처럼 오도독오도독 씹을 수 있을 것 같다. 그런데 언제부터였나, '산다는 게 뭔가'라는 문장이 불현듯 앞을 가로막으면서 꼭 '나만의 무엇'이 있을지도 모른다는 생각이 든다.

"나도 언젠가 남자의 사랑을 받게 될 거야."

중얼거리며 생텍쥐페리의『어린 왕자』를 펼친다. 하필 눈에 띈 페이지가.

'내가 좋아하는 사람이 나를 좋아하는 건 기적이란다.'

그 문장이 슬프다. 슬기는 '바람 같은 마음을 잡는 건 정말 기적이다'라고 끄떡이며 책에 몰입하여 마음만 먹는 중이다. 순간 병실의 불이 꺼지는 바람에 눈시울이 시큰해진다.

비상등 하나만 켜진 6인실의 밤 열 시.

지금은 어둠 속에서 TV 화면에만 집중하는 중이다. 양철 박스 저금통에 100원 주화를 떨어뜨릴 때마다 30분씩 방영을 연장해주니, 그 푼돈 먹는 기계의 마력이 영세 병원의 감칠맛이 된다. 고교생 서병오는 깊은 잠에 빠져들었고 감 선생과 덩치맨 황식 씨만 침대에 기댄 채 브라운관에 몰입 중이다.

'현장 24시'. 인질극 상황 녹화 방영 프로다.

인질범은 칼만 들고 있을 뿐 아직은 모자母子 인질보다 더 벌벌 떨며 식은땀을 흘리고 있다. 체격도 왜소하고 어깨도 좁다. 오히려 아기를 업은 여자가 손등에 피를 뻘겋게 흘리면서도 침착하게 사내를 설득하는 중이다.

"세상을 미워하는 마음을 얼마든지 이해할 수 있다구요. 이건 아저씨 잘못이 아니거든요. 얼마나 고통스러웠으면 사람을 담보로 소리칠 생각까지 했겠어요. 당연해요. 그런 분노는 무전유죄의 모순된 세상에서 인간적 차원에서 누구에게나 일어날 수 있으니 일단 마음을 다스리는 게 중요하구요. 저는 아저씨 편이거든요. 안심하세요."

인질범 칼날 앞 여자의 심장은 얼마나 담대한 것일까. 그래서일까, 등에 업힌 여자의 아기는 어미의 젖 냄새에 취해 여전히 방싯방싯 웃는 중이다. 그 침착한 안전망이 깨진 건 맞은편의 사복형사 때문이다. 인질범보다 훨씬 우락부락한 그가 푸르락누르락 흥분한 얼굴로 벼랑 끝 사내를 향하여 속사포 욕설로 몰아치는 것이다.

"찔러봐. 시부랄 새꺄."

각목을 겨누며 거침없이 다가서자 인질범이 오히려 땀을 뻘뻘 흘리며 한 발씩 흠찔흠찔 물러서는 중이다. 금세라도 까마득한 벼랑 끝으로 추락할 포즈다.

"오지 마. 자꾸 다가오면 이 아줌마를 찌를 거야. 진짜 이 아줌마 배를 예리한 칼로 푹 쑤실 거라니깐."

칼날이 모자이크 처리되었는데도 움직일 때마다 침이 쩍쩍 말라붙는다. 범인이 뒷걸음치는 장면에서 찌찌찌 TV 끓는 소리가 섞여서 더 급박하게 혼란스럽다. 그때다. 계단 모서리에 숨어 있던 또 다른 사복형사가 인질범의 뒤통수에 느닷없이 각목을 내리치는 그 순간.

"빵-빡빡빡."

사내는 쓰러질 듯 휘청이다가 칼을 들어 하필 착한 여자의 옆구리만 찌르는 것이다. 병실과 브라운관에서 아, 하는 비명이 터졌다. 찔렀다가 풀렀다가 또 찌르자, 여자의 등허리 깍지가 풀리면서 어미의 등에서 '쿵꽝' 떨어진 아이가 바닥에 자지러지게 뒹굴었다. 다시 경찰이 인질범에게 각목을 날리는데 인질범은 하필 쓰러진 여자만 죽기 살기로 찔러댈 뿐이다. 비명이 쏟아지는 와중에도 아이를 잡으려던 손이 보자기처럼 댕그랑 풀리고 옆구리가 모자이크로 뒤덮었다. 어엿븐 생명 하나가 그렇게 세상을 떠났다.

"승용차가 서 있는 사각지대까지 유인한 다음 범인이 한눈을 파는 사이 골목 모퉁이에 숨었던 테러 특공대가 기습적으로 가스총을 쏘았어야 합니다. 먼저 범인의 시야를 완벽하게 차단한 다음 침착하게 기회를 노려 단칼에 기절시키는 게 인질 구출 작전의 가장 기본이죠."

다른 관할의 형사의 '인질 구하기의 실패 요인'에 대한 조목조목 분석이 끝나고 앵커는, 어쨌든 범인만큼은 확실하게 체포했다, 며 엉뚱한 소리다. 골목길 약도가 그려지고 인질범, 인질 그리고 경찰관의 위치로 화살표가 이동하며 뒷북치는 중이다.

"칼이 젤 무섭죠."

감 선생은 집단 패싸움 수습으로 식은땀 흘렸던 지난 가을 학기의 파란을 떠올린다. 이 사춘기 벗들은 아무리 묶어놓아도 럭비공처럼 튀어나간다. 공업고등학교 씨름부와 소도시 새끼 조폭 장미파가 한판 붙었던 우발적 사건 때 그나마 지역신문에 뜨지 않아서 천만 다행이다.

마주 오던 골목길에서 질풍노도끼리 서로 어깨를 부딪친 게 시비의 시초다. 뜨거운 핏덩이들은 단지 골목길에서 만났다는 이유만으로 '왜 노려보냐'라든가 '왜 나보다 키가 크냐'며 치킨 게임에 돌입했다.

"죽고 싶나?"

"쭈구리 세게 나오는데."

먼저 장미파의 이단 옆차기가 허공으로 쭈욱 뻗었지만 힘에서는 턱도 없이 밀렸다. 무제한급 세 명이 포함된 곰 같은 덩치들에게 잡혔다 하면 베개 굴리듯 뭉개지는 것이다. 수세에 몰린 장미파 하나가 기습적으로 22센티짜리 칼을 날리며 게임이 역전되었는데.

"심장 1센티 앞에서 멈췄으니 생과 사의 갈림길이었다고 할까요?"

그 상황을 재연하는 감 선생의 목소리가 덜덜 떨렸다. 칼날 딱 1센티 차이로 비곗살 청년의 생사가 오락가락했던 상황이 오래도록 오싹했다. '요즘 애들은 옛날과 달라서'라며, 좀 더 자세한 정황을 이야기하려다가, 피라미드에 적힌 '요즘 애들은 예전과 달라서 버릇이 없다'라는 문구가 생뚱맞게 떠오르면서 재빨리 입술을 붙인다. 이번에는 황식 씨가 더 심각하게 얼굴을 굳힌다.

"애들은 싸우면서 크는 건데…… 칼은 확실히 문제가 있지유."

황식 씨는 맞장구를 칠까 말까 망설이며 마른 침을 삼킨다.

"나두 그만한 때는 간덩이 큰 주먹이었쇼."

이제 와서 '주먹의 전성시대'를 숨기기도 하는 건 나이 탓이다. 그랬다. 완력이건 깡다구건 '나를 당할 자가 누구냐' 싶었던 흘러간 청춘이 있었다. 벌써 스물 몇 해 전 무용담이지만, 그땐 진짜 '부은 간덩이'처럼 겁이 없었다.

삼청교육대 입소 위기일발 직전에서 깡다구 하나로 모면한 사연이 오래도록 자랑스럽다. 그 무용담을 술자리마다 족히 백 번쯤 털어놓았는데 이야기의 횟수가 거듭될수록 군더더기가 불어나면서 나중에는 본인조차 어디까지가 지어낸 이야기이고 어디까지가 실제 상황인지 경계가 헷갈릴 정도다.

신군부 집권과 광주항쟁 직후니 그가 스무 살 울울 청년 때.

계엄 당국의 숙정 작업 공문이 날아오면서 군청과 면사무소마다 일대 파란이 예고되었다. 일개 면面당 두 명씩 삼청교육대에 입소 배당 공문을 날렸으니 면사무소마다 불문곡직 명단을 제출해야 하는 동토凍土의 작전 개시다. 그런데 정통한 소식통에 의하면,

길당 면사무소 비상대책위 회의 결과 입소자 중 한 명으로 새끼 건달 황식 씨를 지목했다는 것이다. 아찔했다. 먼저 끌려갔던 선배 건달들의 비굴한 눈빛이 오소리처럼 슬금슬금 내리깔리던 시국이다. 진짜다. 박으라면 박고 벗으라면 벗어야 한단다. 삼청교육대에서는 알몸 매미가 되라면 빤쓰바람으로 나무에 올라 맴맴 울어야 하고 쥐가 되라면 책상 밑에 기어들어가 발가숭이 시궁쥐 소리 찍찍 내어야 했단다.

좌우지간 퇴소한 주먹들은 쪼그라진 풍선처럼 오돌오돌 떨기만 했다. 술을 마셔도 술병을 던지거나 엎기는커녕 술상 모서리만 만지며 납작 엎드렸다. 그러다가 모퉁이에 숨어 훌쩍훌쩍 울기만 했으니 그건 골목 주먹이 아

니라 삭은 계란 껍질이다. 감방을 살든지 유격 훈련을 받을망정 삼청교육
만큼은 피해야 한다며 으가가가 발작하는 선배 건달들의 찌그러진 몰골이
치가 떨리게 한심했다. 안 된다. 안 된다. 절대로 그럴 수는 없다.

황식 씨는 돌직구 정면 돌파를 작정했으니.

이판사판 사단은 혼자 벌이는 게 확실하다며 아무도 부르지 않았다. 죽
은 쥐새끼 한 마리를 봉투에 넣은 다음 일단 깡쏘주 두 병을 비웠다. 구더
기가 뚝뚝 떨어지는 썩은 쥐 봉투에서 금세 불어 터진 악취가 와르르 쏟아
질 것 같다. 자, 이제 본격 시동이다. 먼저 사택 문짝부터 걷어찼을 때.

길당 면장은 소파에 고즈넉이 기댄 채 조간신문을 훑는 중이었다.

'막장 인생들의 아름다운 반성' '입소자들 갱생 후의 참행복'이라는 사회
면 표지를 넘기며 기지개도 활짝 폈다. 포크로 사과 조각을 찍으며 장년의
아늑함에 젖어 있던 대머리 사내 앞에 웬 틈입자가 쿵, 하고 나타난 것이
다. 연탄난로 위로 주전자만 가쁜 숨을 부글부글 몰아쉬는 중이다. 스무 살
깎짓동 사내가 등장하면서 면장님의 몸이 석고처럼 굳어버렸다.

황식 씨는 펄펄 끓는 주전자 물에 죽은 쥐를 다짜고짜 쏟아 넣었다.

'파하앗'

옆구리로 흩어져 나온 하얀 구더기들이 펄펄 끓는 물 위로 밥풀때기처럼
둥둥 떠오른다, 면장의 대머리 두피에 겁먹은 비지땀이 흐른다.

"나, 집어넣으면."

순간 현관문이 빠끔 열렸다.

문짝에 매달린 방울 소리가 크리스마스 캐럴과 섞이면서 외동딸 소녀가
화사하게 등장한다. 빠드득빠드득 어금니 가는 소리와 징글벨 캐럴송이 상
큼하게 어우러졌다. 종소리 울려라 종소리 울려. 흰 눈 사이로 썰매를 타
고 달리는 기분.

"아빠앙."

귀하게 큰 소녀는 '아버지'나 '아부지'가 아니라 '아빠앙'이라고 부르나 보다. 무심코 즈이 아비의 무르팍에 깡충깡충 올라탔다가 어럽쇼, 험악한 분위기를 느끼고 눈을 휘둥그레 치켜뜬다. 불량 청년 김황식이 소녀의 머리를 쓰다듬는다.

"몇 학년이냐?"

"……3학년. 아홉 살은 원래 2학년인데 빠른 1월생이라 일찍 들어갔거든요."

소녀는 몸을 떨면서도 보이지 않는 정보까지 또각또각 꺼내준다.

"……그러셩."

먹머루 해맑은 눈빛에 얼핏 이슬방울이 번지려는 것 같다. 황식 씨가 난로를 가리키자 잠시 고요했던 주전자 뚜껑이 울컥 쇳소리로 수증기를 뿜었다.

"종달새처럼 이쁜 면장님네 공주가 보이시죠?…… 그 다음은…… 나도 몰라요."

그게 끝이다. 일개 면 소재지의 수장이 이렇게 간단히 제압될 줄은 황식 씨 자신도 예측하지 못했지만.

그 탱크 같은 마초 근성이 병원 직행의 결정적 이유였으니.

젊어서 근력으로 돈을 모으고 늙어서 자본으로 먹고 살리라, 던 그 각오로 돌진 중이었다. 몸을 아끼지 않고 일을 벌였고 상애물에 가로막힐 때마다 주먹이든 조직이든 뚝심이든 죄다 끌어당겨 척척 해결하며 앞만 보고 달렸다. 웬만하면 그런 우악스런 몸짓이 먹혀서 거침이 없었는데.

그 전설적 주먹이 고등학생 조무래기한테 옆구리를 찔릴 줄은 꿈에도 몰랐다.

자정쯤일까. 골목길 깨진 가로등 아래 담뱃불이 번쩍거리는 게 거슬려 성큼성큼 앞을 막아선 것이다. 밤송이 고교생 다섯 명이 중학생 하나를 붙잡고 주머니를 뒤집어 동전을 털어내는 중이었다. 그냥 모르쇠 지나쳐야 했지만.

"아저씨이-."

삥을 뜯기던 안경잡이 중학생이 날래게 빠져나와 코알라 새끼처럼 등허리에 바싹 붙는다.

"살려주세요. 뒤져서 나오면 100원에 한 대씩이래요."

아주 짧은 순간 황식 씨의 정의감이 우지끈 솟아올랐다.

"이리 왓."

드럼통 사내가 쿵, 가로막는 순간.

밤송이들의 몸동작이 석고처럼 정지되면서 찬바람이 '쌩' 몰아친다. 어둠 속에서 드러나는 몸집이 훨씬 더 커보였을 것이니 이런 때는 선방 제압이 우선이다. 맨 앞 키다리 멱살을 콱 움켜쥐고 담장에 밀어붙쳤다. 거대한 덩치에 기가 죽은 밤송이들이 벌벌 떨며 몸을 조아릴 줄 알았다.

실제로 초장에는 그게 분명히 먹혔었다. 담뱃불을 제압당한 불량 사탕들을 일렬로 무릎 꿇려놓았으니 이제부터 손바닥에 올려놓고 조물조물 요리할 차례다. 구둣발로 슬겅슬겅 밟아줄 때마다 밤송이들 모두 '윽윽' 입술만 웅물 뿐 신음조차 제대로 못 뱉는 게 분명하다. 노랑머리 마른 장작 하나가 고개를 뻣뻣하게 세우기에 덤으로 이마빡에 핵꿀밤을 날려주며.

"아가들아. 니코틴 빨리 접수하면 뼈 삭는다. 이. 손가락도 노래지고 눈깔까지 노랑 병아리 된다구."

너무 쉽게 평정되어 싱거웠을 뿐 아해들이 미운 생각은 손톱만큼도 없었다.

어른이 끊지 못하는 담배는 당연히 아이들도 끊을 수 없다. 황식 씨의 질풍노도 시절 역시 음주 흡연과 삥 뜯기까지 싸그리 통달했던 바이므로 얼마든지 이해하고 또 이해한다. 단지 불량 청소년을 마주친 기념에 대한 통과의례라고 생각했으므로 뒤통수도 딱 한 대씩만 쥐어박으며 무심히 돌아섰을 뿐이다. 노랑머리의 눈빛이 번뜩 광채를 발했지만 그냥 그런가 보다 했다. 등허리에 칼침이 박혔을 때에도.

"쿡."

뜨끔했을 뿐 전혀 실감하지 못한 채 손을 돌려 짚었는데 어럽쇼, 남방 조각이 너덜너덜 잡히는 게 아, 이상하다. 찢어진 헝겊 사이로 패인 살갗이 고깃덩이처럼 물컹 손바닥에 잡히더니 금세 피가 벌겋게 떨어지는 것이다.

"뛰자. 시발."

말굽처럼 타각타각 사라지는 데 손쓸 방도가 전혀 없는 것이다. 어디선가 구경꾼의 비명 소리도 들렸던 것 같다. 골반 뒤쪽에 칼을 먹은 그가 휘청하며 땅바닥을 짚을 때 '삐용삐용' 경찰차 소리가 가까워지는 걸 분명히 들었다.

'악화가 양화를 구축한다'는 게 이런 때 쓰는 말일까?

황식 씨가 청소년을 바르게 선도하는 '용감한 시민'으로 선정되면서 포상금과 치료비 보조까지 받게 되었고 지역신문에 표창장 받는 사진도 게재되었다. 건설 회사(그는 십장이다)와 시청의 선처로 유급 휴직계까지 받아왔고 가장 시급한 입원비 걱정도 절반 이상 접은 셈이니 그게 영광의 상처다. 칼날이 뼈에 걸려 살갗만 찢어졌으므로 생사의 기로는 아니었고 지금은 병원 생활에 좀이 쑤시는 정도랄까.

그를 포함한 병실의 남정네들은 가끔 돼지 보쌈을 조달해서.

침대 위에서 조촐한 쏘주 사냥을 벌이기도 했다. 밤 열한 시. 소등 시간이 되면 척추 환자들끼리 오그르르 몰려와서 몸의 균형을 저울질하며 몇 잔씩 홀짝거리기도 했다. 지금은 알콜 기운이 절대 부족해서 일단 심심하다. 감 선생이란 작자는 훈장풍 좀생이라서 어울리기엔 거시기하고 따이한 마상사나 깨워 고스톱이나 치자고 할까? 그래서 장년의 중풍 사내 침대에서

슬금슬금 고스톱판이 이어지곤 했다.

전직 군인 마종기.

원래 중사 계급장인데 일계급 특진되어 개구리복을 입은 채 제대했다. 그는 월남전에 참전했던 젊은 날 전성기를 수십 년째 버걱버걱 우려내는 중이다. 맹호·청룡·비둘기 부대에 이은 백마 부대의 파월 장병 지원 경력 때문에 지금도 '월남에서 돌아온 새까만 마 상사'라고 호명되는 게 싫지는 않다. 포탄이 쏟아지는 전쟁터는 피했지만 실제로 밀림을 총검으로 뒤집으며 수색했던 경력이 때로는 자랑스럽고 때로는 악몽 같다. 그 밀림 경력에 허풍을 보태서 수십 탕 이상 떠벌리다 보니 진실과 허구의 경계가 자신조차 혼란스럽다.

야자수 정글 속에 숨어 있던 베트콩 여자는 총부리를 겨누자 벌떡 일어나 재빨리 메리야스를 걷어 올리다가 빈약한 가슴을 드러낸 채 기절하기도 했다. 부끄러움 같은 건 없었다. 게릴라 소탕 작전으로 숲 속 마을을 싸그리 불태운 다음 날 사이공 유곽에서 몸을 풀며 비명 소리를 재우는 게 당연한 줄 알았다. 지금도 이방 군인들의 '구덩이 폭탄' 먹은 전쟁터 망자들의 제를 동시에 올리는 '따이한 제사'가 있다고 들었으나 흘려버렸고.

소위 운동권 출신 아들놈으로부터 서릿발 서린 야단을 맞고서는 '베트콩 사살 사태'를 일절 입 밖에 내지 않지만…… 지금도 주먹을 쥘 때마다 군가 소리가 쟁쟁 울리는 것 같다. 현지인들에게 원한은 전혀 없었지만 '자유를 지키는 전쟁'이라고 배우고 익혔으므로 자긍심으로 똘똘 뭉쳐 있었다. 군인은 반드시 이겨야 하고 패배자는 집과 몸을 전리품처럼 약탈당하는 게 정글의 법칙이다. 일본군도 난징 전투에서 그랬고 서양인도 인디언들을 몰아낼 때마다 얼마나 잔혹했는가. 그게 강한 나라의 법칙이다. 백마가 가는 길에 승리가 있다. 달려간다 백마는, 월남 땅으로 이기고 돌아오라. 대한의 용사들.

그 초로의 마 상사가 지금 2년째 중풍으로.

몸의 왼쪽 절반 신경세포가 새카맣게 죽어버렸다. 처음에는 왼쪽 팔다리가 저리더니 눈이 가늘게 떨리면서 물체가 두 개로 보이기 시작했다. 두 개까지는 버텼는데 최근에는 물체가 네 개로 겹치면서 불안의 강도가 진해지기 시작했다. 사방에서 술 담배를 자제하라고 성화지만 절제하는 스트레스에 시달리느니 일찍 죽어버리겠노라며, 아직은 음주 흡연과 바싹 붙어 사는 중이다. 지금은 땅콩을 포기하고 구운 마늘이라도 열심히 먹으니 그나마 의사의 지시는 쬐끔은 듣는 셈이다.

어쨌든 화투판에 몸을 붙일 때마다 마치 자신도 나이롱환자인 줄 착각한 채 나머지 한쪽 팔을 펄펄 휘날리곤 한다. 지팡이 덜덜 떨며 화장실까지 걸어갈 힘만 있다면 당연히 고스톱 정예 타짜로 끼어들 수 있으므로 그는 수년째 무림고수 터줏대감으로 자리잡게 되었다. 가끔 배춧잎 몇 장이라도 들어오면 '내 세상이다'라고 쾌재 부르는 수준이다.

타짜 멤버는 네 명이다. 인도에서 임시 귀국한 종필 씨, 쌍팔년도 논두렁 건달 황식 씨까지 이렇게 중장년팀 셋이만 팽팽 돌아갔었는데, 오늘은 일주일 전에 퇴원한 전직 나이롱 김순철 씨까지 위문 방문차 합세하는 바람에 한 사람씩 돌아가면서 光을 팔며 짭짤하게 하루를 때울 수도 있다. 필수 멤버는 세 명이지만 다섯 명이 붙어야 제대로 흥이 난다.

위로 방문객 순철 씨는 기실 병실 고참이었는데 지금은 퇴원 일주일 된 단골 방문객이고.

40일 넘게 낮에는 외출했다가 밤에만 침대를 뭉개던 나이롱환자 출신의 전형이다. 의사들의 아침 회진回診 시간까지만 낑낑 누워 있는 척하다가 그 시간만 넘기면 건달 깁스를 풀러놓고 골목길 부동산 사무실이나 설계 사무소 친구네서 증권 정보나 변두리 땅값을 염탐하다가 돌아오곤 했었다. 아직도 병실의 단 냄새를 떼어내지 못한 퇴소자 그 사내까지 끼어서.

"뭐야 너무 좋게 깔아났나?"

"광부터 먹자."

"부처님이 안 봐주나. 월남에서 돌아온 새까만 마 상사님."

시간 죽이는 재미로는 고스톱 흰소리가 가장 짭짤하다. 금세 초를 먹었는데 또 초가 깔리는 바람에.

"우이 씨. 싸는 사람만 계속 싸네."

"초 치면 초 나오는 벱."

"피는 누가 전세 냈나?"

"이번에는 청단 걸렸다. 아싸 호랑나비."

"고도리 막아요."

"광을 내줄 순 없고 일단 껍데기닷. 짜잔- 쌍피."

그때 간호사 이명순이 불쑥 들어오는 바람에 신바람 판세가 폭삭 꺾였는데.

간호사 7년 차인 그녀는 206호실에 출입할 때마다 환자들의 화투판 소음에 넌더리가 난다. 덩치맨 황식 씨의 건달 표정은 차라리 무심히 넘길 만하다. 인도 출신 종필 씨의 느끼한 눈빛이 옷 속으로 뱀처럼 파고드는 바람에 복도로 나설 때마다 한 차례씩 몸피를 털어내곤 한다. 고교생 서병오도 마찬가지다. 처음 입원했을 때는 순진파 고딩 같았는데 최근에는 눈빛이 몽롱하게 흐려져서, 주사를 놓고 돌아서자마자 환자 파일로 엉덩이를 가리며 몽정기 눈동자를 차단해야 한다.

의사들이 더 비겁하다. 병실의 노름판 금지를 간호사들에게만 닦달할 뿐 정작 그들 역시 현장을 발견하고도 못 본 척 지나칠 뿐이다. 엄격하게 통제하기엔 병원 운영이 너무 허술해 보일까 봐 그냥 통과의례 같은 경고만 던져놓고 못 본 척한다. 특히 사거리 건너편으로 종합병원 신축 계획이 발표되면서부터 방생병원 전체가 데프콘 쓰리 경보 상태다.

그래서일까. 환자들이 진찰받으러 오면 의사들은 일단 병리의 중압감을 와장창 부풀린 다음 시티촬영부터 권한다. 증세가 나타나지 않더라도 환자들은 촬영 비용 기십만 원의 손실보다는 자신의 건강 확인으로 안도하기 때문에 시빗거리가 일절 없다. 그 다음엔 입실 권유다. 진찰을 맡은 전문의가 '입원 즉시 완치'와 '영구 장애' 카드 중 택일을 권하니 기실 선택의 여지가 없는 것이다. 진찰 환자 대부분이 그렇게 어, 어, 하며 얼떨결에 환자복을 입게 되는 코스다.

"김순철 님, 병원에 고스톱 치러 오셨어요."

"……."

이명순 간호사의 차가운 목소리에 화기애애 분위기가 급격히 다운되면서 화투짝만 매칼없이 푸석푸석 떨어진다. 지겹다. 의사들의 과장된 진단도 싫고 나이롱환자들의 닐리리야 노름판도 지긋지긋하다,며 옷깃을 바로 여민다. 그러거나 말거나 깍쟁이 간호사가 돌아가자마자 506호실은 다시 화투판 분위기로 시불시불 사기충천해졌다.

"시발 년, 손 좀 봐야겠네."

전직 나이롱 김순철은 이명순이 나간 문짝을 향하여 풋감자를 먹인다.

"웬 욕?"

"맞는 얘기네. 어차피 할 것 아닙니까? 노처녀한테 '시블 못할 년'이라구 해야 욕이지."

"'년'자만 빼면 격려사인데."

황식 씨가 초장부터 매화 홍단으로 껍데기를 쓸어가자 모포 위로 화투장이 초와 단풍 딱 두 피만 남았다. 마 상사가 초를 먹고 뚜껑 열어 풍을 받으면 다음 사람은 그냥 피 하나만 깔아줘야 한다.

"그건 '니미 시발'의 준말입니다. '너의 어미와 성교한다'는 뜻이니까 근친상간으로 가장 상스러운 욕의 1번지입니다."

감 선생이 오만상을 찌푸리며 참견한다. 화투꾼들이 침상 너머 옆구리

107

부여잡은 틈입객을 바라보며 고개를 건성으로 끄떡인다. '역시 먹물들은 욕설 해설까지 뭔가 다르다' 하는 표정을 지으려다가, 금세 화투판에 집중하며.

"조선놈은 들어오고 일본놈은 나간다."

"좆 선 놈은 들어오고 '일 본 놈' 즉 볼일이 끝난 인간은 침대에서 흐느적흐느적 퇴장한단 말씀."

"우히히히히히."

김순철 씨는 506호실 화투판을 싸그리 쓸어 담아 딱 한 번만 종잣돈이라도 잡았으면 하는 생각으로 머리가 복잡해진다. 택시회사에서 쫓겨난 후 실업자 삼 년이 하염없이 흐르면서 만사가 초조해졌다. 어떤 인물이든 걸리기만 하면 불독처럼 물고 늘어질 작정인데 재물운은 머리카락 사이로 송송송 빠져나갔다. 어쨌든 병원 입원 과정에서부터 어거지였는데.

밤 두 시.

시장통 진입로 트럭 철창에 수십 마리 식용 개들이 오글오글 갇혀 있었다. 좁은 철창에서 무더기로 쑤셔 박힌 식용견들이 내일이면 우르르 보신탕집 솥단지로 단체 직행할 참이다. 그러니까 체념의 눈빛으로 밭은 숨 내뿜으며 마지막 밤을 보내는 중이구나. 오- 불쌍하다. 순철 씨가 아주 잠깐 센티한 마음으로 즘생들과 눈빛을 나누며 착한 마음을 보시하려는 바로 그 찰나였다. 조선개 하나가 갑자기 철창에 얼굴을 짓찧으며 '크아앙' 달려드는 것이다. 순간 칸막이에 갇힌 수십 마리 보신탕감들이 동시다발로 으르렁거리는 바람에 기절초풍 엉덩이를 빼는 중이었다.

하필 커브를 꺾던 승용차 한 대가 뒤로 뺀 엉덩이를 '툭' 치며 스쳐간 것이다. 순간 순철 씨의 뇌파에서 마차 바퀴 굴러가는 소리가 쿵쾅거렸다.

"너는 이제 걸렸다. 아싸, 대박이다."

승용차 주인이 긴가민가 느낌으로 슬금슬금 시동을 걸다가 삼십 미터쯤 앞에서 멈췄을 때, 재빨리 코를 낚아챈 것이다. 일단 엉덩이를 부여잡고 뒤 뚱뒤뚱 백미러를 당겼다. 소나타 승용차에서 내린 양복쟁이 사내의 입에서 술 냄새가 풍풍 풍기는 순간 순철 씨 뇌리에.

'음주운전에 뺑소니!'

그런 행운의 도표가 전광석화처럼 떠오르는 것이다. 게다가 운전자가 중학교 교사 신분이었으니 봉을 뽑을 수 있는 절호의 찬스다. 담당 의사 역시 전치 5주를 가볍게 끊어주면서 공범이 되었다. 아닌 게 아니라 지금도 아주 오래 누워 있다 보면 멀쩡하던 허리가 쬐끔 쑤시기도 했으니 완전 나이롱은 아닌 셈이다. 보험회사 직원이 오는 날도 미리 귀띔 받아 엄살 상담에 몰입하는 요령도 터득했다. 낮의 외출은 주로 조조할인 영화나 피씨방, 부동산 사무실과 설계소에서 때웠지만 아침 회진 시간에는 꼭 자리를 지켜야 했다.

지난 월요일 아침에는 운전자 사내가 병원에 찾아왔다.

"당당하게 살아야 한다."

그 가해 운전자도 훈장 밥줄이랍시고 미주알고주알 숙직실식 훈계를 늘어놓더니 봉투를 건네주었다. 딱 50만 원임을 확인한 순간 순철 씨는 돈봉투를 침대 아래로 패대기쳤다. 겨우 반 장짜리 봉투 하나를 건네주면서 '당당하게 살아라'라고 충고하는 꼰대식 자세가 가증스러운 것이다. '다리 밑에 떨어진 선생 똥은 개새끼도 안 주워 먹는다'더니.

그러고 보면 3번 침대의 저 감 선생의 오종종 포즈가 꼬질꼬질 사내의 판박이다. 마찬가지이다. 위문용 박카스도 침대마다 딱 한 병씩만 돌릴 뿐 나머지는 수납장에 집어넣었다가 죄다 마누라 쇼핑백 속에 챙겨 보내는 쪼잔이 수전노다. 게다가 다른 환자들과 대화를 기피하는 것 같은 먹물 근성도 조금은 얄밉다. 시빗거리가 노골적으로 보이는 건 아니지만 물 위의 기름처럼 둥둥 떠 있는 포즈라니.

강직성 척추염.

감 선생은 이십 년 동안 안고 살아온 이 증세를 어지간히 꿰뚫고 있으므로 자가진단에 대한 자존감도 세다. 오히려 새내기 의사들의 취약성을 조목조목 지적하고 싶은 마음을 간신히 제어 중이다. 젊은 닥터들은 관절염, 신경통, 디스크 같은 보편적 질병에는 백과사전처럼 달달 외워서 빙의처럼 내뱉었으나 불쑥 나타난 희귀병 앞에서는 머뭇거렸고 더러는 완전 젬병도 있었다.

'남자만 발병, 등뼈를 덮은 인대가 점차 굳어가면서 상체 전체가 통뼈가 됨, 사십 이후에는 더 이상 진행이 없다고 나와 있으니 발병 속도를 늦추는 게 최선이다'가 정답이다. 비타민 섭취, 저칼로리 음식 먹기, 낮은 베개 베기, 수영, 산보 등은 부차적인 것이다. 코미디 프로를 보면서 깔깔깔 웃는 동안 근육을 이완시키는 TV 치유도 차선책일 뿐 특별한 비책이 없는 자포자기 고질병이다. 최악의 경우 척추가 앞으로 굽으면 뼈마디 제거 수술로 허리를 어느 정도 세울 수는 있다.

그들이 지금 의학사전을 복사하여 환자 상담에 임하려는 의료용어 역시 이미 감 선생 손에서 나간 정보다. '우리들 병원'의 '이상호 박사'가 지은 책을 외과 과장에게 건네주었는데 그 부분을 복사하여 즈이끼리 난상 토론을 벌였나 보다. 신삥 의사가 와서는 아까 감 선생이 과장 의사에게 전해준 병세의 지식을 달달 암기해서 그대로 되돌려주는 것이다. 그래도 신삥 의사는 영어로 된 전문용어를 사용해서인지 뭔가 있어 보이긴 했다. 파마 머리 여의사는 너무 가볍게 말하는 것이다. 확실히 낫는 병이라고 함부로 장담하는 바람에 원조 정보 제공자인 감 선생까지 깜빡 넘어갈 뻔했다.

"잠깐만."

감 선생이 지금 입원한 병명도 넘어질 때 끊어진 '인대 파열'인데 여의사가 엉뚱하게 오리지널 고질병을 가지고 논의한다는 자체가 모순이다. 지푸

라기라도 잡으려는 듯 시급히 여의사를 부르자.

"글쎄 확실히 낫는다는데. 왜 보채세요? 세월이 흐르면 낫는…… 세월
탕."

빙글빙글 웃으며 가운 속에 감춰진 뒤태를 보이며 밖으로 나간다. 감 선
생이 비타민E 500그램 비타민C 200그램 등 투약의 용도를 설명하려 했
으나, 그녀는 병실에서 안개처럼 사라진 상태다.

밤 열한 시.

지금은 사춘기 서병오가 오토바이 악몽에 시달리는 적막강산 타임이다.
미운 사내놈은 공중제비 결투로 턱주가리 날리고 사나이의 펀치와 스피
드와 낭만을 구가하고 싶었다. 하늘 높이 후릉후릉 헤엄치는 공룡시대의
시조새가 되고 싶었던 것이다. 판타지처럼 숑방숑방 날개 치며 허공을 헤
집으면 이 세상의 뭐든지 해결될 것 같았다. 우선 허리 잘록한 계집애를 오
토바이 뒤꼭지에 달고 다녀야 뽀대가 난다. 중고품 오토바이를 구입했으니
얼룩말 근육에 날개를 달은 셈이다. 사내아이·계집아이 두 명을 뒤에 태
우고 시속 145킬로로 달린 게 마지막 스피드 행보다.

딱 한 각도가 빗나갔고.

겨우 아스팔트의 주먹만 한 시멘트 조각에 걸렸을 뿐인데.

3인승 생머리 소녀가 통째로 허공에 부웅 떠올랐다. 푸른 하늘이 배경
이었고 뒤에서 등허리 껴안았던 여자아이가 슈퍼맨처럼 양팔을 뻗치고 전
신주를 향해 돌직구로 질주하는 풍경이 스쳤던 것 같다. 그게 끝이었다.

소녀는 순식간에 서병오를 넘어 20미터쯤 더 튕겨나가면서 얼굴이 완
전히 사라져버렸다. 목이 분리된 몸뚱이 혼자만 숨을 벌떡벌떡 들이키다
가 곧바로 잦아졌다. 가운데에 매달렸던 사내아이는 목이 붙어 있었지만
180도 돌아간 상태였다. 화이바를 쓴 서병오만 얼굴이 무사했으나 뼈마디
가 스무 군데쯤 부러지고 90바늘을 꿰맨 채 벌써 24개월이 흘렀으니, 세

111

월의 흐름이 빛의 속도다.

오늘은 이명순 간호사가 건네는 진통제를 턱으로 밀어내며.

"누나, 나 이제 이 약 안 먹을래요."

"왜으?"

간호사가 반말과 존댓말의 중간쯤으로 어정쩡하게 마무리한다. 처음 입원했던 열일곱 살 때는 반말이 자연스러웠는데 2년이 지나 열아홉 청년의 골격으로 잡혔으니 간호사들의 말투도 애매해질 수밖에 없다.

"말은 못 해요."

서병오의 얼굴이 곤혹스럽게 일그러진다. 누이들에게 보여야 하는 알몸도 '나 홀로 비밀'이 되었으니…… 아무 때고 날을 잡아 옥상 꼭대기에 올라가 '나 돌아갈래' 악을 쓰며 절규하고 싶은데 혼자서는 옥상에 올라갈 수 없는 것이다. 외롭다. 울 수 있는 공간이 없다. 이명순 간호사 혼자 눈빛을 내리며 애매한 표정을 짓고 있어서 더욱 쓸쓸하다. 서병오가 머뭇대며 말을 꺼내지 못했으므로 간호사가 먼저.

'그런 거 안 했는데.'

라고 말하고 싶지만 차마 그 말이 떨어지지 않는다.

장성한 남동생 목욕 담당도 당연히 누이들의 몫이 될 수밖에 없다.

머리끝에서 발끝까지 지성을 다하여 살갗을 문지를 수 있지만 마지막의 사타구니가 문제다. 병오의 팔이 움직여지지 않으므로 누군가 손을 움직여줘야 한다. 그러나 사춘기 사내의 몸이 고개를 반짝 쳐들면 민망해진 누이들이 차마 손을 대지 못하고 바가지 물만 흘겅흘겅 끼얹어줘야 한다.

서병오는 누나들이 난감함을 감추려고 간호사에게 몰래 발기부전제를 섞도록 요청했을 거라고 추리하다가, 언제부터였나, 그 추리를 확신으로 재생시키는 것이다. 동생 목욕의 민망함을 넘기기 위한 극약 처방을 쓴 게 틀림없으며 이게 장기간 지속되면 영원히 남성 구실을 못하게 될지도 모른다고 연속 추리의 수렁에 빠진다. 그 속내를 누나들에게 차마 내뱉지는 못하고 부글부글 끓이면서 시빗거리를 찾는 것이다. 그러다가 누이가 먹여주는 숟가락이 실수로 콧등에 닿거나 하면.

"시발 년."

불발탄처럼 울컥 터지는 것이다. 주로 그중에서도 더 착한 막내 누이 슬기에게 욕설이 집중되는 게 스스로도 안타깝다. 곧바로 그 자학적 배출을 터치자마자 곧바로 후회하는 중인데, 갑자기.

"야, 개새끼야."

감 선생이 버럭 소리칠 줄은 아무도 예상하지 못했다. 동시에 정의의 사도처럼 벼락 호통을 친 꼰대 양반이 거꾸로 와들와들 떨며 후회하는 중이다. 이상하다. 머리에서는 분명히.

"어이, 학생, 어머니처럼 보살펴주는 고마운 누이에게 이게 무슨 무례한 행동인가?"

점잖게 꾸짖으려 했었는데 얼떨결에 '개새끼' 소리가 툭 튀어나온 것이다. 다시 병실의 모든 동작이 석고처럼 정지되었다. 선생인 그도 불량 고교생들이 얼마나 좌충우돌 럭비공 체질인지를 아주 잘 안다. 저 중증 환자 사춘기는 얼마든지 육체의 변신이 가능할 것 같다. 갑자기 침대 위로 숑방숑방 날아와 이종격투기 선수처럼 하이킥 턱주가리를 던지는 건 얼마든지 가능하다.

어쩔 수 없이 일단 매섭게 노려보며 엎질러진 사태를 수습하려 한다. 여차하면 황식 씨가 긴급 구조해줄 수도 있고 백마 부대 마 상사도 원군이 된다는 계산도 재빨리 해봤다. 양쪽 침대에서 날아간 표창이 순간 허공에 부딪치면서 쨍그랑쨍그랑 떨어진다. 다행이랄까, 숟가락조차 들지 못하는 서병오가 먼저 눈꺼풀을 내리깔았다.

슬기는 남동생 목욕 담당에 지성을 모았는데.

113

사춘기 이후 남자의 몸을 처음 본 것도 하필 아버지였으니 아직 가족의 선을 벗어나지 못한 시골 처녀다. 위암으로 근 삼 년을 시름시름 앓다가 세상을 떠난 농투성이 아버지의 몸이 아리고 쓰리다.

치료에 필요한 돈 5천만 원.

'전답을 죄다 팔아 치료에 도전하느냐 아니면 그대로 죽어버리느냐'의 기로에서 아버지는 가차 없이 죽음을 선택했다. 한 푼이라도 아껴야 한다며 한사코 약물치료까지 거부한 채 저승의 고삐를 바싹 당길 즈음이다.

개나리 노란빛이 하늘로 번지던 저물녘 봄날이었던가.

오줌이 마려운 여고생 슬기가 무심히 문을 열었던 그 화장실은 마당 바깥채였다. 흙벽돌 하나를 빼내어 환풍을 시켰는데 비료 포대 겉종이로 문을 가려서 노크할 공간도 없다.

시골 처녀 슬기도 거의 사용을 하지 않는 판자때기 공간인데 워낙 배탈이 급했던 것 같다. 갑작스런 생리 현상 해소를 위해 아주 모처럼 문을 열때 얼핏 '흐흐흠' 헛기침 소리를 듣긴 했던 것 같은데…… 어럽쇼, 그 어둠침침 속에 아버지가 삭은 장작처럼 기대어 있었던 것이다. 전기료를 아끼려고 불을 끈 채 엉거주춤 소변을 보고 있던 중이었다. 딸아이보다 더 깜짝 놀란 아버지가 몸을 확 돌렸는데 미처 허리띠를 추스르지 못했던 것 같다. 그때 보았다. 열린 문 사이로 햇살이 쏟아지면서 나머지 찔끔거리던 오줌 방울까지 깜짝 놀라던 남자의 몸을 본 것이다.

아무 일도 없었다. 아버지는 '휴우' 한숨을 쉬며 뒷간을 나왔고 슬기는 수돗가에서 태연하게 양말을 빨았을 뿐이다. 그런데 이상하다. 어린 아이의 고추처럼 박하사탕 모양으로 포동포동하게 생긴 게 아니라 어른들의 몸은 장맛비에서 뽑아낸 연근처럼 흉물스러운 것이다. 그 아버지가 지금은 재가 되어 금강 물살로 떠내려가 버렸다. 무덤이 없으므로 '비가 오면 덮어주고 눈이 오면 쓸어줄' 하등의 이유가 없다.

그 후 집안의 유일한 남자인 병오의 기쁨이 두 누이와 어머니의 기쁨이었다.

병오가 고기반찬을 집으며 맛있다는 표정을 지으면 나머지 여자 식구들의 표정이 화사하게 피어올랐고, 맵거나 싱겁다며 조금이라도 인상을 쓰면 밥상머리가 단박에 찌그러졌다. 그랬다. 삼대독자의 밥상머리 표정에 온 식구들의 기쁨과 우울이 결정되었다. 지금도 동생의 회복만 간절히 바라는 착한 누이답게 병오의 알몸도 지성껏 문지르는데.

이명순 간호사가 남자의 몸을 처음 본 건.

불 꺼진 골목길 전신주 아래 바바리맨이었으니 남성과의 첫 해후치곤 삼류요, 통속소설 축에도 못 끼는 하급반 스토리다. 이상하게 남자들과 어울릴 기회가 없었다. 중학교도 여중을 나왔고 고등학교도 여고였으며 대학도 간호학과였으니 사내 구경이 가물던 성장기를 거쳤다. 그 흔한 미팅이나 소개팅도 한번 못 해보고 책상물이 공부만 하다 졸업했다. 병원 구조는 족쇄처럼 답답했지만 그나마 월급 받는 재미에 빠진 게 다행이다.

3교대 오후 근무를 끝내고 구리동 자취방 정거장에 내리니 밤 열 시 삼십 분.

시간상으로도 전혀 야삼경이 아니었으므로 기실 아무 일도 일어나기 힘든 타이밍이다. 30미터 남짓 골목에 꼬부랑 할머니와 이명순, 그리고 늦가을 바람을 피하려는 바바리 사내까지 딱 세 사람이 따로따로 무심히 걷고 있었을 뿐이다. 노인네의 기역 자 굽은 등이 조금 칙칙했을 뿐 나머지 골목 풍경 따위는 아예 관심도 없었다.

어쨌든 할머니에게 무언으로 의지하며 칙칙한 밤길 분위기를 걷어내는데 그 노파가 골목 막바지에서 열쇠를 따더니 안채로 쏙 들어가는 것이다. 그래봤자 이명순의 연립주택 자취방도 10여 미터 남짓 남았는지라 별다른 상념이 없었는데.

띠띠띠 띠리리 띠띠디.

무전기 소음이 아니라 사람의 입으로 일부러 내는 금속성 굉음이라서 조금은 불쾌했던 것 같다. 무심히 고개를 돌렸을 뿐인데…… 아이고, 사내는 이미 아랫도리를 무릎팍까지 내린 채, 만세 삼창 자세로 푸하하 웃고 있는 것이다. 그리고 보았다. 쇠한 가로등 아래 어둠보다 더 쇠한 거웃 무더기를 분명히 보았다. 소리도 지르기 전에 바바리맨이 먼저 도망쳤고 골목길 한가운데로 첫 사내의 아랫도리 잔상이 오래도록 빨래처럼 나풀거렸다. (인체 도감이나 수술대 위에서 접한 사내의 생물학적 생식기 이후) 가장 로맨틱하게 만나야 할 남자의 몸이 겨우 바바리맨이었다는 게 종시 분하다. 아무리 고개를 흔들어도 바바리맨 잔상이 빨래집게처럼 떨어져나가지 않아서 자취방 열쇠를 번호키로 바꾸고도 불안한 것이다. 그 후 사내들의 음험한 눈빛을 만나면 몸이 굳어지니 필시 트라우마리라.

종필 씨는 현재 병실 내에서 경제적으로 가장 느긋한 사내다.

병실의 입원 유치 처방전과 종필 씨의 이해관계가 딱 맞아떨어진 것이다. 애초에 한약 한 재 정도의 진찰만 예상했는데 담당 의사의 적극적인 권유에 못 이긴 척 입원하면서 휴양소를 만난 셈이다. 어차피 두 달까지는 유급 휴직이므로 병실과 보약 모두 '꿩 먹고 알 먹고'가 되는데.

"인도에서 돌아올 때 마누라 즐겁게 해주려고 거시기에 구슬을 박았어요. 인도 파견 첫 작품."

당직 의사에게 심심풀이 땅콩처럼 툭 던져보기도 했다.

"재미있게 사십니다."

먹테 안경 젊은 의사는 환자들의 비식비식 웃는 문장에도 아주 정중하게 응답해준다.

종필 씨는 보름 정도 뒹굴뒹굴 몸을 풀다가 아내와 함께 제주도라도 한 바퀴 돌고 올 예정이다. 바깥 여자들이 훨씬 스릴 만점이지만 아내 관리에도 신중해야 하며, 지금처럼 병실에 있는 동안에는 환자들끼리의 분위기도 적당히 맞춰줘야 한다. 고스톱 패거리 수준이 좀 그렇지만 이삼만 원 잃어주며 서너 시간 때울 수 있으면 쓸 만한 오락이라며 소극적으로 끼어들곤 한다. 데굴데굴 구르다가 잠깐 멈춘 자리에서도 순식간에 뿌리를 내리는 게 성공 처신의 체질이다.

마 상사의 아내 순애 씨와 눈이 아주 잠깐 마주쳤다.

음료수 캔 따는 소리가 '딱' 들리면서 서로 고개가 마주 닿았는데 그 순간 스파이크가 파팟 터지는 스릴을 맛본 것이다. 오- 환하게 열린 공간에서의 은밀한 서스펜스라니…… 여자의 몸으로 쫄깃쫄깃 탄력이 돈는 것 같다. 언제부터였나, 까무잡잡한 피부 바깥으로 탄력이 돈는 게 '울타리 너머 풋사과'처럼 뽀송뽀송하다.

딱.

순애 씨가 먼저 눈빛을 내리며 음료수 캔 뚜껑 거품을 가라앉혔다.

문득 인도 하녀 드비니의 탱탱한 볼이 겹쳐진다.

북인도 자이프루 파견 현장의 플라스틱 병 제조회사 총무부장 시절이니 기껏 1년 전이다. 불모지에서 신제품 선풍을 일으켜서 회사가 확장되면서 연봉도 일억 이상 올랐으니 현지에선 가히 귀족급으로 하녀와 기사까지 둘수 있었다. 본토인들은 자국민의 철학과 자존감도 강했지만 워낙 물질적으로 궁핍했으므로 마구잡이 구걸형 부류도 많았다. 28층짜리 자택 빌딩의 재벌을 비롯해 1조 원 이상의 거상들이 오십 명이 넘지만 나머지 하류층들은 1달러에 목숨을 걸고 싸울 정도로 절박하다.

하녀 드비니는 그중에서도 가장 밑바닥 계층이었으니.

카스트 구조는 자본가와 권력자에게 무한 향유를 안겨주면서 수드라와 바이샤 같은 천민층에는 바벨탑 말뚝으로 천당과 지옥의 경계를 그어놓았다. 그러나 드비니는 바이샤 축에도 끼지 못하는 불가촉천민으로 최하층

117

공간조차 없는 막장 천출이다. 아무리 공부를 열심히 해도 취업이 불가능했다.

천신만고 끝에 초등학교 주방 보조로 취업되었을 때 그녀를 거부한 것은 교직원이 아니라 오히려 코찔찔이 아동들이었다. 교장 이하 전 직원이 묵인시켜 통과한 면접을 그 학교의 조무래기 학생들이 집단으로 거부하여 쫓아낸 것이다. 그 후 눈 맑은 그 여자는 생필품을 얻기 위해 동가식서가숙 떠돌다가 종필 씨네 하녀로 들어와야 했는데.

인도는 아무리 품격 높은 여자들도 남편에게 절대 복종이다.

사내는 마당에서 채찍을 휘두를 수도 있고 포박시켜 감금할 수도 있다. 결혼을 못하거나 아기를 못 낳아도 하녀 신분으로 떨어뜨렸으니 가히 수컷들의 천국이다. 종필 씨 역시 하녀 앞에서 안하무인이었다. 드비니가 보건 말건 집안 아무 데서나 아내의 옷 속에 손을 넣었고 아내 역시 느슨한 저항으로 남편의 속살 탐닉을 쬐끔씩 떼어주었다.

아내 몰래 드비니에게 눈독을 들이기도 했는데.

미수에 그친 게 오래도록 민망하다. 골반 라인이 발달된 항아리 몸매에 손을 댈 틈을 노렸으나 그녀는 끝내 치마끈 풀 기회를 차단시킴으로써 본토 여성의 자존심을 지켜내었다. 이상하다, 인도의 귀족 카스트들에게는 노예처럼 굴종하면서 왜 황인종 이방인들에게만 자존감을 세우려는 것일까. 그러면서 종필 씨 혼자 가는 다음 인도 출장에서는 자본의 힘을 쏟아서 꼭 드비니와의 일탈 성사를 이루리라, 곱씹는데.

지금은 TV 화면에서 'PD 수첩'이 방영 중이다.

"미성년 십대 소녀들의 인터넷 성매매 현황을 경찰과 함께 동행 취재했습니다."

리얼 동영상 프로에 몰입된 감 선생의 입술이 바싹바싹 마르는 중이다. 화면이 찌찌찌 끓을 때마다 백 원 주화 하나씩 넣으면 30분 더 연장시켜주니 초시계가 밭은 숨을 꿀떡꿀떡 몰아쉰다. 마 상사의 아내 순애 씨도 창틀 쪽 침대에 엎드린 채 아무도 모르게 눈동자를 모으고 있다.

앵커가 사라진 공간으로 까치 소녀 한 명이 총총총 등장한다.

노랑머리에 짧은 치마 그리고 머리에 꽂은 장미 리본까지 매달은 '침 뱉고 껌 씹는' 소녀의 전형이다. PC방 계단 앞에서 핸드폰을 만지작거리는 순간 빨간색 스포츠카 한 대가 미끄러지듯 달려와 정지한다. 빠아앙 빵빵.

"뒤를 봐라."

차양 모자와 뿔테 안경의 날라리 풍 젊은 남자가 내리더니 소녀의 어깨를 치며 흥얼흥얼 노래 부른다. 소녀는 무표정하게 바라보다가 반달형 미소로 달려가 재빨리 팔짱을 낀다. 사내의 손이 소녀의 겨드랑이로 파고드는 순간.

"돈 먼저 줘요."

모자이크 소녀가 고사리손을 낼름 뻗는다. '아기 얼굴에 어른의 몸을 가진 글래머' 체형이 햇살 받아 비늘을 반짝반짝 터뜨린다. 이제 스포츠카로 모텔까지 운반하는 코스만 남았다. 그 불순 거래의 찰나.

잠바 차림의 그림자 서넛이 느닷없이 앞을 가로막더니 신분증을 사내의 콧등 가까이 들이민다. 훨씬 큰 체격들 사이로 폭삭 묻힌 차양 모자의 그림이 어디선가 익숙했던 스크린이다.

"실례합니다. 경찰입니다."

"……엣!"

날라리 청년의 여유만만이 삽시간에 사라지고 금세 비열한 표정으로 오돌오돌 떠는 장면이 모자이크 씌워졌다. 가죽 잠바들이 양쪽에서 남자의 팔을 조이는데, 소녀는.

"아저씨, 아직 하지는 않았거든요. 저는 안 걸리죠?"

틈새를 뚫는 소녀의 목소리도 재빨리 모자이크 처리된다. 사복형사가 먹 하니 쳐다보다가 고개를 끄떡이자 여자애가 안도한 듯 헛헛헛 웃는 바람에.

"말세여."

감 선생이 혀를 딱딱 차며 부들부들 떤다. 문득 1번 침대의 착한 누나 슬기의 생머리가 브라운관에 겹쳐서 화들짝 가슴을 쓸어내리기도 했고.

"말세여."

순애 씨가 그 말을 무심히 따라하며 밤이 깊어가는 중이다.

오늘 외출은 모처럼 하하호호 허리띠 풀러놓던 자리였던 것 같다. 장년의 동창회는 여자들의 찐득찐득한 순정과 사내들의 핵존심이 떡볶이처럼 섞인 진국 짬뽕탕이다. 고향의 재향 동창회가 스무 명 남짓이고 서울의 재경 동창회가 서른 명 가까이 되는데 1년에 한 번꼴 합체된 총동창회를 열면 서른댓 명 가까이 성황을 이루기도 한다. 열일곱 명이 죽었고 삼십 명가량은 소재 파악이 안 되었고 소식을 알면서도 무관심한 동창생도 기십 명 정도 있단다.

수학 선생인 남자 동창 명구가 술자리 내내 음담패설만 던졌으니, 40년 전 전교 일등짜리 범생이 출신이 느끼한 꼰대로 변신하는 것도 세월의 이치인가. 이차구차 맞장구치다 보니 꽤 많은 눈동자가 두 사람의 농담 따먹기에 몰입된 채 깔깔깔 웃는 것이다.

"네가 우리 동창 180명 중에서 제일 못생겼어."

"얼러리, 내 인물이 중간쯤 되는 줄 알았는디."

그쯤에서 빠져나오려 하면 사내들은 한 발자국 밀고 들어오며 질퍽거린다. 뻔한 입방아 분탕질도 재탕 삼탕 돌아가며 한바탕씩 배꼽을 잡으니, 더러는 억지웃음도 있긴 하다.

"맛은 없게 생긴 상판이랑께."

순애 씨도 좌중의 눈길을 받아볼 겸 못질 한번 세게 박아볼까 하며 갸우뚱한다. 병간호 스트레스를 나뭇잎처럼 털어낼 참으로 기왕지사 돌직구로.

"니가 입 큰 것만 보고 헐렁한 줄 아는 모양인디. 여기 보조개두 안 뵈냐?"

"우헤헤헤 헬헬헬."

장년의 폭소는 빠빵 터졌다가도 숨이 금세 잦아지므로 딱 거기까지다. 그 공간을 벗어나면 다시 중풍 남편의 예민한 촉수를 건사하는 조신한 아내로 변신하여 현모양처 새우잠으로 하루를 건사해야 한다.

돈벼락이 우수수 쏟아지는 꿈결 속에 파묻히고 싶다. 수족관에서 매끄런 허리로 물살 헤치는 인어처럼 살고 싶은 꿈도 당연히 내 팔자가 아닌 줄 알고 있다. '저 인도 맨이랑 정분 나누는 꿈이나 꾸어볼까' 그런 생각으로 풋풋풋 웃는 줄 아무도 모를 것이다. 방귀가 나오려 해서 소리가 나지 않도록 엉덩이를 살그머니 벌려주었다.

봄비 내리는 아침 아홉 시 회진 시간.

흰 가운들이 우르르 등장하면서 506호실에 긴장감이 흐를 즈음 빗줄기가 굵어지기 시작했다. 과장만 사십 대 초반일 뿐 나머지는 삼십 전후의 초짜 의사인데도 그들끼리의 위계질서가 서늘하다. 문득 그 엄숙함이 유독 감 선생 침대에서만 우물쭈물 수런대는 낌새가 수상하긴 했다.

조금은 어거지로 끌어들였던 환자 하나를 '치유 불가'로 밀어내기식 퇴원시켜야 하는 부담이 아무래도 미안한 것이다. 의성화타를 꿈꾸던 젊은 의사들은 그렇게 이상과 현실의 간극을 조율하며 망상대는 중이다.

"왜 이렇게 굳어 있지?"

과장 의사가 운을 떼기 직전 감 선생이 떨떠름하게 한숨을 쉰다. '서울의 종합병원으로 옮겨달라는 얘기는 곧 환자 퇴출이라'는 뜻임을 안다. 끊어진 인대는 이을 수 있으나 강직된 척추는 처방전을 끊어줄 테니 대도시로 가야 한다며 공론 끝에 눈꼬리를 내린 것이다. 이미 익숙했던 재탕 삼탕 진단법이다. 대도시 종합병원 의사에게 소견서를 보여주라는 조언은 당연히 한 귀로 흘려버렸지만.

"오래된 환자가 의사보다 나을 수 있어요."

그 말을 꽁꽁 묶어두니 몸이 오히려 나뭇잎처럼 홀가분해졌다. 이렇게 출타시키느라 이름조차 '방생종합병원인가 보다' 하며 덤덤히 보따리를 싸기 시작한다. 이슬비 내리는 이른 아침에, 초록 벌판이 물감처럼 번지는 봄날이다.

봉순 별리別離전

"아파요."

활자들의 밭은 신음을 분명히 들었다. 그래서일까. 서류 접수 직전 마지막 전신주 붙잡고 삐걱삐걱 돌아섰었고, 발바닥이 닳도록 담배꽁초만 비벼대기도 했었다. 아주 짧게나마 옥상에서 우산 낙하산 찢기며 추락하는 환상도 이상과 실체의 간극을 선명하게 보여주는 스크린이리라. 아날로그 TV를 디지털로 바꾸거나, 거실의 냉장고를 주방으로 옮겨놓듯 초연할 수 있다는 벗들의 위로는 새빨간 거짓말인 줄 진즉부터 알았지만.

한편으론 홀가분함도 있었다.

봉순이가 새 남자와 새 둥지를 틀면서 상황의 종료와 새로운 정리가 동시에 이루어진 것이다. '그미의 사내'에게 진정성의 가슴을 열고 편지도 보낼 수 있었다. 거미줄을 걷어내면서 그제야 아득했던 청년 순정의 자막이 찢어진 비료 포대처럼 우수수 쏟아지는 것이다.

지금보다 훨씬 착했던 스무 살 청년 시절인.

'70~80'의 스무 살 여름이었으니.

인생의 시계추로 '오전 아홉 시에서 열 시 사이'쯤이었으리라. 그 섬은 격렬비열도에서 가장 가까웠고 한반도에서 여섯 번째로 넓었다. 섬마을 안쪽 사람들은 그물 던지기보다 논두렁에 엎어지는 시간이 더 많은 농촌형 갯마을이었다. 개펄보다 흙이 많아서 인구밀도도 조밀했고 벼농사와 그물 당기기를 병행하면서 자녀들에게는 객짓밥 먹이며 상급학교까지 진학시킬 만큼 짭짤하게 벌이도 되었다.

그리고 그 섬마을 지주 아들인 바우도 사춘기에 입入하면서 혼자 있을 때마다 '미래의 짝'에 대한 몽상에 몰입하곤 했었다. 싸리 울타리 사이로 파도 소리 낭창낭창 쏟아지던 어느 저물녘이었다. 앞마당 퇴비장에 모닥불을 피우며 키다리 사내 혼자 상념에 잠기던 여름방학이었는데.

'나는 장차 누구와 짝이 되어 이 모닥불을 영원히 바라보게 될까?'

신혼의 핑크빛 상상이 싹을 틔우면서 아랫도리가 싸-하게 흔들렸다. 스쳐갔던 소녀들의 청순한 몸들을 번갈아 꺼풀 벗길 때마다 숭어 떼 맨살들이 폴짝폴짝 뛰어오르는 것이다. 그 스냅을 두근두근 간직하며 망설였던 긴 세월 담아두었던 사랑을 주저주저 고백하게 되면.

"왜 이제야 나타나셨나요? 늦게 온 만큼 더 세게 껴안아주세요."

가슴팍 두들기며 펑펑 흐느끼는 스크린이다.

그 러브신 영상이 진해지면서 바우 혼자 얼굴이 확확 달아올랐다. 여자의 흐느낌이 칭칭 똬리 틀 때마다 신우대 갯바람으로 뜨거워진 아랫도리를 식히곤 했다. 감나무 시퍼런 열매들이 탱탱하게 속살을 채우던 늦봄의 일간지에서 처음 접한.

"더 세게 껴안아주세요. 행복해요."

그『별들의 고향』버전은 고딩 시절에 익힌 것이다. 《조선일보》에 연재되던 최인호의 소설을 샅샅이 독파한 게 첫 번째 만남이다. 대입 실패 후 재수생 시절에 극장 모퉁이에서 나머지 스크린까지 완전히 소화시키면서 호스테스 소설 한 권을 통째로 숙성시킨 것이다.

경아가 첫 남자 영석과 이차구차 끝에 역전 골목 허름한 여인숙에 들어가는 장면에서부터 울을 청년의 순백한 가슴앓이가 시작된다. 아니다, 아니라고 도리질 쳤다. 여자는 처녀막 꽃터지는 두려움으로 눈물이 펑펑 쏟아질 것 같은데, 영석은 무례하게도 수컷의 웃음만 터뜨리며 흐흐흐 치마를 들추는 장면이다. 순수 소녀 경아는.

"웃지 마세요. 어떻게 웃을 수가 있나요."

화장실로 뛰쳐 들어가 문고리를 건다. 아무래도 오늘은 이 남자의 도마 위에서 비늘을 털어내야 할 것 같아, 여자는 거울 앞에서 브래지어 끈을 올리며 간절히 기도를 한다. 몸의 체념을 위해 세면대에 얼굴 파묻으며.

"하느님, 저 남자가 나를 영원히, 영원히 진심으로 사랑할 수 있게 해주세요."

그러거나 말거나 영석은 목욕탕 바깥에서 달아오른 몸을 주체하지 못한 채 쿵쾅쿵쾅 문짝만 두들겨 팬다. 기도의 진정성이 굉음으로 파르르 흔들거나 말거나.

"경아, 빨리 문 열어. 아니면 부숴버릴 거야."

발정한 수컷의 아우성이 심장까지 푹푹 쑤셔댔으니.

바우는 그 비장미 서린 문장들을 가슴에 담으며 하염없이 갈매기 날갯짓만 바라보곤 했다. 하여, 그에게도 언젠가 경아 같은 여자가 하늘에서 호박 덩굴처럼 '쿵' 떨어지면 애지중지 감싸고 쓰다듬으리라 수도 없이 맹세했었다. 특히 '영원히'와 '진심으로'란 단어에 연달아 진한 방점을 찍으며, 우주의 섭리 같은 날줄 씨줄 사랑을 기대하기도 했던, 그때까지도 착한 청년으로 그럭저럭 자존의 몸을 세워가던 즈음이었고.

오랫동안 하늘의 섭리를 신앙으로 받들었으므로.

구천에 떠돌던 흰구름 사내가 물가에 자리잡은 조약돌 규수에게 조물주의 낙점으로 둥지를 트는 게 '혼인의 법칙'이라고 굳게 믿었다. 그랬다. 우선 청초하고 순결해야 했다. 세모시 옥색 치마로 단장한 생머리 규수 한 몸

대청마루에 귀하게 모셔놓고 자운영 한 송이 머리에 꽂아주는 아리따운 상상으로 아리고 시리게 간직하려 했었다.

산수유 봉오리가 울타리 너머 노랗게 번지던 봄날이었던가.

차설호 후배가 자취방 옆구리 걷어차는 것이다.

같은 학년 복학생과 재학생 사이였으므로 3년 차이가 났다. 마찬가지로 애인이 없어 그냥 설호라는 이름 대신 '짝꿍 솔로'라고 썰렁하게 농담 따먹기도 했던 숫총각 동아리인 그와 낮술 멍석을 편 것도 운명이다. 그리고 저 물녘까지 미래의 여인상을 화제로 나눈 게 화근이다. 땅콩 껍질 조근조근 벗기며 잔을 비우다가 자리를 파하기 직전에 하필.

"형수가 생기면…… 크크크 형님 앞에서 그대로 껴안아볼 거야. 볼텡이도 말캉말캉 비비고. 우히히힛."

흰소리 던지는 바람에 울컥 앞차기 한 방 날린 것이다. 짝짓기 한 차례로 영원히 죽는 수사마귀가 되겠노라 마음먹었는데, 후배 놈의 시정잡배 흰소리가 수모스러웠다. 그의 불그스레 달아오른 양 볼따구에서 우수수 쏟아지는 주근깨 입자들도 보기 싫었다. 게다가 말캉말캉이라니 얼마나 발칙한 낱말인가. 발길질하면서 피차간에 덮기 어려운 상처를 받았다. 알코올 농도 탓도 있었지만 솔로 후배의 몸집이 커진 것을 간과한 채 손을 함부로 날린 것도 패착일 수 있다.

"나쁜 스키."

딱 한 방만 날리고 뚜벅뚜벅 돌아서면, 순정파 후배가 방바닥 문지르며 흐흐흥 흐느끼는 게 정해진 각본인 줄 알았다. 그런데 돌아서는 뒤통수로 즉각 돌주먹 반격이 쏟아지는 것이다. 바우도 마찬가지였다. 반동으로 날아온 주먹을 처연하게 받아주지 못하고 승냥이처럼 할퀴며 뒤엉켰다. 그래봤자 두 사내 모두 여자가 전혀 없는 솔로 상태였으니.

가상의 유령을 놓고 순수 수컷들의 영역 싸움을 벌인 셈이다. 아무튼 바우에게는 그 뒤끝이 가늘고 길게 지속되었는데.

스무 살에 발화된 감성적 페미니스트 체질이.

스크린을 접하기 시작하면서 그 농도가 진해졌다. 특히 중년 이후로는 영화의 배경 음악에 취하여 더 깊은 전율의 수렁에 빠지는 것이다. 『별들의 고향』의 마지막 장면에서, 경아가 쓰러지기 직전 주막집 목로에서 홀로 술잔을 기울일 때, 웬 양산박 털북숭이 사내가 수작을 거는 장면에서.

"아가씨 어디서 왔어?"

히죽히죽 다가올 때, 경아의 아가위 눈망울이 동그랗게 흔들리며.

"난 정말 몰라요."

그 윤시내의 음율이 화면 전체에 초록색 메두사처럼 꿈틀거리는 바람에 '노래를 들으면 눈물이 흐른다'를 완벽하게 실감했다. 그 후 가끔 영화 장면에 매몰된 채 비몽사몽 몸을 부르르 떠는 모습이 수시로 벌어졌다. '사랑이란 처음이어요. 웬일인지 몰라요. 가까이 오지 말아요. 떨어져서 얘기해요. 얼굴이 뜨거워요.'

또 있다. 조선남녀상열지사 『스캔들』의 막바지 스크린에서 아담한 규수 전도연이,

"도대체 왜 저를 버리시나요? 제발 이유를 말씀해주세요."

눈물을 펑펑 흘리며 바지 끈 잡아당기는데, 깎은 밤톨 같은 사내는 일부러 눈꼬리를 게슴츠레 내리며,

"당신이 날 사랑하게 되는 순간 당신을 향했던 내 마음이 싸그리 바뀌더이다."

'팽' 하는 뻔뻔함에 분통이 터져서 커터 칼로 화면을 북북 찢고 싶은 것이다. 이번에는 그 느끼한 화상이 한술 더 떠.

"당신의 첫 번째 잘못은 나를 만난 것이요, 두 번째는 내 말을 귀담아들은 것이라오."

129

하고 게슴츠레 코딱지를 후빌 때는 '네 죄를 네가 알렸다 → 매우 쳐라 → 아니 저놈이 아직도' 순서로 버럭 불호령을 놓고 싶었다. 그런데도 '배-용준' '배용준' 자지러지는 속없는 각다귀 떼 아낙네들을 보면 머리카락을 뽑아버리고 싶은 심정이었다. 대신.

배창호 감독 『기쁜 우리 젊은 날』의, 어리숙한 사내 안성기가 놀이터에서 그네를 밀어주는 초로의 최불암에게,

"아버지는 어떻게 엄마를 시집오게 만드셨나요."

펑펑 우는 장면만 수없이 리피트 시키며 위안하는 것이다. 그랬다. 세상은 아름답지 않지만 사랑만큼은 순결하고 성스러워야 한다. 아무리 통이 크고 가방끈이 길어도 여자가 없으면 '반쪽짜리 콩'이라며 가슴 다지던 그 때까지도 여전히 착한 청년이었지만.

소도시 만화방집 일곱 자매 맏이인 봉순이의 사연을 옮겨보면.

기찻길역 골목 입구 '딸부자 만홧가게' 살림방 풍경부터 시작된다. 방은 딱 두 칸. 어머니와 막둥이 둘을 합쳐 세 명이 한 방에서 살았고 봉순이부터 다섯 자매 그리고 할머니까지 여섯 명이 다른 방에서 살았으니, 만화방 그 집에는 늙고 젊고 앳된 아홉 명의 여자들만 버글버글 끓고 있었다. 맏이와 막내가 십 년 차이였으니, 연년생이 셋이나 끼어 있는 줄줄이 사탕들이 고만고만 돼지 새끼처럼 북닥거렸다. 지지배배 삐약삐약 어우러지고 싸우는 일상이 끝도 없이 펼쳐 있었던.

그 와중에 행복도 쬐끔씩 있긴 했단다. 아랫목 퀴즈 대회를 열고 단발머리 어린 자매들이 '아, 맞췄다.' 자지러지는 탄성을 합창으로 내뿜을 때는 아주 잠깐 황홀하기도 했다. 더러는 아랫목에 웅크려 윷도 던지고 '바둑알 튕겨 먹기'도 했지만 가장 재미있었던 건 아무래도 칠 공주의 돌림노래 합창이었다. 저물녘 골목길 평상에서 봉순이가 여섯 자매 세워놓고 우쭐우쭐 지휘봉을 내렸다가 탁 쳐올리는 풍경이다.

돌림노래의 백미는 「시계는 아침부터 똑딱똑딱」이었던 것 같다.

처음에는 2부였다가 나중에는 돌림노래 3부까지 확장시켰다. 봉순이 혼자 지휘자 겸 심사위원으로 빠져나오면 둘씩둘씩 짝을 지을 수 있었다. 둘째와 끝지, 셋째와 여섯째, 넷째와 다섯째를 짝지어서 합친 나이를 절반으로 나누면 딱 평균이 나오는 것이다. 각 팀끼리 노래 실력의 균형을 맞춘 다음 거꾸로 잡은 파리채로 리듬을 조율하는 것이다. 그럴싸했고 아주 짧게는 황홀함도 느꼈다. '똑딱똑딱'이란 콩나물 대가리가 사라진 자리로 다시 '똑딱똑딱' 음표가 재빨리 빈틈을 채우면서 뭉쳤다가 흩어지는 화음의 조화가 왠지 만화방 일곱 자매의 수준을 한 품격 높이는 느낌이었다. 그러나 돌림노래가 끝나면 똑같은 일상의 반복이어서.

나머지는 가난뱅이 낭자끼리 부대끼는 치열한 생존 싸움이었다.

구멍 나지 않은 양말을 서로 차지하기 위해 새벽부터 씨헐씨헐 이마빡 디밀었고, 색종이건 머리핀이건 컴퍼스건 먼저 보는 게 임자이므로 보는 족족 챙기다가 손등을 밟혀서 눈에 불을 켜기도 했다. 그래시일까, 단발머리 교복 시절이 전혀 행복하지 않았다. 구멍 난 양말은 색깔대로 맞춰 두 개씩 겹쳐 신었고 찢어진 치마 솔기는 가방으로 가리고 다니던 기억들뿐이다. 비린내 나는 반찬에 젓가락들이 집중되다가 아침상부터 울화통이 터지기도 해서 아, 단 한순간만이라도 소음을 피해 닫힌 공간에 있고 싶었다.

'어른이 되면 반드시 혼자만의 방을 가질 거야.'

공간이 좁아질수록 책벌레 기질은 독해졌다.

다행히 만화방 구석에는 동화책도 쌓여 있어서 활자 속의 신기루에 몰입할 수 있었다. 물론 백마 타고 오는 왕자님이 봉순이의 사내라는 신데렐라 상상을 단 한 번도 꿈꾸지 못했다. 마찬가지다. 백설공주나 소공녀를 품에 안아볼 엄두를 당연히 내본 적이 없다. 그렇다고 행복한 왕자의 동상 앞에서 얼어 죽는 제비를 미래상으로 떠올리는 지고지순 헌신형도 아니었다.

딱 한 가지, 나 혼자만의 공간에 빠지면서 미운 오리 새끼처럼 막연한 행운을 품어보는 것이다. 아버지가 없는 집이라서 가끔 사내의 팔베개를 곁들여보기도 했었고.

봉순이의 방 한 칸 소망은.

대학생이 되어서야 '혼자의 방'이 생기면서 비로소 이루어졌다. 대학로에서 한참 떨어진 골목 틈새 자취방에서 동치미 국물 말아먹다가 문득 '혼자 밥을 먹는다'라는 행복감을 체득했던가. 다른 자취생 친구들이 '혼자라서 외로워요. 혼자 밥을 먹는 건 정말 죽기보다 힘들어요.' 어쩌고 징징 짜는 포즈를 이해할 수 없었다. 오히려 책의 수렁에서 '등 푸른 생선'의 꿈을 고독하게 품으면서 허벅지까지 토실토실 살이 올랐다.

젊은 한때 변혁 운동에 발을 담은 적도 있었다.

빈곤이 개인의 능력 차원이 아니라 구조적 문제에서 비롯된다는 당면한 진리가 가슴을 후빈 것이다. 그렇다. 혁명이었다. 이 어두운 세상에 그네들이 '행동하는 양심'으로 나서지 않으면 절망의 시국을 넘을 수 없을 것 같았다. 자취방에 모여 루카치나 로자 룩셈브르크 같은 판금 서적들을 끼리끼리 숙독하면서, '해방 세상'을 꿈꾸는 눈빛들을 보며 '나도 누를수록 튀어오르는 스프링이 될 수 있을까' 조마조마 기대하기도 했던.

그러나 무서웠다. 최루탄과 화염병의 실전도 두려웠지만 그보다는 벼랑 끝에 떨어지는 강박증 때문이다. 지하실에 끌려가는 악몽에 시달렸고 그 속에서 멍든 상처가 주홍글씨로 낙인찍힌 채 평생을 살아가는 가위눌림으로 화들짝 놀라 벌떡 일어서곤 했다. 대신 사회과학적 문장의 마력에 빠진 채 '글자 수 맞추기'에 몰입했다. 그렇게 책만 보면 수렁에 빠지는 집중력 체질이 되었고.

늦깎이 독서광끼리 짝으로 지어진 것까지는, 운명이다.

'교사와 소설가' 두 마리 토끼 포획을 꿈꾸며 대학원을 다니는 중이었다.

그 실용적 감상주의자 바우가 도서관 계단에서 운동화 끈 매기 위해 허리를 수그리는 중이었던가. 발자크의 파란 껍데기 '나귀 귀족'의 문장에 빠진 채 눈시울 적시는 '누님 같은 꽃'을 보는 순간,

'앗, 내 여자구나!'

그런 직감이 이마를 '딱' 때리면서 캠퍼스 계단으로 채플 종소리가 뎅그랑뎅그랑 물수제비를 만들었다. 저 여자, 짧은 장롱다리에 땡그란 얼굴, 먹테 안경 아래로 쪼르르 뿌려진 주근깨 무더기가 필시 하늘이 내린 연분이라고 확신했다. 게다가 '두 살 연상'이니 가슴도 넉넉한 재원이리라. 황홀했다. 바우가 종이비행기를 던지며 사랑을 고백하는 순간 두 사람만이 허공에 덩두렷이 떠오르고 이 세상 모든 물상들이 잠식해버렸다.

'치열하게 사랑하되 몸놀림은 삼가야지.'

봉순이의 자취방으로 향하는 기역자 골목의 깨진 가로등 사이는 가급적 재빨리 지나쳤다. 처음에 정한 대로 살얼음판 걷듯 먼지 한 알갱이까지 조심조심 살피겠다고 마음만 먹어보았다.

커피를 마시는 낭만만으로도 충분히 행복한 것이다.

나도향이나 랭보우 같은 '일찍 죽은 천재 작가들'의 일생을 찻잔에 넣고 조근조근 씹어대다 보면 미루나무 때까치까지 일제히 숨을 죽였다. 그런데 이상하다. 창문의 불이 꺼지면서 골목 전체가 검은 보자기로 덮이는 순간 왜 불현듯 '만남과 행복이 쨍강쨍강 깨지는 환상'이 스쳤을까. 행복한 스크린마다 왜 이별의 그림자가 오버랩 되는 걸까. 바우는 그 불길한 예감을 땅속에 꽁꽁 파묻고 다져놓았다.

만남 3년 차에 입문하기 직전.

첫 키스는 도시 공원 해우소 뒤편이었다.

무너진 사당 담벼락에 붉은 노을이 덮였던 저물녘이었던가, 소쩍새 울음에 흠칫하던 찰나 처음으로 여자의 입술을 접하면서 아주 짧게 후유증도

있었다. 이상하다. 첫 키스가 치자꽃 은은한 향기가 아니라 변기통 비릿한 냄새인데도 친숙하게 가슴을 파고드는 것이다.

한 자 가웃 신장의 차이도 소소하게 풀어야 할 문제였다.

국기봉 사내와 장롱다리 여자.

여자가 아무리 까치발 서도 한 자 가웃 눈높이 차이로서는 드라마틱한 키스 자세가 나오지 않았다. 바우가 구부정하게 허리를 구부리자 가오리 연鳶만 한 틈새로 찬바람이 쉥쉥 불기도 했다. 어쨌든 입술이 열린 후로도 바우는 여자의 블라우스 속으로 손이 넘어가지 않도록 경계하면서 원조 숫총각으로 웨딩마치를 올리겠노라, 작심했다. 행복했다. '연애하는 사람은 항상 강하다.'라는 시구를 좔좔 외우며 살아가는 중이었다.

여자의 몸을 처음 만지면서 봉순이의 대범함에 오싹한 적도 있다. 멜로 영화처럼 막차가 끊길 때에도 전혀 당황하지 않았지만, 특히 소도시 외곽의 민박집 문을 두들기며.

"죄송하지만…… 빈 방 있나요?"

숙박비를 지불하기 위해 바우가 훨씬 더 죄인처럼 조아리며 주머니 뒤지는데, 봉순이가 배시시 웃으며.

"숙박집에 숙박하는 게 죄송하다고 벌벌 기면 술집에서 술 먹는 것도 죄송하겠네. 흐흐흐."

방 두 칸 얻는 것도 애매해서 포박된 첫날밤처럼 애매했는데 여자의 그 여유와 당당함이 편안했다. 그리고 방에 들어선 다음에도.

"만지기만 해. 치마끈 건드리면 안 되고."

딱딱한 분위기를 생뚱맞게 풀어주었다. 쓰러질 듯 티셔츠 목 부위를 잡아당기다가 생전 처음 여자의 가슴 봉분을 황홀하게 만났다. 당장 여자의 입술을 열고 드릴처럼 공격하고 싶었지만, 그때까지 바우는 더 이상 사랑의 표현 방법을 몰랐다.

몸놀림은 서툴렀지만 번식력이 좋은 부부는.

박달나무 아들과 물앵두처럼 야무진 계집애를 연년생으로 뽑아내었다. 식솔이 늘어난 만큼 생활이 복잡다기해졌을 즈음 한쪽에만 집중하는 봉순이의 성정에서부터 간극이 생기기 시작했다. '눈가리개를 한 경마장 말'처럼 앞만 보고 치달리는 것이다. 그리고 봉순이의 욕망이 빠르게 심화될수록 바우는 나머지 흩어진 살림을 이삭 줍듯 감당해야 했다. 다행이랄까, 그때까지 바우는 교사 발령을 받기 전이었으므로 어질러진 살림을 추스르며 하루를 시작할 수 있었다. 교원 자격증만 따면 스승의 완장을 쉽게 취할 수 있던 시대였고.

자본화로 바뀌는 봉순이의 몸을 눈감으려 했었다.

오디오나 러닝머신 같은 가구가 들어차면서 집안의 공간이 좁아지기 시작했지만 그런 게 결혼 생활인가 보다 하며 적절히 포기한 것이다. 오히려 이대로 룸펜처럼 데굴데굴 살아도 좋겠다는 생각도 해봤다. 아침마다 추리닝 바람으로 아내의 출근길 배웅을 나갔다. 지하철 타는 곳까지 쫓아가 손 흔들고 폐허로 널브러진 신혼방과 주방 정리를 시작하는 것이다. 여자가 남기고 간 설거지와 빨랫감을 헹구고 포개면서 바우는 '사내가 만지는 구정물'의 실체를 기꺼이 받아들이려 했다. 하얗게 반짝이는 사기그릇에 손가락을 비비다 보면 '언어는 구체성이다'라는 생각이 들기도 한다. '낮에 읽고 밤에 쓰는' 문학청년의 중압감보다 아내를 기다리는 시간으로 일과를 소일하는 시한부 백수의 재미도 짭짤했다. 붓끝이 무뎌지면서 어슬렁어슬렁 저물녘의 한량 친구들 술청을 기웃거리다가.

"부어라, 마셔라, 무엇이든 해결해보자."

취하면서 그도 쬐끔씩 대범해졌다. 자정이 지나 술떡이 되어 문을 열면 아내는 서랍장을 만지던 그 자리에 란제리 바람으로 쓰러진 채 잠이 들어 있기도 했다.

그렇게 신혼 모드가 지나고, 바우도 어느새 선생 발령을 받아서 교단 출근과 출산 육아의 두 가지 일상에 쫓기기 시작했는데.

술떡의 잠결.

바우는 상아의 울음소리에 벌떡 깨어 오밤중의 절벽을 기어오르는 것이다.

"재워야지. 아기가 잠들어야 둥지가 안정된다."

자동으로 일어서서 무거운 머리를 곧추세우면 출렁출렁 어항 소리가 들린다. 바우 혼자 벌떡 일어나 유모차를 밀고 당기면서 비몽사몽 헤매다가 아기 울음이 그침과 동시에 '아, 살았다' 안도하며 늪 속에 빠지려는 중이다. 그때.

"여버 뭐해."('보'가 아니라 '버'였다. 분명히.)

아스라이 덮였던 안개가 잦아들면서, 봉순이의 품에 안겨 새근새근 잠이 든 상아의 모습이 드러나기 시작한다. 이상하다. 딸내미는 처음부터 즈이 엄마 침대에 누워 있었고 잠깐 깨어 울다가 곧바로 젖가슴에 안겨 단칼수면에 빠졌을 뿐이다. 동시에 텅 빈 유모차를 밀었던 '딸바보 아비' 바우는 또 '살았다' 외마디 치며 쓰러지는 것이다.

'필요는 발명의 어머니'라고 했지만.

'우유병 실전'에서는 만만치 않았다. 그랬다. 바우는 갓난아기 스스로 우유병을 해결하는 방법을 연구하여 발명 특허를 내고 싶었다. 천장에 대못을 박고 고무줄이나 스프링을 매단 다음 줄을 당겨 고사리손에 우유병을 쥐어주는 원시적 해법이다. 젖병을 빨던 아이가 포만감으로 졸음에 빠져 손을 놓치게 되면 우유병 스스로 팽그르르 말리면서 천장 쪽으로 올라가게 된다. 그렇게 되면 아기 입에 젖병만 물려준 다음 안락한 수면에 빠질 수 있을 줄 알았지만, 그 방법도 실패했다. 천장으로 올라가던 우유병 꼭지가 팽그르르 돌아가면서 뜨거운 액체가 젖살에 뚝뚝 떨어지는 바람에 자지러지는 기함을 터뜨린 것이다. 중년에 접어들면서 부부 싸움이 잦아졌고, 바우가 더 많이 양보했다. 어쨌든.

늦장가였지만 남들처럼 씨앗이 영글어가면서.

바우는 그제사 노총각 시절 기혼자 벗들을 질타했던 흘러간 필름들을 아프게 반성해야 했다. 예전에는 그랬었다. 일찍 결혼한 친구들이 툭툭 던지는 가정사의 소소한 일상을 받아들이기 힘들었다. 신군부 독재의 벼랑 끝 시국에서 자식새끼 옹알이의 짜릿함이나 코찔찔이 성적표 사연 따위가 술안주로 오른다는 게 도대체 수준에 맞지 않는다는 판단이다. 일부러 찜 끔씩 오버해서 어깃장을 표현하기도 했다. 얼라들의 떼깡 소리와 시국의 아픔은 물과 기름처럼 따로따로 존재해야 하는 것이다. '민주주의와 통일과 빵과 사랑'을 논해야 할 시국에서 기저귀 빠는 가정사는 모두에게 천박해 보였었다.

그런데 늦장가 3년 차, 지금은 몸의 색소가 바뀌면서.

"유부남들이 왜 귀가 시간을 가지고 쩨쩨하게 노는가?"

그 비웃음의 오버액션을 아프게 반성하며 꼬질꼬질한 가장으로 투항하는 것이다. 민족과 역사를 가슴에 품었던 울울 청년들이 왜 장가를 들자마자 쪼잔남이 되는지를 리얼하게 실감하는 중이다. 그러면서 여자들에게만 밥주걱을 쥐게 한 세상의 구조를 생전 처음으로 질타했다. 페미니스트 사내로 바뀌면서, 소년 시절의 지나간 기억이 오래도록 아팠는데.

닐 암스트롱의 아폴로 11호가 인류 최초로 달을 정복했던, 소년 시절 즈음이었다.

그 섬마을의 유지들에게는 대도시 유학이 대세였다. 그니의 아부지 역시 '물고기는 태평양으로, 사람은 서울로'라는 한양 편도의 시류에 가세하면서 기껏 열세 살짜리 초등학교 졸업반 바우도 함께 편승시켰다. 그러나 서울의 실체는 턱없이 초라했다. 삼 남매는 후암동 골목에 달랑 자취방 하나를 얻었을 뿐이고, 바우 역시 야간 중학교에 다니면서 외로움이 더 진해졌다. 사법 고시에 목숨을 건 대학생 형과 중학생 사내, 그리고 불타는 향학열의 여고생까지 삼 남매가 이불 두 채에 섞인 채 성장기를 거쳤던가.

야간 중학생 바우가 수업 끝나고 집에 돌아오면 밤 11시였고.

그 시간에 옥이 누나는 개다리소반을 차려놓고 식기는 이불 속에 몸을 묻은 채 빨래더미처럼 얼크러져 잠이 든 상태였다. 바우 혼자 간장과 단무지에 구분도 쌀밥을 비벼 먹고 밥상을 물리려다가.

"누나."

설거지 차례라며 아무리 흔들어도 바위처럼 끄떡도 하지 않았다. 특히 누이는 학비 조달을 위해 신문을 팔았고 그 돈으로 저녁 과외까지 받는 중이었다. 그렇게 날마다 교실을 돌며 영자英字신문 판매와 독한 공부 그리고 피붙이 사내들 수발로 녹초가 된 것이다. 그러거나 말거나 소년은 다시 조심스럽게.

"밥 다 먹었다구. 밥상. 이."

흔들었다. 그때 면벽 자세로 책과 씨름하던 고시생 맏형이 고개를 돌리더니 날카로운 흰자위 표창을 던진다.

"네가 치워. 왜 여자만 치워야 하냣?"

중학생 바우는 그 표창들을 고스란히 받으며 소리 없이 눈물만 글썽였다. 옥이 누나를 분명히 사랑하지만 '남자도 밥상을 치울 수 있다'는 상황을 단 한 번도 설정해본 적이 없는 열네 살이 있었는데, 지금은.

자발적 주방 전문가로 입문한 상태다.

언제부터였나, 진보적 문학청년의 꺼풀을 벗고 공처가와 딸바보로 변신해버렸다. 둘째로 낳은 딸내미 상아가 커가면서 나머지 마인드조차 완벽한 가족주의로 탈바꿈한 것이다. 문제는 자다가도 벌떡 일어나는 그 '밥'이라는 단어이다.

밥 시간을 아끼기 위해 아이들을 수시로 회식 자리에 대동할 수밖에 없었다. 그리고 예전에 경멸했던 유부남 벗들의 행태를 고스란히 재연하는 것이다. 식기 뚜껑에 밥을 덜어서 된장에 비벼주면 바우네 어린 식솔들은 어른들 틈에 섞여 맛있는 것들을 잘도 골라 먹었다. 제대로 적응하는 거라고 생각했다. 회식 멤버 중 착한 이웃이 바우네 아이들과 놀아주면 널널한 자유 시간을 가질 때도 있었다. 그래서일까, 회식 기회만 있으면 온 식구가 출동하여 밥때를 때웠다. 그 시린 풍경의 후일담이 싸대기를 '빵' 때리기도 했다.

식솔 중에서 특히 딸내미의 모습만 진하게 자리잡는 것은 연약하고 영특한 탓이리라. 아들 생각은 그만그만한데, 칠판 앞이나 집회장에서도 특히 딸내미의 땡그란 얼굴이 진하게 떠오르던 시점이다. 즈이 어미 빵틀인 큰 머리와 부엉이 눈웃음이 삼삼해서 내중 기분 내던 술청에서도.

"상아가 보고 싶어."

울멍울멍 머리털을 뜯어내곤 했다. 쉴 새 없이 재잘대는 연두빛 부리가 눈 깜빡하는 사이에 아기 요정으로 거듭나는 것이다. 아침 먹고 금세 헤어졌는데 자투리 시간의 허허로움이 채워지지 않으니, 그대가 옆에 있어도 그대가 그리운 것이다.

그리고 돌출된 스냅 하나.

여섯 살 복구와 네 살 상아가 소꿉놀이하는 장면이다. 먼저 강아지 놀이다. 복구는 무례하게도 상아의 목에 아버지의 가죽 혁대를 채우고 거실과 주방으로 끌고 다닌다. '이랴 낄낄' 복구는 뒤죽박죽 쟁기질 소리까지 던지며 강아지 놀이에 빠져 있다. 목줄을 잡아당겨도 불평 한마디 없이 끌려가는 상아에게.

"메리야, 바나나킥 그만 먹고 이제 짖어라. 주인님 책 보신다."

그런데 책상 밑에서 노란 과자를 씹던 상아가 고개를 들고 즈이 오빠를

139

애처롭게 쳐다보더니.

"기어 다니니까 배고파."

"배고프니까 짖으라는 거야. 앞발을 들고 주인님 앞에서 멍멍 짖어야 밥이 나오지. 주인님은 우는 개새끼에게 밥을 더욱 많이 주는 거야."

"멍멍.…… 배고프니까 뱃속에서 쨍그랑쨍그랑 소리만 들려."

그러다가 쓰레기통 뒤지는 똥강아지 소리를 그대로 흉내내는 것이다. 복구는 그제야 엎드린 채 손을 뻗어 상아의 배를 쓰다듬더니.

"메리야, 회식 가자."

바우는 아들의 입에서 '개새끼'란 욕설보다 '회식'이란 단어에 더 화들짝 놀란다. '회식 가자'라는 게 '일용할 양식 챙겨먹자'는 소리구나, 아프게 반성하며 일주일에 세 번 이상은 집안에서 밥상을 차리겠노라 비로소 다짐한다. 그 와중에도 막걸리만큼은 새새틈틈 부어댔으니, 살림꾼 사내이면서도 마초 술꾼 기질만큼은 고수했던 것 같다. 그 마초 근성의 마지막 바리케이드였을까.

자본주의는 불안을 먹으며 약진했고.

그들이 허벅지에 군살이 불어날 때쯤 부부 사이도 시나브로 이빨 틈처럼 벌어지기 시작했다. 봉순이의 책 도착증이 심해지면서 나중에는 '책 보는 여자'의 자폐증으로 굳어버린 것이다. 헤어스타일까지 책상 모양으로 네모지게 바뀌더니 어느새 손바닥 발바닥까지 대팻밥처럼 얇아졌다. 바우와 나머지 식솔들은 당연히 찾지 않게 되었다. 그저 도서실 모퉁이에 바위처럼 박혀 있는 그미의 면벽 한풀이를 무심하게 지켜보았을 뿐이다. 사는 게 별게 아닌 줄 알았으므로 어지간히 버텨줄 혜량도 쬐끔은 있었고.

원초적 공통점도 많았으니 먼저.

두 사람 모두 TV 프로에는 관심이 없다는 점이다. '재벌 회장의 딸과 서울대 출신 신입사원' '아비의 불륜과 어미의 복수극' '배 다른 자식' '겹사돈의 뜨거운 사랑 그리고 불치병' 따위의 조각들을 뿌려놓았다가 퍼즐처럼 짜맞추는 드라마 구조를 모두 단칼에 평가 절하했다. 더욱 귀찮은 것은, 연예인들끼리 달리고 구르고 껴안는 몸짓을 보며 하하호호 웃는 구경꾼들의 행태다.

"남들 노는 걸 구경하며 내가 왜 좋아해?"

씹어대는 순간만큼은 부부가 서로 일치했다. 부부 합체로 책 속에 파묻힌 것까지는 똑같았는데 봉순이의 수렁이 훨씬 더 깊어졌다는 게 문제다.

초기에는 봉순이도 지아비의 웬만한 술자리 정도는 덮어줄 만한 품이 있었으니.

바우가 술떡으로 쓰러져 뒤척이는 전전반측의 포즈를 작가 체형으로 오버랩 시킨 것도 이유가 되리라. 고주망태로 발바닥 곧추세워 벽을 문지르다 툭 떨어지고 다시 발바닥을 올렸다가 바닥으로 쓸어내리길 되풀이할 때다. 아이들 머리를 돌려 지아비의 허벅지를 가리키며.

"느이 아부지의 저 막걸리 숨소리를 평생 들으며 살아가게 될지도 모른다. 훗훗훗."

장길산의 조강지처인 동명이인 봉순이처럼 조신하게 예고하면 복구와 상아가 동시에 까르르 뒹굴기도 했다. 아주 가끔 바우의 국기봉 머리를 부드럽게 쓰다듬으며 '머리가 작아 채우기 쉽겠구나.' 뇌까리던 낭만의 막바지 배경이다. 바우 역시 숙취 속에서도 아내의 웃음을 푸성귀처럼 간직했던 것 같다. 그렇게 서로를 배려하면서 부부 싸움의 간극을 메우다가 언제부터였나, 그 틈새가 절벽처럼 벌어지는데.

바우의 가스 밸브 강박증으로 조바심이 시작되었다.

13층의 파리 떼란 기실 얼마나 뜨악한 고공행진인가. 누군가 옥상에 망둥이를 건조시키면서 파리 떼가 꼭대기 13층 전세 아파트로 우르르 몰려들었다. 특히 컴퓨터 주위로 새까맣게 달라붙는 것은 모니터가 열을 받아

따뜻해졌기 때문이다.

"가스불은 끄고 나왔나요?"

바우가 엘리베이터 '내려감' 단추를 누르려다가 조심스레 던졌으나 봉순이는 레포트 인쇄물에 눈길을 모을 뿐 묵묵부답이다. 상아는 여전히 봉순이의 무르팍에 매미처럼 매달려 눈꺼풀을 떼고 있는 중이다.

"가스불…… 안 들려?"

말꼬리를 짧게 끊으며 8층에서 다시 단추를 눌러 일단 정지시켰다. 아내는 귀에 꽂은 MP3에 빠진 채 입을 벌리지 않았으므로, 바우 혼자 다시 계단을 걸어 올라가 중간 밸브까지 확인했다. 서둘러 내려왔으나 아내는 이미 자취가 사라졌고 웬걸, 딸내미 혼자 덩그마니 서 있다가 화사하게 웃는다. 계단에 기대 있던 아이가 즈이 아버지를 향해 총총총 깨금박질 치는 모습을 보며 하마터면 눈물이 왈칵 쏟아질 뻔했다. 상아는 채송화처럼 환하게 웃으면서.

"천사 어린이집 버스다."

단발머리 유치원 선생님이 겨드랑이를 반짝 들어 올리자 상아는 하얀 종아리 드러내며 빠이빠이 손 흔들더니.

"천사 어린이집에는 가짜 천사가 없어요."

마주보며 화사하게 손 흔들었는데 이번에는 담뱃불 강박증이 머리를 짓누른다.

재떨이에 비벼 끈 담배꽁초가 날개를 달고 소파 위에 너울너울 불씨를 옮기는 순간 재개발 단지 전체를 통째로 태울 수도 있지 않은가. 한번 떠오른 담뱃불이 사라지지 않았으므로 승용차 카플 운행 내내 강박증에서 벗어날 수 없다.

'헤어짐의 사연'은 바우의 소심증에 어울리지 않는.

반전 드라마식 결단이다. '함께 살아도 혼자다'라는 역설적 문장이 어느 순간에 또렷이 자리잡는 것이다. 특히 아내의 논문 심사 날짜가 닥쳐오면서 초읽기에 빠졌는데.

봉순이는 전기밥통만 달랑 눌러놓고 출근 전까지 새벽 도서관 찾아 자료 색출을 떠났다. 그러면 바우 혼자 아들놈 등굣길과 딸내미 어린이집 보낼 채비로 분주한 것이다. 삼십 분 이내에 출근 상황을 종료해야 하는데 오늘은 도서관에 나간 아내가 아침 귀가 시간을 펑크 냈기 때문이다. 울화통보다는 다급함이 더 먼저다. 하필 유치원 봉고차가 결번이므로 각자의 부모가 아이들을 데려다줘야 하는 날이다. 꾸물거릴수록 카풀 팀의 연쇄 지각 사태가 벌어지므로 바우가 상아의 입술 틈새에 밥풀때기 밀어 넣고 사기그릇들을 설거지통에 쑤셔 넣는다. 그렇게 촌각을 다투며 현관을 나서는 중이었다.

"빨간 구두."

상아가 가리키는 손가락 방점을 염두에 둘 여유는 없었다. 무조건 발에 맞춰 신발을 끼운 다음 엘리베이터 단추를 누르느라 딸의 울퉁불퉁 부어오른 볼을 놓친 것이다. 신도시 일산까지 주행하는 카풀 팀 약속 시간이 빠듯한데 아파트 위층 누군가가 엘리베이터 단추를 놓지 않아서 2분쯤 더뎌진다. 상아를 둘러업을 때 눅눅한 느낌이 들긴 했다. '파뿌리 아파트'의 천사 유치원까지는 도보로 십 분 남짓이므로 허둥지둥 업고 뛰는 중이다. 아슬아슬하다.

"빨간 구두 신는다고 했잖아."

등허리에 업힌 상아가 울음을 터뜨리며 아비의 뒤통수를 때리면 바우는 솜 주먹을 고스란히 받으며 더 빠르게 뒤뚱거린다. 아프지는 않은데 울컥 치미는 것이다. 이차구차 딸내미를 어린이집에 세입시킨 아비는 이제 대기 중인 승용차를 향해 허우적허우적 날아가야 한다. 동승자들이 짜증을 숨기고 반달형 입술을 추켜 세워주어서 그나마 다행이었지만.

143

어럽쇼, 이번엔 등허리가 뜨뜻해지면서 찝찔한 촉감으로 혼란스러웠다. 상아가 오줌을 지려서 눅눅했던 이물질이 더 깊게 배인 것이다. 문득 발자크 소설의 '라파엘'이 앞을 가로막는다. 소원이 이루어질 때마다 크기가 줄어드는 나귀 가죽이 덩두렷이 떠오르는 것이다. 캠퍼스 계단에서 봉순이가 읽던 그 파란 껍데기 소설에서 처음 만난 장면이고.

그 원초적 설렘이 사라진 것도 결별의 이유가 된다.

손을 잡아도 내 체온과 아내의 체온이 구별되지 않으므로, 눈물겹긴 했지만 눈부시지 않았다. 인생의 시계추가 '오후 두 시'쯤으로 기울던 중년 즈음이다. 신산고초, 정붙이 모양새는 갖추어졌지만 몸도 마음도 신비롭지 않았고, 그저 식솔이요, 부양가족으로서 안쓰럽게 보일 뿐이다.

게다가 사내는 플라토닉 학파였다. 봉순이는 진한 살붙임을 디딤돌 삼아 출판 에너지를 확장하고 싶은데, 바우는 그나마 습작 소설마저 포기한 채 마음수련 집회 쪽으로 눈을 돌렸다. '몸이냐, 마음이냐' 그 '유물과 유심의 간극'이 갈수록 확연하게 분리되는 것이다. 그랬다. 여자는 예스24 회원권과 인터넷 장바구니로 집기물과 장서 채우기로 뜨거운 몸을 달래는데 바우 옆으론 개량 한복이나 꽁지머리 민초들이 도깨비 밥풀처럼 달라붙기 시작했다. 아주 쬐끔씩 이별의 상상을 점검하다가 마침내 '부부는 유쾌하게 갈라질 수도 있다'라고 방점을 가늠할 즈음이다.

'술을 끊을 것이냐, 부부의 연을 끊을 것이냐.'

식칼로 방바닥 절반을 좌악 긋던 처절한 절규로 헤어진 건 절대로 아니다. 그저 서로 눈을 똑바로 뜨고 한참 동안 응시한 게 마지막 장면의 전부다. 그랬다. 봉순이는 에디트 피아프에 빠져 있었는데 바우가 톰 웨이츠를 곁눈질하면서, 아무리 몸을 붙이려 해도 옆구리로 헛바람이 휭하니 빠져나가는 것이다. 그즈음 아침 불륜 드라마처럼 '말캉말캉 볼텡이 비비겠다'던 등잔 밑 남자가 툭 튀어나온 것인데.

사내는 백마를 타고 지축을 울리며 쿵, 쿵 달려오지도 않았고, 천둥 번개와 함께 지붕 꼭대기로 짠, 하고 나타나지도 않았다. 봉순이가 도서관 앞에서 『도스토예프스키가 말하지 않은 것들』을 읽던 어느 봄날 그렇게 슬그머니 조우되었다. 농노를 괴롭히던 아버지가 그들의 몽둥이에 매 맞아 죽고 아들 도스토예프스키는 간질 발작으로 거품을 무는 중인데, 새까만 후배 차설호 선수가 그림자처럼 슬며시.

"선배님."

책의 내용이 설레어서 손바닥으로 입술만 슬쩍 가렸는데.

"웃으니까 행복하시나요."

그런데 왜 순간적으로 생글생글 웃으려는 사내의 표정이 문득 쓸쓸하게 느껴졌을까. 초가을 바람이 손바닥 안까지 쪼이고 들어오면서 단맛을 풍기는 것이다. 대기업 생활을 접고 감리사 공부에 시동을 건 그는 중년의 홀아비로 '갱생을 위한 책'과 씨름하는 중이라며 처연한 표정을 지었다.

설레지는 않았다. 서로의 얼굴에 붙은 추상화 같은 주근깨 무더기를 각자 확인하며 동병상련으로 아주 잠깐 아랫배가 싸-하게 내려앉았을 뿐이다. 그건 느리게 다가오던 감성의 진입이었다. '솔로' 사내는 봉순이에게 아주 가끔 문자를 띄우면서 '기다림'이란 단어를 세뇌시켰다.

만취의 술자리를 3차까지 옮겼고, '모텔 선인장'의 같은 라인 엘리베이터를 탄 것 같다. 이상하다. 결혼 전부터 술상을 나누었던 후배 사내와 그렇게 '눈 맞고 배 맞을 사연'이 편안하게 다가오는 것이다. 원래부터 존재했던 투명인간이 사진틀 바깥으로 몸을 내밀었다고나 할까? 부부의 언어가 조금씩 질리던 시점에서 낯선 사내의 알몸이 돌발 영상처럼 가슴을 파고드는 것이다. 일부일처제의 판짜기 관습에 회한을 느끼게 한 시점이기도 했고.

만날 때 헤어짐을 염려한다는 시구를 떠올리면서.

바우는 실용적 패턴으로 담담히 정리할 뿐이다. 헤어지되 '딴 살림 차린

가족'처럼 살뜰하게 보살피겠다고 다짐하며 흥부의 가슴을 다독인다. 열네 살 아들 복구의 손을 잡고.

"이제 엄마와 법적으로 헤어질 텐데 괜찮겠니?"

이혼이란 단어를 전혀 꺼내지 않았는데도 사춘기 복구는 이미 예상했다는 듯 컴퓨터 게임에서 눈을 떼지 않고 담담하게 던진다.

"우이-씨. 사는 게 별 건가요?"

사춘기 아들이 벌써부터 즈이 부모들을 객관화시키는 게 안타까워, 바우가.

"……괜찮겠니?"

그 소리만 두 번 연달아 던지며 가슴을 쓸어내리지만 떠나간 배를 돌리기는 이미 늦었다며 설레설레 흔든다. 아이들의 청정한 눈동자를 자신이 맡아야겠다며 결단한다. '느이 엄마는 분리수거도 할 줄 모르고 손목시계나 자동차 키도 자주 잃어버리잖니.'라는 말을 꺼낼까 말까 망설이는 중이다. 그런데 왜 속 깊은 아들의 눈동자에서 읽어내는 초연한 표정이 그리도 슬펐을까.

"아파요, 제발."

서류 조각 찢어지는 환청을 지우며, 바우는 새 남자 차설호에게 '연필로 쓴 편지'를 보냈다. 계급장 떼어낸 채 '진정한 친구에게'라고 첫 줄을 시작했다. 이제 편안하게 남남이 되었음을 상기시키고 싶은데 바우의 가슴은 책임감으로 초조해진다. 이별의 상처가 아니라, 게으름뱅이 봉순이가 새 남편에게 핀잔먹으면서 쥐구멍 찾는 곤혹스런 표정이 자꾸만 눈앞을 가로막기 때문이다.

봉순이는 초저녁잠을 견디지 못하니.

TV 보다가 거실에서 쓰러지면 어깨를 살살 흔들며 깨워야 합니다. 잠들자마자 깨우면 예민해져서 버럭 소리를 지르니 한숨 눈을 붙이도록 한 다음 인터벌을 두고 겨드랑이부터 당겨 올려야 합니다. 사람의 체질이란 게 나이를 먹을수록 잠이 줄어드는 법이니 시간이 지나면 괜찮아질 거예요.

건망증이 심한 것은 집안 내력이니 버스에서 내릴 때는 항상 가방을 확인하세요. 특히 버스 짐받이에 올려놓고 그냥 서두르는 습관이 있으니 하차할 때마다 점검하셔야 합니다. 길을 건널 때는 경마장 말처럼 앞으로만 질주하니 바싹 붙어서 옷깃을 당기며 사이드를 보호해야 해요.

도서관에 몰입하면서 돌림자에 민감해졌어요. '빨간 불'이 켜지면 '빨리' 건널지 모르니 긴장을 늦추지 말구요. 현관문 앞에 '가스불 조심'이라고 써 붙여놓아야 하루가 편안합니다. 골목 주막집에서 담배 사러 갔다가 자주 길을 잃으니 자리를 비울 때는 반드시 핸드폰을 챙겨주세요. 관공서 공포증이 있으니 주민등록등본 일체는 남편이 떼러 가셔야 합니다. 그리고 둘 다 안경을 쓰셨으니 키스할 때는 얼굴을 대각선으로 돌리시구요……. 그래요, 사랑의 적은 진실이랍니다. 항상 안개 같은 포즈로 여자를 흐리게 만드셔야 합니다.

147

헤어짐 이후 다시 친절한 도반道伴으로 자리잡을 수 있을까.

봄이다. 대보름 쥐불놀이로 까맣게 탄 언덕 너머로 누가 초록색 물감을 떨어뜨리기 시작했나 보다. 바우는 하늘로 번지는 언초록 빛깔을 보면서 버드나무 가지처럼 또각또각 손마디 꺾는 중이다.

꿈신녀 학원강사 원정기

짚신녀 학원강사 원정기

취업 정보는 장례식 노제 시위 현장에서 받았는데.

바로 성근 선배네 시신 없는 부친상이 벌어진 부둣가 꽃상여 앞이다. 유가족들이 보상 문제로 '후우엉후엉' 무대포 항의하던 와중에 망자의 아들 친구들이 합세하면서 시위 현장 대오로 바뀐 것이다. 도깨비시장 악다구니가 금세 구호형 북소리로 오와 열을 정비했고 비장한 문장의 현수막도 등장했다.

'물속에 가라앉은 아버지를 찾아주세요.'

한평생 가난과 벗 삼았던 망자가 물고기 밥으로 생을 마감한 건.

인천항 목재 박스 하역 작업 중 부교浮橋 아래로 떨어진 실족사 때문이다. 선착장 시멘트 보 바로 아래는 수심이 깊고 파도가 으르렁거려서 시신을 찾을 엄두조차 낼 수 없었다. 저만치 삼십 미터쯤 전방에서부터 파도 더미 스크럼이 쿠르르르 몸피를 확장하다가 방파제를 향하여 '쾅쾅' 결정타를 먹이는 것이다. 잠수사들이 산소마스크와 오리발을 차고 용감하게 풍덩풍덩 뛰어들긴 했으나 몇 초 내에 번번이 밀려나온다. 자맥질하는 가쁜 숨 머리 위로 다시 산더미 파도가 폭삭 덮으니 버틸 재간이 없는 것이다. 그렇게 늙은 노동자 하나를 잡아먹은 파도는 순식간에 거품을 싹 닦았을 뿐이다.

151

상주 이성근은 수니보다 두 살 많았고, 풍물패의 상쇠잡이인데.

나머지 우금치 풍장들 모두 그가 움직이는 몸짓을 따라하며 놀이판에 뿌리를 내렸다. 키가 크고 긴 허리의 유연성과 순발력까지 보태서 일단 동아리 새내기 생머리들의 눈빛을 집중시키는 마력이 있었다. 거기까지였다. 테니스로 단련된 근육질 몸매가 일품이었으나 고참 회원 순서로 인기가 시들해진 것은 순전히 그의 잰걸음 탓이다.

우금치 동아리의 고참팀은 총 열한 명인데.

남학생이 여섯, 여학생이 넷이니 성비는 맞지 않는다. 수니 학번을 중심으로 제대한 복학생들이 모여들면서 주로 61년생부터 66년생까지의 선배 그룹끼리 몰려다녔고 90학번 아래 후배들은 즈이끼리 따로 몰려다녔다. 동아리 커플들이 탄생할 때마다 미세한 갈등도 있었으나 격동의 시대 청춘들답게 '죽는 날까지 한솥밥 동지가 되자'고, 재빨리 정리하며 맹세했던 젊은 날의 그들이다.

"수장 시신 방치하는 동구유통 각오하라."

이미 졸업생으로서 합류가 조금은 쑥스러웠지만 입학 동기였던 복학생 사내들이 아직 대학생이었으므로 그때까지는 꾸러미로 몰려다녔고, 스크럼에도 기꺼이 합칠 수 있었다. 둥, 둥, 둥. 북소리가 들렸고, 어디서 구했을까, 후배 대학생들까지 상복으로 갈아입고 꽃상여를 끌면서 운동권 가요를 불렀다.

하역 업체도 만만한 건 아니었다. 일단 묵묵부답으로 지켜보고 있었지만 골목 저쪽에 덩치 큰 사람들 열댓 명을 대기시킨 채 여차하면 벌어질 일촉즉발의 돌발 상황에 대비 중이었다. 수니는 일단 격앙된 현수막 문장부터 고쳐 다시 올렸다.

'망자를 하느님 가까이 편안하게 보내주세요.'

김지하의 「새」와 신경림의 「돌아가리라」를 부르면 분위기가 조금은 차분해졌다. '찔레꽃이 피기 전에 돌아가리라, 새우젓 배 오기 전에 돌아가리라. 부엉이가 울고 여울이 울고 여울 속에 이무기 울고 새벽하늘 성근 별 헛헛한 가슴.'

"데모를 해도 뭔가 다르구나. 으쌰으쌰도 배운 놈이 하나 보다."

훈수 두는 구경꾼 덕분에 이제 막 에너지가 솟는 중인데.

경비실 아저씨가 달려와 호루라기를 짧게 끊더니 손나팔을 만든다. 스크럼이 잠깐 끊어지면서 잠시 뜨악하게 쳐다보는데.

"성순이 씨가 누구요? 순인가, 수닌가? 'ㄴ'자가 왔다 갔다 하는 이름이네. 김석호 씨한테 전화가 왔어. 애인인가? 이…… 경비실로. 빨리, 빨리."

한솥밥 우금치 팀들이.

"오-오 역시 석호 씨, 벌써 경비실까지 접수했어."

하며 일제히 쳐다보는 것이다. 비장감이 걷혀지면서 까르르 벙글어지는 게 천상 앳된 제비부리 표정들이다. 꽃상여와 뱃고동 소리가 출렁거리던 그해 유월의 노래가 그렇게 수니의 마지막 시위가 되었고.

5년 전 이름자를 바꾸었다. 원래 이름은 '순이'였는데, '이웃집 순이'처럼 촌스러워서 고등학교 2학년 때 '수니'로 개명을 했다. 버드나무 시골 처녀가 당장 명품 상가 도시 소녀로 변신했으니 글자가 쬐끔만 움직여도 사람의 때깔이 확 바뀐다는 걸 처음 알았다.

"빨리 와라. 취직자리 나왔어야."

"서울 놈이 웬 전라도 사투리? 덜덜거리지 말고. 내용부터 얘기해야지. 인마."

느긋하려 했는데 자꾸 목소리가 떨리는 것이다. 석호의 더듬거리는 목소리를 낚아채는 순간 경비실 바깥으로 진부하게 늘어졌던 신록들이 일제히 비늘을 털면서 반짝반짝 푸른빛을 쏟아낸다.

153

"보습학원이야. 월급 하나는 현찰로 확실히 쥐어지니까《남도신문》보다는 일단 낮지. 선불도 가능하니까 당장 신림동으로 가서 황 실장 찾아. 누가 치고 들어올 수도 있으니 자리 놓치기 전에 전화부터 때려 선점하고 빨리빨리 움직여. 아, 영등포에 내리자마자 전철 갈아타는 것 알지."

수니는 검정고시생을 가르치는 반디학원 야간부에서 1년 반 정도 근무했었다. 대학시절에 이미 강사 경력이 있었으므로 적어도 그 방면의 초짜는 아니고.

"얼만데? 월급부터 얘기해야지."

"40만 원. 기본 37만 원인데 담임 수당 3만 원 붙어서."

"짭짤하네."

40만 원이면 무조건 보따리 싸들고 올라가 봐야 한다. 석 달 치 월급으로 지방 사립대 등록금 한 꼭지가 해결되는 기회가 또 온다는 보장이 전혀 없다. 일단 부딪쳐보겠다는 마음으로 동아리 벗들 사이를 빠져나왔고……

그때부터 혼자가 되었다.

'반딧불 학원처럼 행복할 수 있을까.'

되새길 때마다 '깊은 밤 옹달샘'처럼 새록새록 진해지는 기억들이다. 그때는 대학생 신분이라는 안도감도 있었지만, 그보다는 수강생들의 품성이 워낙 넉넉하고 끈끈해서 행복하고 편안했다. 주로 정규학교 간판이 없는 중년의 직업인들로 구성되었는데 3년 과정을 6개월에 끝내주는 초고속 코스였다. 요점만 간추려서 슬렁슬렁 건너뛰는 수업이었지만 모두들 열심히 몰입했고 마침 팔팔 올림픽 붐을 타고 합격률도 팔팔하게 늘어나는 중이었다. 검정고시 커트라인은 평균 60점 이상의 절대평가였고, 40점 이하의 과락科落 제도가 있었는데 기실 문항의 난이도 수준이 수월해서 생각보다 어려운 코스는 아니었다. 설사 과락으로 떨어진다 해도 다음 시험에서 그 과목만 따로 응시할 수도 있기 때문에 사법고시처럼 '모 아니면 도' 게임은 절대로 아니었다.

1년 반 남짓 강사 생활이었는데도 중졸 검정고시반 수강생들을 6개월 뒤에 고졸 검정고시반에서 만나기도 했다. 고졸 검정고시를 통과한 수강생들은 막내 동생뻘 스승 수니에게 배꼽 인사와 함께 떠났다가, 다시 사거리 육교 대입학원 앞에서 우연히 마주치기라도 하면 여전히 예전처럼 배꼽에 손을 모음으로써 제자의 자세를 지켜주었다.

연륜만큼 너그럽고 넉넉하던 그네들은.

늦깎이 학동답게 까무러치듯 공부에 매달렸다. 시내버스 차장 복희 씨나 택시 기사 신홍철 씨, 육군 중사의 아내인 홍정심 씨나 구두 닦는 성구 씨까지 마찬가지다. 밤마다 형광등 불빛 아래에 부나비처럼 오그르르 모여 자투리 시간 쪼개며 열공에 묻히는 것이다. 못 배움의 짐이 납덩이처럼 등을 짓눌렀고 그 등짐의 그늘에서 손을 놀리고 책을 넘겼다.

골목길 점방에서 모처럼 여자 수강생들끼리 호호깔깔 수다 떠는 라면 타임에 옆자리 쏘주파 젊은 사내들이.

155

"뭐하시는 분들이죠?"

쏘주잔을 '툭' 권하며 작업이 들어올 때.

아무도 '검정고시 준비생입니닷.'이라고 시원하게 열어주지 못했다. 그저 흔들리는 창살만 머쓱하게 바라보며 끔벅끔벅 했더니 사내들도 쓰뭉하게 등을 돌렸다나.

그해 새벽, 웅포까지 원정 가서 눈싸움 벌였던 기억도 아슴아슴하다.

검정고시 카운트다운 일주일 남기고 밤새미를 친 여명이다. 마흔세 살 김석주 아저씨(이분은 반장이다. 수니보다 스물한 살이 많았는데 수업 시간마다 '차렷' '경례'를 붙여서 민망했었고)가 중심이 되어 간호보조원 오명희 씨, 미장원집 준복 씨까지 '필승 검정고시' 막판 다지기 결의대회였던가. 택시 기사 신홍철 씨나 구두 닦는 조천문 씨, 어느 날 46-1번 버스에서 만

나 버스표를 돌려주던 안내양 송인옥 씨까지 열세 명이었다. 새도록 밝혀
주던 끔벅이 형광등 훌훌 털어내고 눈발이 하얗게 쏟아지는 웅포 벌판까지
눈싸움 출정식을 벌였으니.

예배당 종소리는 아직 들리지 않지만 은빛 벌판은 새벽부터 눈이 부
셨다.

전날 작업 때 남자 직원의 우스갯소리에 낄낄대다 그만 딸꾹질 병에 걸
렸다는 수건 공장 현숙이는 눈꽃을 뭉치는 그때까지 출렁이는 어깨를 가
라앉히지 못했다. 이대로 딸꾹질이 영원히 멈추질 않는 게 아닌가 할 정도
로 벌겋게 달아올랐지만 눈빛이 마주칠 때마다 화사한 반달형 미소를 보
여주었다. 그랬다. 아프지 않게 던져야 상처를 보듬는 눈싸움이 되리라.

웅포 벌판은 뒤로 갈수록 하늘빛이다.

새도록 눈발이 덮여도 갯냄새가 꺼지지 않아서 새벽까지 비릿한 물새 흔
적이 감싸지기도 했다. 그래서일까. 웅포에서 자란 수니의 시에서 풍겨 나
오는 갯냄새가 정겨워서 우금치 동아리 회원들도 하나둘씩 끈끈한 시 창작
모둠에 엉덩이 붙이기도 했다. 자취방에 모여 '남의 시 까기' 판이 벌어지면
격론의 침방울로 바닥부터 천장까지 갯냄새가 짭조름하게 번졌다.

신름학원은 《남도신문》황 실장이 '친구의 친구'로 다리를 놓았단다.

황 실장은 곱슬머리에 옥니 그리고 눈빛이 카랑카랑한 중년의 사내다.
때로는 썰렁개그로 사무실 옭매듭 분위기를 두루뭉술 풀어주는 순발력도
갖추었고 그런 유연성 속에 호기 있는 배짱도 보이긴 했지만, 수니는 그의
웃음소리가 너무 호방한 게 마음이 들지 않았다.

그의 이름은 '황금성'인데, 하필 신문사 맞은편 중화요리집 이름이 '황금
성 수타 왕 짜장면'이다. 손으로 치는 밀가루 반죽과 '황금성'이란 이름이
왠지 뽕짝식 조합 같다. 게다가 익산역 첫 골목 '모텔 황금성' 간판이 밤
마다 반짝반짝 빛나고 있던 게 뒷담화의 이유가 된다. '대실 5,000원' '숙박

10,000원'이라고 붙어 있었지만 '대실'이란 민망한 단어 해석을 입에 올린 사람은 아직 없다. 신문사 직원끼리 뒤에서 흉볼 때는 잠시 '골드 모텔'로 부르기도 했으나 '너스레 속에 진정성이 쬐끔은 보인다'는 평가를 받으며 다시 황 실장님으로 원위치 되었다.

그는《남도신문》실장 출신 주간으로 지역신문만 예닐곱 군데 뺑뺑이 돌았다는데.

수니도 다른 편집부 직원들처럼 예전 직책 그대로 실장님이라고 불렀다. 졸업 3개월 전에 이미 지역의 창업 신문사에 몸을 담으면서 그럭저럭 무탈한 사회생활을 기대했던 시절이다. 그러나《남도신문》은 발간 6개월 만에 폐간되었다. 아무리 좋은 기사를 써도 독자가 불어나지 않는 것이다. 가가호호 방문으로 승부수를 걸었던 정기구독 권고조차 실패로 정리되면서 저마다 음습한 분위기에 휩싸이게 되었다.

먼저 사장부터 증발되었고 나머지 열 명 남짓 초짜 직원들도 뿔뿔이 흩어져야 했다.

"사장놈 어딜 갔어. 누구 한 새끼라도 떼먹은 돈 책임져야 할 것 아녀. 시발."

인쇄업자나 유통업자, 문방구 아저씨나 점심밥 대주던 식당 아줌마까지 날마다 회사에 쫓아와 진을 쳤지만 그들 역시 정작 싸워야 할 대상을 찾아내지 못했다. 사장님이 달포 전부터 잠수함 타면서 오리무중이었으므로 직원들도 알몸뚱이로 쫓겨나가긴 마찬가지니 안개 속에 막대기 휘두르는 격이다. 사진쟁이건 만화쟁이건 편집부건 저마다 다시 쪽박 찬 채 흩어져야 했고 수니도 보따리를 싸는 중이었다.

"송 기자는 인자 뭐 할라고?"

황 실장은 나이롱 끈으로 서류 박스 묶는 직원들을 하나씩 불러 마지막까지 챙겨보려는 리더의 품성을 보여주려는 참이다.

"정리가 안 돼서요…… 임용고시도 그렇고."

"나도 여우 같은 마누라와 토끼 같은 자식이 있지만…… 직원부터 챙겨 주는 게 보스의 책임감이지. 그래 안 그래?"

수니는 문득 교원자격증을 떠올려본다. 영문학과 50명 중 상위 10프로인 5명에게만 교원자격증을 한정시켰는데 그 자격증 획득 자체만으로도 치열한 경쟁이었다. 0.1 차이로 6등이 된 동기는 우울증으로 옥상까지 올라가 난리가 나기도 했다.

그래 봤자 사립학교는 길이 막힌 지 오래다. 영어교사 한 명 뽑는 데 응시원서가 백 장 이상 쌓여 있으니 그 벽을 뚫기란 사실상 불가능하다. 게다가 익산의 사립학교 이사장은 고등학교 생활기록부까지 떼어오라고 했단다. 고교 시절에 장래 희망을 '교사'라고 쓴 응시자만 따로 추렸다는데, 수니는 '시인'이라고 썼으므로 초장부터 먹히지 않은 것이다.

공립학교 역시 마찬가지다. 임용고시를 봐야 하는데 대략 30대 1의 경쟁을 뚫어야 하니 뭐 하나 만만한 게 없었다. 면벽面壁 1년 작심으로 머리띠 동여매면 해결될 수 있을까? 그때도 안 되면 임용고시 재수, 삼수, 사수 그 이상까지 쪼글쪼글 감수해야 한다. 졸업 6개월 차, 실업의 공복감이 밀려오면서 혼돈이 시작되었고.

석호는 단벌 옷이었다.

코르덴 작업복에 운동화만 신고 다녔고 한여름에는 작업복 상의만 벗은 반팔 차림새였다. 입학 초기에는 군화를 신고 다녔는데 언제부터인가, 운동화로 한번 바뀐 게 유일한 신 패션인데 그 후로는 바지가 바뀌는 꼴을 못 봤다. 대학을 짤렸으니 학사모도 쓰지 못했고 전화기는커녕 자취방도 없어서 날마다 친구네 숙소 찾아 동가식서가숙으로 세월을 보냈다. 그 대신 손재주가 좋고 적응력이 강해서 사막에 던져도 살아남을 근성의 몸이기도 했다. 운전면허증도 가장 먼저 땄고 TV나 수도꼭지도 잘 고쳤고 재료

만 갖춰지면 혼자서 전동 타자기도 조립하는 능력이 있었다. 지금은 도배공 조수로 따라다니며 일당 이만오천 원을 받는데 다음 달부터는 삼천 원씩 인상된단다.

수니가 떠나기 전에.

"이 전화번호를 잘 적어놔. 부동산 뛰는 친구인데 내 연락처는 얘를 통하면 돼. 나는 이놈한테 하루에 한 번씩 전화해서 거주지를 알려줄 테니까."

"이가 없으니까 잇몸이구나. 무인도에 던져놔도 살아날 놈."

이번에도 연락 방법이 없으니까 이차구차 경비실을 통한 것이다. 아무튼 남자랍시고 어른처럼 타이르려는 동갑내기의 자세가 조금은 귀엽기도 하고 제법 든든하게도 보인다.

영등포역에서 전철을 타는 게 가장 빠르다.

신호등이 바뀌면서 승용차 무더기가 한꺼번에 빠져나간 빈 공간을 순식간에 미끄러지듯 채운다. 지금은 밀물처럼 밀리고 썰물처럼 쏠리는 빌딩 숲 인파를 멍하니 바라보는 중이다.

"여기서 밀리면 끝이야."

저 엄청난 빌딩들의 임자는 과연 누구일까. 저 무시무시한 차량의 운전대 잡은 팔뚝들은 도대체 어디서 흘러와서 어디로 흘러가는 중일까. 수니는 홀로 서는 결의로 마음 다지며 운동화 끈을 조인다. 건물의 각도와 차량 번호판 색깔 그리고 가로등의 표정까지 읽어내면서 영악한 서울 시민으로 변신해야겠다며 손가락 꺾는다. 버드나무 부러지듯 또각또각 손마디 꺾이는 소리를 들으며, 수니는 장차 13평 아파트 정도에서는 살아야 한다는 생각을 해본다. 방 두 칸과 화장실이 확보되어야 한 칸은 부부의 방으로 사용하고 나머지 다른 칸에는 손님들을 들인 다음 새벽마다 더운밥을 먹여주리라. 그러다가 혼자 풋풋풋 웃는다. 도대체 지아비가 되는 사내는 과연 어떤 인물일까, 하며.

159

다시 신호등이 깜빡깜빡 표시를 보낸다.

건널목은 폭이 넓고 신호등 간극이 짧은 데도 특별시민들은 단 한 마디의 군말도 없다. 느림보 수니 혼자 횡단보도 중간쯤부터 깜빡이에 쫓겨 종종걸음을 쳐야 했다. 파란불이 켜지는 순간 분명히 맨 앞에서 재빨리 출발한 것 같은데 걷다보면 언제나 끄트머리인 것이다. 그 끄트머리에서 까치발 세운 종종걸음이다. 이상하다. 스타트는 선두인데 도착은 왜 번번이 꼴찌인가.

최루탄 중에서 가장 악질 구조인 지랄탄 때도 그랬다.

진압차에서 '쉐에-엑 쉐쉑' 경고음이 터지면서 시퍼런 쇳덩이가 아스팔트 바닥을 독사처럼 똬리 틀며 종아리 사이로 헤집는 순간 군중들은 지옥의 소름에 오싹오싹 빠진다.

콰르르 콰콰콰쾅,

이번에는 굉음이 터지는 연발탄이다. 시위대가 우르르 흩어지고 정신없이 뛰다 보면 늘상 혼자인 것이다. 분명히 스크럼의 꼴찌로 쫄밋쫄밋 따라갔는데 막상 최루탄이 터져서 거꾸로 도망칠 때는 다시 반대쪽 꼴찌에서 허우적대는 것이다. 연기 속에 혼자만 남는 아득함이 이미 여러 차례다. 골목길 입구까지 최루탄이 터져서 '엄마야' 쓰러진 채 아주 짧은 찰나 '죽는구나' 하며 아찔했을 때다. 누군가의 손을 잡고 정신없이 뛰었는데, 어럽쇼, 정신을 차리고 보니 그게 석호였다.

"너야? 하필, 백마 탄 왕자가 아니고."

"눈동자 비비면 절대 안 돼."

석호가 입김 바람으로 동공을 후우후 씻어내주는 바람에 서로의 눈동자에 서로의 얼굴이 박혔던 것 같다. 키 작은 이 사내가 구원 타자로 나선 걸 확인하고, 키득대는 와중에도 쬐끔은 설렜던 것 같은데.

지금은 수니 혼자 기대와 불안으로 가방끈 조이는 중이다.

노트 첫 페이지에 꼼꼼하게 체크된 약도를 펼친다. 길이 점차 좁혀지면서 시장 골목으로 꺾어지기 직전에 '신름 영재학원'이라는 네온사인 간판이 가로막는다. 건물은 조악하지만 도회지 풍으로 울긋불긋한 유리창에 '영어' '수학' '최상위권 완전 백 프로 보장'이라고 적혀 있다. 그냥 백 프로가 아니라 완죠니 백 프로니 수강생들의 목을 '닦고 조이고 기름치겠다'는 뜻일 게다. 옥상에서 늘어뜨린 '과학고 합격생'이나 '신름고 차석'이라는 현수막 이름자가 나풀나풀 흔들린다. 이제 저 보습학원 모퉁이에서 평범한 아이들을 영재로 변신시켜 밥값을 채워야 하는가.

"지금은 빈속을 채우는 게 우선이다."

'군산집'이라고 팻말이 붙은 식당에 들어간다. 골목 첫 집이었고 또 익산과 가까운 이름이라서 일단 낯이 익은 게 반갑다. 해망동 푸른 제방을 놔두고 왜 하필 서울 복판에서 군산집이란 상호를 내걸었을까, 하는 생각을 설레설레 지운다. '빈자의 인자함'이 보이는 초로의 아줌마가 물컵을 내려놓는다.

순대국 속에는 순대가 들어 있는데 몇 개만 곱창이고 나머지는 머리고기다. 석호가 있었더라면.

"개떡에는 왜 개가 없고 가래떡에는 왜 가래가 없지? 우히힛."

따위의 썰렁 농담을 따먹으며 숟가락 건넸을 것이다.

시울은 순대국과 공기밥이 따로 나오는 '따로 국밥 스타일'이다. 익산이나 군산 전주의 변두리 식당이나 대학가 골목길에서는 모두 같은 그릇에 '말아진 국밥'으로 식탁에 올랐다. 어차피 국밥 속에 섞여질 것인데 식기 뚜껑까지 따로 덮여서 나오니 그 품격이 서울스럽다. 식기의 쌀밥이 국그릇에 채워지는 깔끔한 틈새 맛을 노린 서비스 정신이리라.

이번에는 달력 속의 컬러 사진이다.

해수욕 철이 아닌데도 벌써 비키니 맨살이 그야말로 훌러덩 버티고 있다. 노란 비키니의 여자가 아랫도리만 가린 채 개새끼처럼 엎드려 함박웃음을 짓고 있는 중이다. 뽀얗다. 둔부를 덮은 손수건 팬티가 '팡' 터지기라도 하면 백설기 엉덩이가 뭉턱뭉턱 쏟아져 나올 것 같다. 그 요염한 눈웃음 너머 넘실거리는 파도도 현란하고 아찔하다. 그랬다. 달력 화보의 해수욕장 파도와 하역장의 파도는 그 성분 자체가 분명히 다른 것이다.

지방대 출신들이 찬밥 더운밥 가릴 것 있나.

기실 수니는 공부를 꽤나 잘했었다. 여고 시절 내신은 체육과 음악, 미술을 빼놓고 모두 1등급을 놓치지 않았는데 학력고사에서 결정적으로 몇 방이 빗나갔다. 수리 영역 난이도가 너무 쉽게 출제되는 바람에 만점짜리 수험생이 수두룩하게 쏟아졌는데 하필 두 문제를 틀리면서 조짐이 나빠졌다. 하나는 보기 두 개가 알쏭달쏭해서 불안하게 찍은 게 아슬아슬 빗나갔고, 하나는 'x의 값을 구하라'인 줄 알고 대번에 마킹을 했는데 검토 과정에서 'x의 3배'를 놓친 것이다. 시험이 끝난 후 맞춰보니 가관이었다. 영어에서는 '토메이토'를 '포테이토'로 잘못 읽는 바람에 또 놓쳤고, 언어영역에서는 '폭탄'을 '석탄'으로 오독하는 실수를 연발하면서 예상 치보다 15점 가량 떨어졌다. 서울대학교를 포기하고 지방대 4년 장학생으로 들어갔으니, 결국 그렇게 지방 사립대학생이 된 것도 운명이다.

"객지에서는 뱃속부터 든든하게 채워놔야 몸을 버리지 않는다."

찻숟가락처럼 쬐끄만 플라스틱 스푼에 참깨를 푹 퍼서 얼큰한 국밥 한 그릇을 뚝딱 비우고 냉수도 한 사발 꿀꺽꿀꺽 넘긴다. 서울에서의 첫 밥그릇이기 때문일까. 입속에 들어간 숟가락을 빼지 못한 채 멀거니 메뉴판을 바라보다가, 다음에는 쟁반국수를 시켜먹겠다고 마음도 먹어본다. 이번 일이 잘 풀리면 황 실장에게도 국밥 한 상 거나하게 쏘고 싶다. 아니 딱 한 번은 소개비조로 봉투 한 장과 함께 분명히 받들어야 할 것 같다.

"뭐하는 색시다?"

찰진 전라도 목소리가 반갑다.

"요기 보습학원 간판 속에서 아이들 가르치려구요. 신름영재학원요."

"국민학생?"

"중학생도 가르치구요."

"슨상님이네. 젊어보여서 그냥 대학 시험 보는 재수생인가 했네."

수박 조각은 시들시들 윤기가 빠졌고 더러는 긁은 흔적도 있는데 접시를
놓는 몸짓만큼은 정성이 넘친다. 전라도에서 '슨상님'은 대통령 후보 김대
중에게도 붙여주는 최고의 호칭이기도 해서.

'바깥에서는 내가 선생님으로 통하는구나.'

잠시 어깨가 무거워지기도 했다. 가방 지퍼를 열며 원장과의 면접 예상
문항을 떠올리다가 수니는 빙그레 미소를 짓는다. 짚신 코빼기가 툭 드러
난 것이다.

짚신짝 들고 한양 땅 상경이라, 어느새 나도 지극정성 순정파가 되었
구나.

석호가 수니에게 건넨 '작별의 짚신'은.

기실 동아리 사무실 개소식 고사 때 챙겨온 것이다. 돼지머리 고사상에
부침개와 맛동산, 플라스틱 귤 접시와 막걸리 병을 올렸고 벽에는 북어와
실타래와 짚신을 무당집처럼 주렁주렁 걸어놓았던 그 자리다.

"고무신 거꾸로 신지 말라는 신파적 정표구나. 사식. 잔망스럽기는."

수니는 '잔망'이란 단어를 즐겨썼다. 황순원의 단편 「소나기」의 마지막
장면에서 소년의 아버지가 쓴 말이다. '그런데 참 이번 애는 여간 잔망스럽
지가 않더군. 글쎄 죽기 전에 이런 말을 했다지 않아. 죽거든 저 입었던 옷
을 그대로 입혀서 묻어달라고……' 이상하다. 지금도 소나기의 마지막 장
면을 떠올리면 자꾸 눈물이 번지는 것이다. 그리고 보니 지금이 '청명한 초
가을 햇살'이 번지던 '소나기'의 그 계절이구나.

석호는 익산역 개출구 난간 옆에 비켜서서.

"지하철 거꾸로 타지 마라. 아차 실수로 반대 방향으로 타면 서울 시계 한 시간 잡아먹는 거는 순식간이야. 이."

"니가 특별시민 출신이란 얘기지? 대단해. '대가리가 단단하다'는 뜻."

낼름거리긴 했지만 왠지 머리카락 쓰다듬는 사내의 손길이 보호자처럼 든든하게 느껴지기도 한다. 문득 이 사내의 좁은 어깨에 몸을 기대도 편안할 수 있겠다고 생각한다. 손길의 따스함을 접으며 '서대전, 천안, 영등포 방면'이라고 적힌 표지판을 따라간다. '서울행 열차 탑승하실 승객은 4번 출구로 나오라'는 방송이 너무 빠르게 들리는데.

"전화할게."

웬일일까, 그 소리가 '사랑해' 하는 고백처럼 짤강짤강 가슴을 울리는 것이다. 얼핏.

'어쭈구리. 이 자식을 내가 섬겨야 하나 보다'

그런 생각이 머리를 난망하게 쓰다듬는다. 대학 내내 페미니즘을 공부했는데 이제부터 남자를 느끼며 '사랑을 먹고 사는 여자'로 변신해야 하는가. 사내의 뒤를 졸랑졸랑 따라다니는 행복감을 떠올리다가 '으이그' 하며 싹 지워버렸다. 아직은 바쁘기도 하지만 자존을 지키고 싶다. 사랑 때문에 목표가 무너지면 '페미'가 아니다.

"거꾸로 타지 마라."

그 말은 대학 시절부터 귀가 솔도록 들은 얘기다. 외동딸 하나 대학에 보내느라 등허리에 콩이 뒤었다는 홀몸의 그 어머니 문장이다. 그랬다. 그미는 홀몸의 힘듦을 딸내미의 출중한 성적표로 버텨내면서 뜬구름 행복을 바둥바둥 움켜쥐려 했다. 봄날, 남의 집 과수원 울타리에서 자투리 복숭아를 솎아내다 보면 탱자나무 울타리 너머로 초등학교 아이들 조회 받는 소리가 들렸단다. 외동딸 수니가 수상자 명단으로 들어간 시상식 마이크 소리가 쟁쟁 울릴 때는 너무 황송해서 발가벗고 널리리야 춤이라도 추고 싶었다나. 혼자서도 잘 헤쳐나가던 딸내미의 성적표 행보에 갑자기 바리게이트가 불쑥 가로막은 것이다.

그 딸이 대학생이 되면서 어미의 가랑이 사이를 벗어났으니.

모두 데모 때문이다. 꼬부랑 글씨 원서를 좔좔 외워야 맞춤인데 무슨 사상이 꽉 찬 책을 끼고 다니는 것부터 마뜩지 않았단다. 식민지 시대부터 지금까지 모두 그랬다. 사상을 가진 사람들은 똑똑한 만큼 모가 났고 그래서 정을 맞고 피투성이로 떠났다. 그리고 한동안 그런 가슴에 못박혔던 사연을 깜빡 잊고 살던 터이다. 간혹 TV 아홉 시 뉴스에서 최루탄과 화염병이 뒤엉킬 때마다 남의 일인 줄만 알았는데 아차, 딸내미 몸에서도 매캐한 냄새를 맡은 것이다.

"너는 왜 세상을 거꾸로 타고 다니니?"

수니는 그 문장이 마냥 재미있을 뿐이다. '거꾸로 사는 것'도 아니고 '세상을 거꾸로 타고 다니니'라는 문장이 구체적인 메타포로 다가오는 것이다. 그러니까 '거꾸로 타는 인생'이란 주제문 하나만으로도 다양한 스펙트럼이 보이지 않는가. 때로는 그렇게 은유 속의 낯선 문구가 주제의 선명성을 주기도 한다.

공중전화 박스에 몸을 담아 황 실장 전화번호를 누른다.

유리창 풍경에 빠진 채 손가락 감각으로 주머니 속 동전을 구별해낸다. 맨질맨질한 것은 10원짜리고 까끌까끌한 것 중 두껍고 큰 게 100원짜리며 작고 얇은 게 50원짜리다. 그렇게 손가락만 꼼지락거려도 공중전화용 50원짜리를 정확하게 골라낼 수 있다.

따르르릉르.

파도 소리 발신음이 조마조마 출렁인다.

성근 선배네 장례식 시위는 어디까지 해결되었을까. 시신이 파도치는 대로 쏠리다가 방파제 모서리에 부딪쳐 갈기갈기 으깨질 수도 있다. 시체를 놓친 영혼은 하늘나라 입소를 거부당한 채 물귀신으로 남아 또 다른 조난객들의 다리를 잡아당긴다고 들었다. 그렇게 망자의 시신이 떠올랐다가 금세 잊혀졌다.

함께 판단하고 함께 움직이던 학창 시절이 가장 행복한 울타리였던 것 같다. 그렇듯 기쁨과 슬픔을 함께 가는 동반자가 과연 어디까지 가능한 것일까. 아니면 기쁠 때 함께 가고 슬플 때 혼자 가는 것일까. 불과 몇 년 전의 기억들이 아득한 옛날 스크린처럼 알싸하다.

먼저 수험생 면접 대기 한 시간 전의 풍경이다.

그날 수험생들 오륙십 명 남짓이 그 대학의 테니스장 언덕바지에 쪼그려 앉아 시간도 때울 겸 해바라기 중이었다. 추리닝 차림새로 테니스를 치고 있는 남녀 대학생 풍경이 그림처럼 황홀한 것이다. 라켓을 폴짝폴짝 휘두르며 가끔씩 '앗싸로비아 호랑나비' 소리가 경쾌하게 울려퍼졌다. 그렇구나. 대학생이 되면 저렇게 구경꾼들 앞에서 라켓을 휘두를 수도 있구나. 확실히 달랐다. 기껏해야 모의고사 점수에 발발 떨면서, 기껏해야 선생님들 흉이나 뜯으면서 도시락 수다나 떨어대던 지난날의 동굴 세상과는 확연히 다른 유토피아가 화사하게 펼쳐 있는 줄만 알았다.

"긴장 풀으시라구. 쟤네들 평소엔 자취방에 웅크려 있다가 오늘 따라 입시생들 약 올리느라고 괜히 설치는 거야. 폼 잡는 거지."

재수생 출신으로 보이는 장발족 입시생이 툭 던지며 담배 연기로 도넛을 만든다.

그때였다. 테니스를 마친 꽃미남 하나가 언덕 쪽을 향하여 '후배님들 안뇨옹' 하며 파랑개비 손을 흔든다. '놀고 있네' 하는 통방구리도 있었지만 나머지는 대개 까르르르 유리알 웃음으로 답례했던가. 나중 얘기지만 그렇게 손 흔들던 풍경이 성근 선배와의 운명적 첫 대면이었고 통방구리 장발족은 재수생 출신 석호였다. 원래 초등학교를 빠른 일곱 살에 입학한 석호가 수니와 동갑인 걸 안 건 나중 얘기고.

3월의 캠퍼스에 최루탄이 터졌던가.

개나리 꽃망울 벙그러지던 고즈넉한 오후가 삽시간에 아수라장이 되었다. 도서관 3층 난간에서 남자 둘에 여자 하나 그렇게 세 명의 남녀가 독재타도를 외치는데 어디선가 잠바 차림의 사내들이 우르르 몰려드는 것이다. 돌격대들에게 잡히기 직전 뛰어내렸는데 3층인지라 아주 위험하지는 않았던 것 같다. 그리고 수니는, 백골단에게 머리채 끌려가는 세 명의 대학생 모습을 처음으로 만났다. 분명히 보았다. 건장한 근육질 잠바에게 끌려가며 외치는 젊은이들의 절규를 커튼 자락 뜯으며 지켜보았다. 아무 방법이 없었다. 머리를 잡힌 키 작은 여대생이 절규하듯.

"학우 여러분! 군부 독재타도에…… 동참해주십…… 아악!"

그 순간 도서관 뒤쪽에서 예닐곱 명의 대학생이 머리띠 두른 채 뛰쳐나왔다. 아, 어쩌면 구출할 수 있을 것 같다,라는 생각은 완전히 착각이었다.

딱따딱딱.

아주 짧게 몽둥이 소리와 함께 최루탄이 터진 것이다. 그랬다. 단발마의 소리가 터질 때마다 개나리 노란빛이 스타카토 비명으로 끊어지는 중이었다. 그리고 어느새 커튼에서 뛰쳐나와 백골단 바로 앞에서 악을 쓰며 구호를 외치는 자신을 발견했다.

진달래 피는 4월부터 시위대 쪽으로 몸을 트는 소위 운동권이 되었는데. 꽃미남 성근 선배가 마음에 들지 않았다.

학점 관리를 잘하거나 교수들과 너무 친해서 그런 건 아니었다. 학점이야 수니도 만만치 않았고 한두 교수는 수니의 예민한 시적 감성을 각별히 점검해주기도 했다. 문제는 사회구성체 논쟁에서는 펄펄 공세적이었던 그의 어투가 시위 현장의 몸싸움에서는 표시나게 허약해진다는 점이다. 후배들이 김소월 시집이나 헤밍웨이 소설을 읽으면 대번에.

"그건 수음이야."

경멸의 눈초리를 보내서 오소소 소름이 솟았다.

그러던 그의 몸은 화염병 공방전이 터지자마자 재빨리 골수 학구파로 변신하는 것이다. 스크럼 뒤쪽에서 어물쩡거리다가 최루탄이 터지고 전경들이 우르르 몰려오는 순간 그의 몸은 현장에서 잽싸게 사라졌다. 벗들은 촌각을 다투는 투석전의 절정인데 어느새 그 혼자 도서관 구석에서 발자크나 트로츠키의 삼매경에 빠져 있으니, 몰입과 장막의 이중적 혼재랄까. 덕분에 『창작과비평』이나 전태일, 김지하나 루카치를 접했으니, 악화가 양화를 구축했다고나 할까.

집회 때 눈빛이 바뀌는 건 석호도 마찬가지였다.

그는 서울 출신답지 않게 우직했다. 평상시에는 허무 개그 주특기나 팅팅 터뜨려서 헛김을 빼곤 했지만 막상 가투 현장에서는 몸사림이 아예 없었다. 수니는 인문대 옥상 공방전에서, '물'이라는 액체가 사람을 타격하는 흉기로 돌변함을 처음으로 알았다. 양극으로 대치된 젊은 눈빛끼리.

"죽여라. 죽여라"

분단 조국 동시대 청년들끼리 부딪치는 증오의 아우성이 당연하게 느껴질 즈음이다. 그러다가 시위대 모두가 건물 안으로 우르르 도망쳤는데 석호 혼자 그 무시무시한 물대포에 맞서서 깃발을 흔들고 있는 장면이다. 그렇다. 물대포의 수평 공격에 석호 혼자 수직으로 맞서고 있었다.

"독재와는 타협 없다. 혁명으로 타도하자"

뒤꿈치로 바득바득 몸을 세우며 어금니 깨무는 모습에.

'저게 바로 투사의 모습이구나'

장렬함에 눈시울 적시는 순간 그의 몸이 뻣뻣한 작대기처럼 벌러덩 쓰러지는 것이다. 아, 굽히지 않으면 저렇게 꼿꼿하게 선 자세로 쓰러지는

구나. 바로 그 찰나, 수니의 몸이 물대포 한가운데로 뛰어들어 부축을 시
도했지만.

스승들은 제자를 고발했고 석호는 일주일 뒤에 퇴학을 당했다.

"꺼내보실 텨? 가방 속에 뭐가 있나?"

황 실장이 무심히 던진 한마디에 수니가 절대 복종하듯 가방을 열었다.
아주 잠깐 '뇌세포의 나사가 두어 개 빠져나갔나' 하며, 예민하게 반응했
던 몸의 변동을 오래도록 자책했지만, 솔직히 그때는 자크 속을 보여주는
게 신입 사회인의 고정 패턴인 줄 알았었다. 『한국문학의 현단계』『들어라
역사의 외침을』 김준태 시집 『참깨를 털면서』가 올라온 것까지는 좋았다.
하필 막판에 짚신 코빼기가 가방 위로 툭 삐져나오는 바람에 어쩔 수 없이
탁자 위에 올려놓았더니.

"웬 짚신? 이거 발바닥에 끼우고 명동 바닥 활보할라 해도 달랑 한 짝
뿐이라 깽깽이로 뛰어야겠네. 나머지 한쪽은 석호 씨가 보관하고 있겠군.
책상 위에 걸어놓고 아침마다 싸랑해요, 수니 씨. 애지중지 문상하며. 그
래, 안 그래."

너스레로 틈새를 메꾸는 그의 과장된 눈빛에 얼핏 외로움의 실루엣이 비
치기도 해서, 수니가 일부러 더 크게 키들키들 웃어주었고.

"얼마 있나?"

"7만 원요. 실 만하네요."

"그거론 일주일밖에 살 수가 없어. 봐. 짜장면 한 그릇도 1300원이야.
짜장면만 먹을 수야 있나? 짬뽕도 시키고 1500원짜리 청국장 백반도 골
랐다가 가끔 삼겹살도 때려주지 않으면 객지에서 몸이 곯으면 얼마나 서러
운데요. 다음 달부턴 전철 요금도 오르니까 하루에 육천 원은 써야 돼. 그
래 안 그래? 대답해봐."

수니의 셈법은 다르다. 월급 40만 원씩 받게 되면 그중 최소한 15만 원

169

씩은 저축할 예정이다. 긴축 재정으로 하루최저 생계비를 3,000원 이하로 조일 수 있다고 계산했다. 일단 바깥 출타만 안 해도 돈이 굳는 것이다. 영등포 시장통 1,000원짜리 싸구려 해장국도 괜찮지만, 전기 곤로만 구하면 150원짜리 라면 한 봉지로도 한 끼가 해결된다.

전화기가 없으므로 전화 요금도 줄어든다. 공중전화는 바깥에 나가기가 귀찮아 포기하게 되고 또 걸더라도 동전 떨어지는 경고음이 감지되므로 장시간 통화는 불가능하다. 전화통으로 동전 떨어지는 소리가 '떨꺽' 들릴 때마다 심장이 '덜컥' 메아리치는 상황도 없어지니 정서적으로도 안정된다. 석호 얼굴이야 참아버리면 그뿐이고…… 참아버려…… 그런데 참아버린다…… 그게 마음대로 되나…… 시발…… 하마터면…… 울컥, 북받칠 뻔했다.

그해 사월, 성근 선배와 석호 그리고 수니 이렇게 셋이서 미륵사에 나들이 갔는데.

여자 하나에 남자가 둘이니 그게 삼각관계의 시초가 되기도 한다. 흐드러진 벚꽃 잔치 사이로 햇살이 가물어가던 저물녘이다. 부침개와 막걸리를 삽시간에 비우고 술꾼 셋 다 꽃그늘에 취해 화사하게 불콰해졌다.

"이번에는 제가 쏩니다."

석호는 '도배공 품삯이요' 1차를 계산하면서 '황당 시리즈'만 연발로 터뜨린다.

트럭 뒤에서 몰래 똥을 누다가, 트럭이 앞으로 직진하면 '당황'이고, 트럭이 뒤로 후진하면 '황당 객사'라는 썰렁 멘트다. 이번에는 성근 선배가.

"술상으로 기어오르는 고리끼 끈적끈적한 문어발 손등을 가차없이 잘라버리자."

오른팔 꺾어 90도로 세우는 제스처가 흡사 『8월의 크리스마스』처럼 화사하다. 바람이 불 때마다 꽃잎들이 도토리묵 접시 위로 사뿐사뿐 올려지는 게 참으로 황홀한 것이다. 그렇게 '수니가 좋아하는 남자'와 '수니를 좋아하는 남자'가 동시에 어우러진 채 막걸리 잔으로 떨어진 꽃잎을 호오호 불면서 흐느적흐느적 동행 중이었다. 술자리를 마감하고 집에 가는 시점에 미세한 갈등이 있었으니.

"버스 타고 가자."

술이 깨기 시작한 성근 선배는 마지막 졸업 시험 생각으로 초조했는지 이쯤 끝내자고 했는데, 석호가 불쑥 제동을 걸었다.

"딱 한 꼭지만 더한 다음 시내까지 걸읍시다. 아- 하염없이. 헹님. 이."

평소 순종형이던 석호가 선배의 제의를 처음으로 거부했으니 술기운 탓도 있었던 것 같다. 그렇게 의견이 옥신각신 엇갈렸는데.

"너는?"

수니를 바라보던 두 사내의 눈빛에 아주 짧게 스파크가 튄다.

돌발 갈등의 취사선택은 빠를수록 후유증이 줄어든다. 마침 시내버스 차장이 문을 탕탕 치며 '시내 출발-요.' 신호를 보내서 쉽게 결말을 낼 수 있었다.

"벚꽃이 좋아요. 저는 벚꽃 문신이 새겨질 때까지 하염없이 걸어갈 거예요."

벛꽃 거리를 시내버스로 바동바동 통과하고 싶지도 않았지만 그보다는 '하염없이'란 단어가 뭉클했기 때문이다. 성근 선배 역시 1초의 미련도 없다는 듯 '빠이빠이' 흔들며 시내버스를 향해 달려갔다. 그래서 둘이만 남게 된 것도 운명이었고.

"제가 잘못을 반성하는 의미로 풋샵을 하겠습니다."

박 원장의 맛이 간 자아비판 풍경부터 혼란스럽기 시작했다.

두 사람 비켜나기도 빠듯한 공간에서 원장 혼자 구령을 붙이며 팔굽혀펴기의 자학적 몸짓으로 수니의 목을 조인다. 이번 달 수강생 네 명이 영포

학원으로 빠져나간 사태의 반성 행위라며 중년의 사장이 말초적 몸 학대로 위협하는 것이다. 다른 강사들은 이런 슬픈 개그가 벌어지거나 말거나 그냥 교재 연구에 몰입한 채 모르쇠 눈을 감는 중이다.

수니 혼자 혼란에 빠졌다.

저 자학적 행위가 나중에 강사들을 '엎드려뻗쳐' 호령으로 돌변하면 어떻게 대처하나, 하는 상상으로 가슴이 꽉 막히는 것이다. 맨 처음엔 원장 혼자 자발적 얼차려 시범을 보일 것이다. 그 와중에 학원이 실제로 어려워질 수도 있고 위기가 조장될 수도 있다. 그 다음엔 원장과 강사가 함께 엎드려뻗치자는 쌍방 석고대죄를 제안할 것이다. 나중에는, 박 원장은 옥좌에 앉은 채 강사들만 바둥바둥 기합 받는 스크린이 떠올려지면서 가슴이 부글부글 끓는다. 심으라면 심고 박으라면 박는.

어항 속의 수온을 단계적으로 0.5도씩 높이게 되면.

금붕어가 적응할 만하면 또 온도를 높이고 또 간신히 적응할 즈음 스위치를 한 단계씩 높여서 수온의 체감을 상실시키는 것이다. 나중에는 펄펄 끓는 물에서 껍데기가 홀딱 벗겨진 채 흐느적흐느적 연명하는 물고기 몰골들이다. 그런 일이 터지기 전에 일찌감치 유리창 박살내며 결판을 내겠노라고 마음 다진다.

지금이 찬밥 더운밥 가릴 상황이 아닌 이유는.

상경할 때의 결의를 너무 쉽게 포기하면 안 된다는 생각이 들었기 때문이다. 어차피 일 년 후 종잣돈만 마련되면 여길 떠날 작정이므로 일단 그때까지는 견뎌내야 한다. 설레설레 흔들며 '그래도 비굴하면 안 되쥐' 주먹을 쥐어보지만.

그 후로도 아슬아슬 살얼음판 상황이 며칠 타임으로 연출되었다.

6교시 쉬는 시간에 원장이 서랍에서 꺼낸 지폐 다발을 침 발라가며 헤아리다가.

"송 선생 빗자루 좀 가져와여."

심드렁하면서도 힘이 실리는 목청으로 명령하는 것이다.

다섯 시간 스트레이트 수업 직후 겨우 자투리 시간을 내어 3학년 '자기소개서 교재'를 준비 중이었다. 마지막 '요'자도 '요'와 '여' 사이로 들릴락 말락 했다. 까짓것 '여기까지만' 하며 빗자루를 들었더니.

"요기 아래 좀 쓸어보셔."

슬리퍼를 들더니 손가락으로 의자 아래를 가리키는 것이다. 이번에는 아예 '요'자가 빠졌다.

못 들은 척하는 것도 견제 방법이다. 아예 귓바퀴를 틀어막은 척 책상에 앉아 빨간 볼펜 첨삭에 들어갔는데 뒷골이 쟁쟁 당겨진다. 일부러 좌악좌 볼펜 소리를 내며 몰입에 빠져보지만, 이런 상황이 계속 이어지리라 직감하는 순간 막막한 수렁에 빠지는 것이다. 안경잡이 수학 선생이 쪼르르 달려와 구겨진 종잇조각을 담아 쓰레기통에 버림으로써 일단 봉합되었고.

사흘째 되던 날이 갈등의 꼭지점이었다.

원장이 소매끝 잡아당기며 고개를 바싹 붙인 것이다. 콧기름 풍기는 중년의 몸 내음이 유쾌하지 않지만 그대로 참아주는 중인데.

"송 선생."

느끼한 사내들은 왜 눈빛부터 번들거릴까. 그래도 '견뎌야 한다'며 생긋한 표정으로 바라보았더니 한다는 소리가.

"직원들의 동태를 보고했으면 좋겠어. 혹시 불만이 있거나 뒤에서 내 욕을 하거나 다른 학원으로 옮기려는 강사들을 정탐해주면…… 정보 수당으로 5만 원쯤 더 올려줄 참이요. 흐흐흐 날아가는 새도 떨어뜨리는 중앙정보부 핵심이 되는 거여."

스파이 노릇으로 매달 통닭 열 마리 값을 제시하는 것이다.

당장 싸대기가 올라가야겠지만.

막상 던져진 밥그릇 낚시코 끊기가 만만치 않은 것이다. 수니는 일단 미소 작전으로 거부의사를 표시하며, 다시 남자 친구 석호를 떠올린다. 오, 강철 같은 원조 혁명가여, 이런 땐 어떡해야 자존도 살리고 밥고리도 놓치지 않는 것이냐. 이렇게 양보하다간 결국 입에 닳도록 경멸하던 기회주의자로 입문하는 수순이 아니냐? 희망과 다른 미소를 짓는 게 세상살이의 오픈게임이냐.

프락치 논쟁에 시달렸던 일그러진 청춘이 있었다.

신입생 때는 캠퍼스까지 사복조들이 상주하기도 했으나, 그들이 자취를 감춘 뒤에도 자꾸 비장의 정보들이 새어 나가는 것이다. 집회 날짜와 시위 규모까지 빠져나가 어느새 짭새들이 먼저 집회장을 점령하기도 했고 몰래 만든 유인물도 이미 그들의 손에 들려 있곤 했다. 불안하다. 나중에는 동지끼리 빈틈을 쑤시며 불신의 씨를 키웠는데.

파출소에 끌려갔다가 혼자만 빠져나온 선배를 공개적으로 겨누기도 했고, 수업 거부에 동참하면서도 교수에게 사과 쪽지를 써놓고 갔던 동기 여학생을 지목하던…… 잔혹한 프락치 노이로제에 오래도록 심신이 탈진되기도 했다. 의심받은 동기생 하나는 손가락을 자르겠노라 길길이 통곡했으나.

"요즘 프락치는 감옥까지 따라간대."

짧게 비웃었던 그림도 떠오른다. 아프다.

지금은 모처럼 노량진 마트로 과자 사러 나온 저물녘이다.

발효 버터로 구운 '빠다코코넛'은 한 개에 300원이지만 봉지 네 개를 테이프로 묶은 맛동산 꾸러미가 세일 기간 2개월 동안만 단돈 1,000원으로 판다니 아무래도 경제적이다. 쏘주는 뚜껑만 잘 닫으면 김이 빠지지 않으므로 몇 번씩 나누면 일주일은 홀짝거릴 수 있다. 잠이 안 올 때마다 한 모금씩 마셔볼 참으로 쏘주도 한 병 들고 카운터를 바라본다. TV 아홉 시 뉴스 말미에 불쑥 멧돼지 영상이 나오는 중이다.

길 잃은 멧돼지가 CCTV에 잡힌 것이다. 무리에서 이탈된 잡식동물 한 마리가 숲을 지나 아스팔트를 허둥지둥 넘으면서 홍제동 상가 골목은 아수라장이 되었단다. 진입로 편의점에 뛰어들면서 아이스박스가 뒤집어지고 해태와 롯데, 빠다코코넛까지 닥치는 대로 초토화시킨 것이다. 불안정서로는 길 잃은 즘생이 훨씬 더 심하다. 멧돼지는 후덜덜덜 몸을 흔들다가 유리창 부수며 아비규환 사이렌 사태를 뚫고 동산 수풀로 도망쳤다. 피투성이 짐승이 야수처럼 사라진 것이다.

전투경찰 몇 개 중대가 뒷동산 전체를 포위했지만 사흘 내내 멧돼지를 찾아내지 못했다. 포획에 결정적 단서를 준 해결사는 기동타격대가 아니라 동물원의 사육사였다. 야생 잡식동물의 속성을 제대로 꿰뚫었기 때문에 냄새와 흔적을 그물망 작전으로 추적했다는 인터뷰도 나왔고, 곧바로 총알 구멍이 숭숭 뚫린 멧돼지의 시체가 화면을 벌겋게 덮었다.

마구잡이 곱창을 채우기도 속풀이 해결책이니, 그게 지금은 '이서방 양념 통닭'구이다.

지갑을 뒤집어보니 딱 만오천 원 남았다. 서울 상경 때 7만 원을 가져왔으나 이사 비용으로 두 장을 털어버리고 나머지는 최소한의 기본적인 생필품 구비에만 사용했는데도 빠듯한 상황이다. 여기서 통닭 값 5천 원을 빼면 이제 만 원짜리 한 장만 달랑 남는다. 어쨌든 쌀과 김치가 확보되었으니 자취방에서 움직이지만 않으면 최소 보름 이상은 버틸 수 있다.

누군가가 '큐피드의 화살' 낙서 자국이 있는 딱 한 장 남아 있는 만 원 지폐를 빳빳하게 펴본다. 잠깐의 망설임은 치킨집 냄새에 빠지는 순간 단박에 무너졌다. 가차 없이 5천 원을 지불하며 공복의 뱃살에 기름기를 채워 포만감에 빠질 참이다. '소비의 행복과 긴축재정'이 혼재된 마음으로 모처럼 한강을 걸어보려 했다. 아름답다. 한강은 구경꾼의 주머니를 차별하지 않고 그렇게 유유히 흐르는 중이다.

"한강마저 없으면 서울은 숨이 막혀 질식할 것 같아."

석호의 말을 떠올리며, 난간에 기대자 아닌 게 아니라 숨이 막혀 질식할 것 같다. 그러거나 말거나 까마득한 강심 한복판으로 알록달록 쌍쌍들이 요트를 타고 깨꽃 행복을 누리는 중이다. 커플들의 선글라스가 물결 따라 휘날릴 때마다 파도와 기름이 동시에 갈라진다.

'저 인간들은 도대체 어느 행성에서 온 물건들이기에 펑펑 노는 팔자로 저리도 한가할까.'

갸우뚱하는 순간 엇, 길바닥에 떨어진 '돈 만 원'을 발견한 것이다.

그랬다. 소시민의 특성은 흘린 돈을 발견했다는 이유만으로도 두근두근 죄인이 되는 것이다. 만 원짜리를 지그시 밟으며 두리번거리는 순간 비닐 봉지를 비집고 나온 치킨 양념 냄새가 울컥 멱살을 잡아당겼다. 수니는 벌벌 떨며 치킨 봉지를 발밑에 툭 떨어뜨린 다음 다시 비닐을 줍는 척 허리를 굽힌다. 불안하다.

흘린 돈을 줍는 것은 절대로 죄가 아니라고 연신 세뇌시키면서도.

얼굴이 납덩이처럼 굳어버린다. 어쩌면 돈 만 원을 잃어버린 꼬맹이 소년이 즈이 아버지한테 싸대기 맞고 골목길로 쫓겨났을지도 모른다. 아니면 한 달 용돈 딱 만 원이 전 재산인 독거노인 할머니가 배춧잎의 주인일 수도 있다. 한강 다리로 다시 엉금엉금 찾아와 바닥을 더듬거리는 노파의 삭은 장작 관절도 떠올린다. 하지만 지금은 찾아줄 방법이 없어, 설레설레 흔들기도 하며.

첫 키스는 멧돼지가 아니라 고라니 때문이다.

오줌이 마려웠던 것이다. 성근 선배는 떠났고 석호가 쏜 좌판 도토리묵 접시가 바닥을 드러냈던 미륵사 벚꽃장터. 수니가 일어섰고, 그래서 유원지 돌담길 벚꽃이 흐드러지던 자리는 청춘남녀의 특별한 의미가 되었다.

"음주 다뇨증이 문제야."

석호의 이마를 손가락으로 탁 튕겨주며 자리에서 일어섰을 때 아직 해 꼬리는 떨어지지 않았다. 그리고 간이 화장실에서 나오는데 하필 수풀에서 초식 동물 한 마리와 정면으로 마주친 것이다. 기실 고라니 쪽이 훨씬 더 놀랐던 게 확실하다. 문제는 이 일탈된 틈입객이 후당탕탕 도망치다가 철망에 막히자 돌연 몸을 반대쪽으로 돌려 수니에게 돌진한 점이다. 수니는 인간사에는 대담했지만 동물에 대해선 유독 겁이 많았다. 유기견이나 벌들이 나타나면 소스라쳐 비명을 질렀으며 심지어 벌레 한 마리만 나타나도 아무 등허리 뒤에나 숨곤 했다. 그러니 고라니의 돌진 상황엔 기절초풍이 당연한 것이고.

"으아아악."

비명 소리에 놀란 석호가 화들짝 뛰어왔을 때 얼떨결에 몸을 껴안은 것이다.

그리고 비릿한 첫 입술을 만났는데, 이상하다. 남자의 기습 키스는 귓방맹이로 응징하리라 은장도를 품었었는데 뜻밖에 알싸해진 향기를 껴안은 것이다. 귓바퀴까지 발갛게 달아오른 것은 저녁놀 탓이다.

입술 도킹 이후로 꼭 못 박을 수는 없지만 석호의 썰렁 개그 진도가 조금씩 진해지기 시작했다. 예전에는,

"바나나가 웃으면 바나나킥, 사과가 웃으면 풋사과"

이런 초딩 수준으로 웃기려고 노력하는 게 귀엽기도 했는데, 언제부터였나, 서서히 느끼한 음담패설 카드로 수위를 높이는 것이다. 가령.

팔십 할아버지가 할머니의 치마꼬리를 잡고 하룻밤 수작을 걸었대.

"헐 텨?"

"그류."

깔짝깔짝 하고 나서.

"워뗘?"

"헝 겨?"

했댜. 끝.

중늙은이처럼 이런 패설 카드를 능글능글 내미는 것이다.

"점입가경이구나. 비릿한 놈."

통방구리를 던졌는데도 이제는 석호도 눈빛을 피하지 않는다. 아카시아 꽃 사이로 별들의 날갯짓 소리가 적요해서, 한마디 더.

"간덩이가 엔간히 부으셨네요. 사회 물 먹더니 많이 컸어."

매운 표정을 지으려 했다. 그런데 마음과 달리 등짝을 후려치며 배꼽을 잡아버린 포즈가 왠지 사내의 페이스에 빠지는 것 같다. 아무튼 석호의 패설이 잦아지면서 '혹시 입술을 내준 이후 이 자식이 너무 만만하게 들어오려는 것 아냐.' 그런 조바심도 있었지만 그렇다고 밉상은 아니었는데.

'그런데 이 도배공 총각이 요샌 왜 연락이 없지?'

하는 생각도 잠깐 들었다가 재빨리 임용고시 책을 폈다. 앉은뱅이책상 위에 '키다리 아저씨'라고 적힌 '숭배용 짚신'을 떠올리며 히쭉히쭉 웃어본다. 땅딸보 석호를 진 웹스터 소설의 주인공 주디의 후견인인 '키다리 아저씨'로 변신시킨 것도 문학적 감성이다. 그랬다, 스물 중반 기우는 젊음에도 절대로 놓치지 말아야 할 것들이 있는 것 같다.

짚신은 코빼기 양 옆이 텅 비어 있어 시원해 보이고 깔창이 견고해서 튼튼해 보인다. 힘들 때마다 짚신 수양법을 쓰겠노라며 다시 책상 앞으로 몸을 당겼다가, 설레설레 고개 흔든다. 지금은 공부가 중요하다. 퇴근 직후 곧바로 밤 1시까지는 임용고시 작업에 몰입해서 기어이 '평생 직장'을 찾아내리라.

지금은 그 종잣돈을 만들기 위한 오픈게임이지만 일단 서두르는 포즈가 중요하다. 석호가 연락이 뜸해진 것도 신경 쓰지 않기로 한다. 동가식서가

숙 사내에게 수취인 불명 편지를 보낸다는 건 하늘나라에 부치는 편지 봉투와 똑같다. 전화 통화 역시 불가능도 하지만 어쨌든 '모가지 긴 사슴'으로 조바심하는 태는 일체 금한다. 끊어진 연鳶이 되어 탱자나무 울타리 너머 훌쩍 날려버리더라도 문고리 부여잡고 흐느끼는 신파적 풍경은 절대 보이지 않으리라. 언제부터였나, 한 남자에게 목을 맡기는 순정파는 되지 않을 거라고 뽀드득뽀드득 어금니 깨무는 버릇이 불안할 때도 있다.

그러면서 길바닥에서 주워온 만 원 지폐를 두근두근 펴본다.

어럽쇼, 또야, 큐피드 화살이 빠드름히 보이는 것이다.

화들짝 지갑을 열었으나 원래 있어야 할 '큐피드 만 원'은 없다. 분명히 없다. 그러니까 이건 아까 발밑으로 흘린 바로 내 돈이다. 자기가 흘린 돈을 주인 몰래 줍기 위해 그 스릴 넘치는 식은땀을 흘린 것이다. 수니는 이마를 치며 깔깔깔 웃어대기 시작한다.

반전 드라마처럼 학원 강사 체질로 도약하기 시작했으니.

열성 강의 열흘 남짓 지났을 뿐인데 어느새 박 원장의 눈에 확연히 들어간 것이다. 덕분에 스파이 종용을 지우고 에이스 강사로 건사해주니 갈등이 그렇게 자본주의 스타일로 봉합되는 것이다. 그날은 수업 종이 울리고 오 분쯤 더 투자하고 나오는데, 박 원장이.

"오-나오십니드아."

과장되게 손을 흔들더니.

"반가운 사람 왔소."

손가락 가리키는 쪽에 황 실장이 앉아 있는 것이다. 아닌 게 아니라 진짜 반가웠다. 서울 바닥에서도 처음으로 익산 사람을 만나니 뜨악하면서도 친정어머니처럼 뭉클하기도 했다. 그는 수니의 타이밍에 맞춰 박 원장한테 뜬금없이.

"송 선생이 잘한다고 생각하면 지금 이 자리에서 40만 원만 가불해드려.

배곯으면서 훈장 노릇할 순 없잖나? 투자가 전망이야. 칭구도 알다시피."

솔직히 수니가 가불을 원했던 바는 전혀 아니다. 월급을 당겨서 쓰는 것보다는 쪼들리더라도 나중에 받는 게 경제적이라는 생각이다. 특별 보너스라면 몰라도 초장부터 '아랫돌 빼서 윗돌 괴면서' 낚시코에 걸릴 필요가 전혀 없다는 판단이었다. 그런데 이상하다. 박 원장이 서랍을 박박 긁더니 침을 쩍쩍 발라가며 돈을 세는 순간 가슴이 싸ㅡ해지는 것이다.

"오늘 들어온 돈 전부 28만 원이야. 스무 날 치요."

만 원짜리를 뭉텅이로 척 건네주는 순간 하마터면 수니의 입에서.

'돈아, 너 참으로 오래간만이다.'

끌어안고 아싸로비야 소리칠 뻔했다. 지폐 다발이 알토란 꾸러미처럼 안겨지면서 불안함이 싸그리 걷혀지는 것이다.

황 실장과 독대 중인 자리는 다시 예전의 '군산집'이다.

수니는 순대와 쏘주 한 병을 시키고 지성껏 잔을 채워주려던 참이다. '살펴주셔서 감사합니다.'라고 말할까 망설이는 중인데 황 실장이 안경을 고쳐쓰면서.

"10만 원만 꿔줘요. 나도 실업자 생활 반년째지만 마누라한테 최소한의 체면은 세워줘야지. 금방 갚을 거여."

그는 처음으로 존댓말을 섞었지만 목소리만큼은 낮게 끊으며 위엄을 지키는 중이다.

'가슴이 아프군요.'

꿈틀대는 수맥을 지그시 누르며 가방 지퍼를 연다.

이미 수니는 28만 원 중, 15만 원짜리 통 큰 봉투를 준비했던 터이다. 괜찮다. 라면과 연탄까지 확보되었으니 나머지 13만 원으로도 아껴만 쓴다면 다음 달 월급까지 충분히 버틸 수 있다. 오월이 오면 연탄불 없이도 누울 수 있고 공부에 몰입하면 배고픔도 잊게 된다. 그렇게 무너지는 서

까래 받쳐주는 흥부네 마음으로 봉투를 만지작거리는데 황 실장이 고개를 반짝 들고.

"5만 원을 더 꿔주면 어때요? 펑크 난 자투리 외상값 몇 개 정리하게. 금방 갚을 거야.

한마디마다 그의 몸값이 쩔겅쩔겅 떨어지는 것이다. 이제 예전의 '그래, 안 그래' 하던 거드름 몸짓을 영원히 보이지 못할 것 같다. 수니 역시.

'안 그래도 지금 봉투를 빼는 중이라오.'

그러면서 자꾸 눈시울이 시큰해지는 마음을 스스로 잘 안다. 그의 '여우 같은 마누라와 토끼 같은 자식'이 발가벗고 기어다니는 단칸방 둥지가 휭- 하니 앞을 막는 순간 '페이소스'라는 단어가 떠오른 것이다. 이마를 훔치는 황 실장의 손바닥에서 마른 살비듬이 부스스 떨어졌다.

날아라, 홋대바위

날아라, 촛대바위

가호철은 오리지널 순결주의자다.

무릇 선남선녀의 몸은 혼인 초야에 처음 열려야 하며 그 후 요람에서 무덤까지 약속 동행해야 한다는 결벽론에서 한 치도 물러선 적이 없다. 첫날밤의 의식 역시 규칙과 질서에 의거해야 한다고 수백 번 다짐했었다. 그랬다. 그 거사는 벌거숭이 암수의 동물적 교접이 아니라 조신한 영혼끼리의 엄숙한 우주적 결합이어야 한다,고 방점을 찍고 또 찍었던 바이다.

마음보다는 몸을 더 우선시했다. 구름 같은 사내와 조약돌 규수의 운명적 만남도 절대로 몸의 선을 넘지 않아야 한다고 결기를 세웠지만, 솔직히 그럴 기회도 없었다. 입대 전날, 송별식 벗들이 그의 딱지를 떼어주겠다며 술떡의 육신을 사장가 문턱까지 끌고 갔을 때에도.

'안 된다, 이렇게 순결을 빼앗길 순 없다'

부릉부릉 뛰쳐나온 게 마지막이다. 그렇게 '숫총각 보존'을 절명 과제로 결론 내린 채 외롭게 입영 열차를 탄 기억도 자부심 중의 하나다. 동시에 '혓바닥의 순결'까지 그 수준으로 아름다워야 한다고 방점도 쿵쿵 찍었지만.

자대 배치 사흘 후, 첫 테스트부터 완죠니 망쳤다.

덩치 맨 사내인 내무반장 마 하사가 쿵, 하고 눌러버린 것이다. 그가 작대기 하나를 갓 단 이등병을 침상에 세우더니 귀엽다는 듯 느끼한 눈빛으로 요리조리 날름거리다가.

"연애 얘기 함 해보숑. 이등병 아자씨."

송충이 하나짜리 이등병들은 고참들이 심드렁히 던진 건빵 한 조각에도 부동자세를 발딱 취해야 된다는 것을 알고 있다. 그런데 왜 첫 마디부터 가호철의 가슴이 싸ㅡ하게 내려앉았을까. 아마도 이 퀴퀴한 막사에 혼자만의 짝사랑을 아름답게 전파하고 싶다는 욕구가 불현듯 생겼던 것 같다. 첫사랑의 기억을 수면 위로 떠올리며 아주 잠깐 발그스레 붉혀보고 싶었던 것일까? 그는 두 손을 가지런히 모은 채.

"물안개 피는 곰나루였습니다. 보리이삭 같은 아가씨들과 곰나루에서 낭떠러지 보이는 다리를 건너 하염없이 걷다가…… 강물이 보이는 제방둑을 하염없이 걷다가…… 걷는데요."

186

그 순간 스물한 살 순옥이가 덩두렷이 떠오르며 울컥 목이 막히기도 했다.

숲속의 빈터, 단발머리 셋이서 벤치에 기댄 채 쪼르르 가을꽃을 바라보는 풍경이다. 바람이 불자 노란 은행잎들이 색종이처럼 흩날렸던가. 소녀가 「구월의 노래」를 부를 때 '가'는 자그시 눈을 감는 포즈로 예를 갖췄다. 패티김 닮은 음성은 은행나무 노란 이파리 앞에서 더욱 향기가 진해진다는 사실도 처음 알았다.

남자 대학생들과 단발머리를 갓 다듬은 사회 초년생의 미팅이었고.

통탱이 남자 셋, 장롱다리 여자 셋이 짚신짝 맞추듯 금강 근교로 놀러갔던 가을 길의 삽화 딱 한 장이다. '가'의 뇌리에.

'가로수 나뭇잎은 무성해도 우리들의 마음엔 낙엽이 되고'

거기까지만 가사가 박혔을 뿐, 끝이었다. 그랬다. 사랑은 안개와 같아서 힘들게 잡은 손을 펴면 휭ㅡ하니 아무것도 없었다. 그러니까 겨우 세 번 만

나고 헤어진 그 스쳤던 손등의 기억만을 진하게 보존하고 싶었을 뿐이다. 그 짧은 다리가 망둥이처럼 펄펄 뛰던 아슴아슴한 영상에 젖어서…… '사랑을 할 때면 그 누구라도 쓸쓸한 거리에서 만나고 싶은 것'을 외우고 싶어서 우물거리는데 …… 마 하사는 단도직입.

"그런 얘기 하지 말고 사발통아, 그년 니노지가 크다, 빡빡하다, 연동 피스톤이 쿵짝쿵짝 맷돌처럼 잘 돌아갔다, 하는 식으로 홀애비 고참님 귓구멍을 즐겁게 하란 말이야."

"……엣?"

"먼 말인짐 몰라짐?"

설레설레 도리질 친다. 모른다고, 반드시 몰라야 한다고 사나이 순결성을 감싸며 입술을 뽀드득뽀드득 웅물다가.

"해봤나?"

"……."

안 된다, 절대로 대꾸허면 안 된다며 망상망상 손바닥 비비다가.

"해봤냐구? 이 습탱구리야."

"넷! 안 해봤습니다. 단 한 번도."

육두문자 신조어에 화들짝 복창하며, '단 한 번도'에 아예 방점을 쾅쾅쾅 찍어버렸다.

"이 자식 이공선이처럼 숫총각이냐?"

이공선 상병은 자칭 타칭 순결주의자라고 들었다.

크리스천 자부심 1호로, 고참들이 기독교 환자라고 짐병짐병 약을 올려도 그냥 굳게 입술을 다무는 표정만 떠올린다면 그는 분명히 착한 사내다. 19개월 차 상병임에도 자기 식판을 졸병들에게 맡기지 않고 몸소 닦는 고참님이며 아직까지 졸병들을 때린 적이 없다고 했다. 그럼에도 그와 합체되기 싫은 마음을 이등병 '가'도 잘 안다. 순간 마 하사가.

187

"자랑이냐? 삐빠 새끼."

"……부끄러운 건 아니고요."

더 이상 대답할 수 없었다. '순결한 반려자를 원하려면 내 몸부터 먼저 순결을 지켜야 합니다'라고 항변하면 즉각 무덤이 될 것이다. 어차피 하루가 다르게 짬밥 세계에 적응해야 하는 연륜이 되므로 묻는 말 이외의 사족을 달면 절대 안 된다.

아무튼 오랫동안 지켜온 순결론이 즉각 변신해야 함을 직감했다. 몸의 순결 보존은 가능하더라도 수컷들의 본능적 욕구에 입방아로라도 동참해 주는 게 군바리식 의리라는 생각도 번뜩였으니, '로마에 가면 로마인이 되라'는 흔한 경구가 불쑥 앞을 가로막은 탓이다. 이왕 줄 거면 홀딱 벗고 보여주어야 한다, 는 판단도 재빨리 세워졌다. 그 순간 꽁꽁 쟁여두었던 딱 한 개의 음담패설 카드가 번쩍 떠올랐으니, 그게 자충수였다.

고참들의 환영주에 취해 맛이 가 촐싹 뛰어나간 게 화근이었으니.

음주 타임 1라운드가 방탕하게 흐른 직후 막장 술판에 본격 돌입했을 타임이다.

우선 세숫대야 막걸리에 쏘주와 환타를 섞고 화랑담배 재티까지 털어 넣는 잡탕 술 도가니를 만든다. 거기에 슬리퍼를 푹 담가 휘휘 저으니 술통이 찐득찐득 꿀꿀이죽 진액이 되었다. 내무반장 마 하사부터 불콰한 몰골로 첫 테이프를 끊었다. 그 다음 작대기 고참순 시계 방향으로 세숫대야를 들어올렸고 당연히 가호철은 맨 마지막 순서를 탔다. 몸이 얼큰하게 흐트러지면서 개판 오락회가 시작되었다. 사회자 장 일병이 오리 궁둥이 춤으로 방댕이를 털어내자 몇몇 군복들이 툭툭 튀어나와 젓가락 춤으로 먼지를 뿜어내었다. 그리고 이등병 가호철도 개다리춤으로 꼽사리 끼어 뻣뻣해진 근육을 풀었다.

대학 시절, 하숙방 녹음기 반주로 익힌 기량의 연장이다.

애인이 없던 그네들은 일요일 오후마다 하숙방에 녹음기 틀어놓고 순수 수컷끼리의 춤판을 벌이곤 했다. 다이아몬드나 샤프트, 블랙다운, 허슬, 울리불리까지 번갈아 흔들흔들 젊음을 달랬다. 다이아몬드는 단조로운 마름모꼴 스텝으로 아마추어를 갓 벗어난 네 발자국 발짓이고 샤프트는 검지와 중지를 편 채 흔드는 카우보이 쌍권총 스타일로 발꿈치가 발바닥에 닿을 때마다 V자 손등을 탁탁 튕겨내야 한다. 울리불리는 발바닥 비비는 사이드 스텝으로 지칠 때마다 두루마리 휴지처럼 흔드는 포즈다. 허슬은 어깨의 힘을 뺀 채 허리를 소프트하게 돌리는 날라리 여자 춤이고, 블랙다운은 발바닥이 땅에 닿자마자 반동으로 튕기듯 펄쩍펄쩍 뛰는 두 박자 연동 몸사위로 소위 투스텝 알리 고고의 변형이다.

스무 살, 그런 쓸쓸한 스크린도 있었으니.

나이트클럽은 엄두를 내지 못했고 그저 삼류 고고장이나 들락거렸던 총각패 군상이다. 당시 대전 시내 고고장은 촌스럽게도 빈 맥주병에 막걸리를 채워 팔았다. 그마저 열두 시 통행금지 규제가 엄격했으므로 열한 시만 넘으면 '이제는 우리가 헤어져야 할 시간' 고별 반주를 때리며 셔터를 내렸다. 그때까지 죽자살자 흔들어야 했으므로 청년 '가'는 항상 고고 타임 첫 타자로 뛰쳐나갔다. 밴드 플레이가 터지는 순간 탁 튀어나가 중앙 공간을 차지하면 후당탕탕 뒤따라 빈자리를 메꾸는 각다귀 떼 춤꾼들을 맞이하는 희열로, 약 10초 동안 '오, 나에게로 오라'처럼 행복했었다.

놀이 행진은 거기까지가 한계였고, 그렇게 더치페이로 팔딱팔딱 뛰는 게 로망인 줄만 알았다. 잠시 후 블루스 음악이 흐르면 숫총각 청춘들은 구경꾼 자리로 우르르 돌아와 객석만 하염없이 지켜야 했다. 쌍쌍으로 몸을 밀착시킨 채 나풀나풀 부둥켜안은 남들의 행복만 그렇게 부나비처럼 희뿌옇게 바라보는 것이다.

군대는 여자가 없어서 오히려 편안한 부분도 있었다. 이성에 의한 평가

척도가 없으니 외모 순서로 줄 세울 필요도 없고 애인이 없는 고독도 표시 나지 않는다. 그냥 꽥꽥 소리치며 숭어처럼 뛰기만 하면 평등하게 해소되는 수컷들만의 청춘이다. 아무튼 그 발광의 습성으로 자대 회식 첫 날 개다리춤을 선보인 게 갈고리가 되었다. 고참들이.

"어쭈구리, 날라리 먹물이네."

흐뭇한 표정을 지어줬던 것 같다. 그게 고고춤을 선보인 첫 무대였는데.

다음으로, 행군 직후 소대 회식 자리.

불콰한 화상이 된 최 상병이 '가(자대 배치 열흘째)'를 '차렷 자세'로 세워놓고 조인트 툭툭 건드리며.

"지금부터 내 말을 따라한다…… 고참은."

"……고참은."

꼬부라진 혓바닥이 럭비공 군기로 느닷없이 얼굴을 찍기도 한다. '가'는 럭비공 싸대기를 피하기 위해서라도 새로운 변신이 필요한 거라고, 아주 빠르게 판단했다.

"고참은 부모님의 불알친구며 하느님과 동격이다. 실시-."

"실시! 고참은 부모님의 불알친구며 하느님과 동격이닷."

스타카토를 끊으며 절도를 보여줬더니, 한술 더 떠.

"귓방맹이 선사받고 일발 장전할래. 자발적으로 맛이 가게 놀아줄래? 지금부터 확실한 음담패가를 창조하여 여기 삭은 장작들 시들시들 굶은 아랫도리를 빳빳하게 세워주란 말이야. 알았낫? 가여운 습새."

그가 군용 벨트를 흔들다가 빳빳하게 세워 작대기 흉내를 낼 때 번뜩 '촛대바위의 전설'이 떠오르긴 했다. 괜찮을까, 조마조마 첫머리만 살짝 선보였다.

'전설 따라 삼천 리 왔다 갔다 육천 리'

그 비장의 카드를 꺼낸 건 순전히 고참들의 적의를 누그러뜨리기 위해서

다. 그런데 정작 '촛대바위'의 맛보기도 안 나왔는데 고참들이 벌써부터 '우와- 어디서 많이 들어본 것 같다' 하며 눈을 집중시키는 것이다. 그 찰나의 돌발 감성이 막사 생활 내내 광대의 덫이 될 줄은 꿈에도 몰랐다. 그랬다. 그 음담패설 카드의 원조는.

76학번부터 처음 실시된 대학생 '10일 입영' 때 전수받은 것인데, 어이없고, 상큼했다.

'10일 입영' 전날 하 교수와 부딪쳤던 기억도 쬐끔은 눈에 걸린다.

학도호국단에는 예비역 교관이 세 명 있었는데, 두 명은 대위였고 한 명은 중사였으며, 사병 계급장을 단 현역 군인 조교도 두 명 더 있었다. 사병 조교들은 주로 ROTC 출석 관리와 1, 2학년 교련 과목 보조를 맡았는데 그들과의 관계는 나쁘지도 좋지도 않은 그렇고 그런 상태였다.

강당에 모여 입소 소지품을 점검받는 날.

처음에는 1학년답게 교관들의 목소리가 높아질수록 기가 꺾이는 추세였던 것 같다. 그런데 교양 과목 국민윤리를 강의하는 하종길 철학박사가 무대 위로 불쑥 등장하면서 사태가 엉뚱하게 꼬였다. 학생들이 어리둥절했던 것은 그의 손에 들렸던 엿장수 가위 때문이다. 하 교수는 무대에 서서 마이크를 잡더니 가위를 쩔꺽쩔꺽 흔들며.

"새마을 교수가 되겠노라. 세례 요한의 마음으로."

마이크 연설을 늘어놓았다. 요지는.

바야흐로 유신 시대는 허리띠 바싹 조여야 하는 비상시국이라는 것이다. 거기까지는 그런가 보다 했는데 돌연 장발 단속을 선언하는 돌발 카드를 던졌다. 교관과 조교들이 지켜보는 가운데 앞줄부터 머리카락 길이를 체크하더니 귓바퀴 위로 덮인 머리칼에 가위를 들이대며.

"청년이 살아야 나라가 산다."

근엄한 표정으로 눈까지 감는 바람에 아차, 하면 벌초될 판이었다.

그때 바깥 세상은 그랬다. 경찰들은 종로 바닥 아가씨들의 미니스커트 아래 허벅지 길이도 재며 치맛단을 뜯어내기도 했고 명동 청년들의 장발도 쌍동쌍동 잘라내었다. 좌우지간 등 푸른 청춘들은 경찰 제복만 나타나면 쥐새끼처럼 모퉁이에 숨었다. 인어처럼 미끈한 종아리 아가씨도 육교 밑에 숨었고 베토벤 머리칼의 짙은 인상 사내들도 골목에 숨었다가 완전히 사라진 후에야 살금살금 비늘을 세웠다. 그 장발족 단속 포즈로 대학 캠퍼스에서 머리를 자르겠다고 기염을 토하는 것이다.

처음에는 새내기답게 순종하려니 했다. 그러나 뒤로 갈수록 식식대는 소리가 커지더니 급기야 버럭 울화 불똥이 터져버렸다. (캠퍼스라는 안전망도 이유가 되긴 했다.) 여섯째 줄 키다리 남학생 변칠수가 인상을 구기며 푸르락푸르락 손목을 밀쳐내었다. 가윗날에 걸린 머리카락이 손톱만큼 바닥에 떨어지는 순간이다.

"이러지 맙시다."

재수생 출신 변칠수다. 키가 작고 깡말랐으며 먹테 안경 속으로 눈빛을 반짝반짝 터뜨리는가 싶더니 곧바로 속사포를 터뜨린다.

"아무리 지방 삼류 대학이라도 그렇지. 교수님이 대학생들 머리카락이나 자르니 여기가 지성의 전당 상아탑이 맞긴 합니까?"

울멍울멍 주먹을 쥔다. 하 교수가 말을 막으려.

"어허, 청년이 살아야 나라가……."

그러다가 뚝 끊어지면서 고요, 고요하게 마른 침 넘어가는 소리만 꼴깍꼴깍 들리는 찰나다.

"그러니까 청년이 살아야 나라가 사는 건 알겠는데요, 그 옳은 말씀을 왜 멀쩡한 머리칼 가위질에 인용하시느냐구요?"

하 교수는 잠깐 동요되었던 눈빛을 바로잡으며.

"비상시국 위기의 시대에는 강력한 통제가 구국의 결단이다. 마키아벨

리도 '곪은 상처는 빨리 도려내야 한다'고 했다시피 학생들은 몸과 마음을 청정하고 정갈히 하는 게 전쟁에서 승리하는 필요조건이다. 여러분은 휴전 중인 분단조국의 위기상황에 너무 몽매하다. 지금은 예비 전시상황이야."

"전쟁의 승패는 무기의 우월성 여부가 가장 중요하구요. 아무리 제식훈련과 총검술 16개 동작을 열심히 해도 지휘관들 기분 좋게 해주는 거지 모두 원자탄 한 방이면 끝장납니다. 그보다 중요한 건 우리가 군인이 아니라는 점이구요. 우리는 그냥 대한민국의 대학생입니다."

"복장 단정이 전선 체험의 필수 코스야. 제자 여러분. 한눈팔다 휴전선이 뚫린다. 국가 안보철학을 확실히 깨우쳐야 한다니까."

"거부하겠습니다. 내 머리카락은 새마을 교수님의 충성도를 시험하는 신체 훼손 실험용 모르모트가 아니므로 장발 단속을 달게 받을 수 없습니다."

"입 닥쳐, 지금이 어느 시대인데…… 새마을정신을 헌신짝 버리듯."

그때 대위 계급장을 단 판다 스타일의 오동통한 교관이 어깨를 들먹이며 가로막았다.

"여러분은 내일부터 10일간은 군인의 신분이다. 군대는 명령 체계 속에서 모든 행동 강령이 이루어진다. 자주 반항하면 즉각 퇴소시켜 교련 단축을 백지화시키거나 내년 재입소 명단에 포함시키니 알아서 판단하라. 입영 체험 재수생이 될 것인가, 각자 선택하시옷. 나도 이제 더 이상 몰라옷."

"아니, 어차피 끌려갈 군대지만, 맛보기 게임도 지겹습니다. 멀쩡한 머리칼에 가위질하는 게 어떤 당위성입니까? 이건 청년 학도의 인권 문제입니다."

"군인은 복종 이외의 어떤 대꾸도 용납되지 않는다. 까라면 까는 거다. 밤송이도."

"손대지 말라구요. 청년을 살린다면서 왜 부모님이 주신 신체를 함부로 훼손합니까? 스발."

　변칠수는 차마 하 교수에게는 대항하지 못하고 애꿎은 사병 조교의 손목만 거칠게 밀쳐내었다. 그러더니 반대편으로 고개 돌려 쬐끄만 소리로 '족까네'라고 내뱉았다.

　"학생, 지금 '시발'이라고 했나?"

　하 교수는 '스발' 뒤의 '족 까네' 소리는 알아듣지 못했던 것 같다. 그때 판다 교관이 희멀건 콧구멍을 흐흐흐 벌름거리며.

　"원래 옷걸이 수준으로 욕도 느는 겁니다. 교수님, 교련복 입은 애들에게 하이덱거를 걸어주면 그건 도야지 모가지에 진주 목걸이죠. 군인 정신은 그저 사람과 짐승의 중간 수준 문장이 딱 어울리는 겁니다."

　두루뭉술 마무리 짓더니, 변칠수를 향하여 조그만 목소리로.

　"까진 걸 뭘 또 까? 다마네기 성긴가? 흐흐흐."

　하 교수 빼놓고 모두 까르르 웃음보를 터뜨렸다. 바로 그거다. 쿨하게 던진 욕지거리가 느끼하게 붙어 있던 스트레스 더께들을 한 방에 뚫어버리는 것이다. '이게 바로 군복 맛이구나.' 하는 생각이 들면서 마음도 쬐끔 편안해졌던 것 같다.

　그 '10일 입영'의 끄트머리쯤인 8일 차.

　조교들도 밤낮으로 돌리던 지긋지긋한 빵빵이 끈을 느슨하게 풀어주던 막바지 시점이다. 야간 경계 훈련이 끝나고 얼굴을 시커멓게 칠한 위장 상태로 오락판을 벌여준 것이다. 술도 과자도 조명발도 없이 오로지 맨몸뚱이 하나로 흔드는 그야말로 '쌩얼 오락회'다. 내륙 분지 한복판에 별들이 그물처럼 출렁이는 그 아래에서 우당탕탕 소리 지르니 그게 공회전 젊음이다. 한동안 그 억지 신바람의 약발이 지탱되었다.

　그러나 시간이 흐를수록 춥고 몸이 떨렸고 하얀 이빨 번뜩이던 괴성도 잦아들었다. 산등성이도 칠흑같이 덮여지면서 이제 그만 막사로 돌아가 침상에 쓰러지고 싶을 즈음이다. 그때 후미진 구석에서 고즈넉이 관망하던 수학과 복학생 하나가 허우적허우적 걸어 나온다. 그런데 이상하다. 과히 큰 체격도 아닌 그의 그림자가 '쿵' 하는 위압감으로 입영 생도들을 압도하는 것이다. 허술한 몸짓 겨드랑이쯤에서 콸콸 쏟아지는 카리스마랄까. 달빛까지 아삭아삭 잡아먹는 변사의 송song이 파고드는데.

"때는 바야흐로 성종 24년…… 한양에서 버스를 타고…… ."

처음에는 눈을 지그시 감으려 했다. 그 판소리쟁이 목청이 고전적 종소리처럼 아주 잠깐 숙연하게 덮은 것이다. 그러나 잠시 후.

"상감마마 아뢰옵기 황송하오나 무슨 말씀을 그리 개 즈옷같이 하숏."

판소리 정도나 기대했던 입영 학도들이 한 방 맞은 듯 어리버리하다가 동시다발로 팟팟팡 웃음 폭탄을 터뜨렸다. '가'도 재빨리 귀를 쫑끗 세웠다. 그런데 점입가경.

"그 후 비가 오거나 바람이 부는 음산한 날이 되며는…… ."

거기서 완전히 평정되었으니, 그 5분짜리 음담패설의 마지막 문장.

"오늘날에는 그냥 꼬챙이 바위가 되었던 것입니다아."

한 방에 조교들의 근엄한 표정도 해체되었고 입영 대학생 전체가 데굴데굴 자지러지고 초토화되었다. 평소 사내들의 술자리에서조차 금기로 느껴지는 각종 생식기와 저질 용어가 적나라하게 튀어나오는 게, 군바리 복장에 상쾌하게 어울리는 것이다. 그랬다, 사나이끼리니까 홀딱 벗고 노는 거다.

괴이한 현상은 또 있었으니.

어둠 속 변사의 그 문장들이 아주 순식간에.

'가'의 뇌리에 토씨 하나 빠짐없이 통째로 입력되는 것이다.

순결주의자 가호철이 야한 스토리에 그토록 예민하게 촉수를 세울 줄은 그야말로 예측불허의 돌발 상황이었다. 그날 밤 침상에서 국문학도인 '가'

청년 혼자 그 문장들을 복기하고 짜맞추면서 자다가도 일어나 키득키득 입술을 싸맸으니, 그 전문은 이렇다.

때는 바야흐로 성종 스물여섯 해. 한양에서 버스를 타고 졸라게 가다 보면 스산瑞山 땅이란 곳이 있으니, 하루는 상감이 나들이에 대동한 문무백관을 쫘악 세워놓고.

"내 지금부터 왕후와 더불어 무릉도원의 정사를 만끽할 터이니 좌의정과 우의정은 옆에서 달달이를 치도록 하여라."

이에 딸랑딸랑 우의정은 허벌나게 용두질을 쳤으나 청렴결백, 좌의정

"상감마마 아뢰옵기 황송하오나 무슨 말씀을 그리 개 젖같이 하슈."

좌중의 싸늘한 분위기 탑승에 더욱 노발대발한 상감.

"저런 고얀 놈 같으니라고. 뒈질라면 임금님 불알은 못 만지느냣? 여봐라. 당장 저놈의 짬지를 짤라버리도록 하여라."

어명은 천명이다. 그리하여 좌의정의 성기는 땅바닥에 뎅강 잘라져버리고 그 자리에 한 개의 바위가 튀어났으니 그 모양이 귀두龜頭를 닮았다 하여 촛대바위라 하였던 것입니다.…… 그 후, 비가 오거나 바람이 부는 음산한 날이 되면은.

'내 즈옷 내놔라아. 내 조오지 내놔라' 하는 소리 바람결에 울려 퍼지니

그때마다 욕정을 못참은 인근의 처녀, 과부, 유부녀 할 것 없이 그냥 달려와 만지고 쓰다듬고 빨고 해서 오늘날에는 그냥 꼬챙이 바위가 되었던 것입니다. 바바바바 바바바바 바바바 바아바아바아.

첫 100킬로 행군은 자대 배치 보름째에 치러졌으니.

대대 육백 병사의 '완전군장 24시간 주파'였다.

행군 열 시간이 지나면서 병사들 모두 떡판으로 흐느적거릴 즈음이다. 군가와 구호로 버티던 초장의 패기가 팥죽으로 흐물어졌으니, 그저 두 다리로 무거운 군장을 메고 갈 뿐이다. 네 시간 걷고 밥 먹고 또 네 시간 걷

고 길거리 밥 먹고 또 일어서서 행군 열일곱 시간째, 지금은 10분간 휴식 중이다. 길바닥에 쓰러져 별을 보다가, 어느새 여명과 아침 햇살을 만났는데, 곧바로 중천에 치솟은 태양도 휘청 기울더니 다시 저물녘이다. 그렇게 고난의 행군을 열일곱 번째 되풀이하다가, '뒤로 전달 10분간 휴식'이 떨어지는 순간 병사들 모두 개구리처럼 젖혀진 상태다.

이 세상 모든 물상이 늘어진 테이프처럼 죽은 듯이 고요한 찰나다. 몸은 물먹은 솜처럼 팅팅 불었고 척추는 작대기처럼 뻣뻣하게 굳어버렸다. 그런데, 어럽쇼.

"야, 신병."

"앗! 이병 가호철."

또 마 하사다. 내무반장의 시한폭탄 계급장과 스치는 바람에도 깜짝깜짝 놀라는 이등병 계급장이 아찔하게 대비되는 순간이다. 누군가 살짝 건드리기만 해도 오뚝이처럼 발딱 일어서는 지상 최하의 쫄따구에게.

"야한 노래 하나 발싸. 10초 준다. 9초, 8초, 7초……."

"……앗!"

일단 절도 있게 소리치면서 시간을 벌었다. 자대 첫 회식 때 개다리춤을 선보인 이후 가방끈 짧은 고참들의 경계심이 확실히 풀어졌다. '대학물 먹은 놈도 노는 건 우리랑 똑같네' 하는 표정으로 볼텡이도 만지고 쓰다듬어준다. 이제 와서 후회해도 엎질러진 물이므로 '가'는 '엣다, 모르겠다' 아예 화끈하게 블랙다운 스텝까지 보여주었다. 이번에도 '10일 입영' 때 배운 음담패가다.

대변보는데 에– 대변보는데 에–

노오크도 없이 문을 연 여인

사연이 무엇이기에 그토록 노크도 없이

날아라, 촛대바위

문을 열어놓고서 바라보고 있을까아

대변보는 데ー 대변보는 데ー에.

노오크도 없이 문ー을 연 여인.

역쉬이…….

대열의 지친 표정들이 단박에 반짝반짝 생동감으로 펴지기 시작했다. 바로 이거다. 저질 가사에 탄력을 받은 몸들이 널브러진 몸을 하나둘씩 일으키더니 어느새 등 푸른 생선으로 비늘을 떨치더니, 오ー 병사들이 갑자기 용맹을 보이는 것이다.

"하나 더. 하나 더."

"앵콜 알코올 앵코올 알코올."

이제 와서 군바리들 터진 혈기에 족쇄를 채울 수는 없다. 비록 '가'의 10분간 휴식은 꼬리가 잘렸지만 국방부 시계가 행복하게 돌아갈 수 있도록 조이고 기름 쳐야 한다. 병사들이여, 가면假眠에서 깨어나 울울 청년의 전의를 불태우시라. 울컥 비장의 카드를 뽑았으니 그게 '촛대바위 전설'의 완결본이다.

"때는 바야흐로 성종 24년…… 한양에서…….."

아주 잠깐 늪 같은 고요에 빠졌다가…… 빠졌다가…… 핵폭탄으로 '빠빵' 터져버렸다. 뻘쭘하게 지켜보던 고참들이 데굴데굴 뒹굴면서 세상이 뒤집혀졌으니 첫 돌발 이벤트는 대성공이다. '가'의 몸도 에너지가 솟구치면서 신작로가 뱀처럼 불끈불끈 용트림 치는 것 같았다. 저 지친 육신들을 끌어주는 풀무의 힘이 나에게도 있구나. 앉은뱅이 일으키는 신화적 상상으로 아주 잠깐 행복했는데.

"한심한 것."

종교인 이공선 상병이 끼어들어 잠깐 초를 치기도 했다.

"사회에서 만났으면 너를 사람 취급이나 했겠니? 깨끗한 지성인 하나가 기껏 짬밥 두어 달 먹더니 짐승으로 변신했구나. 아무리 하찔 대학을 나왔지만 학사의 품격을 지켜야 한다."

그의 눈빛이 너무 진지해서 아, 아주 잠깐 달팽이처럼 오그라진다. 그러나 다시 민망해진 몸을 펴고.

'이런 해학적 민중의 힘으로 소총수들 응어리진 울화병을 해소시켜주는 건데요.'

그렇게 달달 외운 문장으로 대꾸하려다가 설레설레 고갤 흔든다. 자승자박 옹벽에 갇힌 그의 뇌는 절대로 바뀌지 않을 것이므로 가급적 부딪치지 말아야 한다. 아닌 게 아니라 이공선은 한술 더 떠.

"너의 혼탁한 영혼을 위해 기도하겠다."

무르팍 꿇게 하더니 머리에 손을 얹고 실제로 주기도문을 외우는 것이다.

"성스러운 전선의 벌판에 먹티를 뿌리는…… 이 철없이 방황하는 한 마리 양에게 하느님이 새하얀 은총을 뿌리시어 아- 바른 길을 인도하소서. 특히 이 어린 양은 비록 지방 출신이지만 대학물까지 먹었음에도 가장 저질스런 오물덩이가 몸을 뚫고 들어와 그 세균이 실핏줄 깊숙이 퍼져 심장까지 혼탁해졌으니 하느님께서는 순백의 표백제를 뿌리셔서 새하얗게 세탁해주시길 주님의 이름으로 기도하겠나이다. 아멘."

그의 눈빛은 좁고 엄숙해서 자칫 비수처럼 찌를 것 같다. 그러나 가호철 역시 순수 청년 국문학도 시절.

「변강쇠전」의 재해석을 체득했던 이력이 딱 한 번 있긴 하다.

처음에는 그 판소리 사설이 너무 망측해서 당연히 혼란스러웠다. 무릇 고전은 반면교사의 주제가 필수라고 익혔는데 이런 해괴망측한 문장들이 왜 조상님의 전통문화인 판소리 열두 마당에 들어가야 하는가. 설레설레 도리질 쳤다. 친구들의 수준도 마음에 들지 않았다. 그들은 이튿날부터 육두문자와 음탕한 문장만 오려내어 밑줄을 치거나 녹음을 시켜 끼리끼리 모여 키득대곤 했다.

"지방 삼류 대학 티를 내는구나"

식식 부아를 누르던 차.

학술발표회 무대에서 웬 생머리 여대생이 출렁출렁 섬광을 비춘 것이다.

아름다운 그미가 음탕한 패설을 '해학적 민중의 힘'으로 설정하며 진지한 논문 구조로 반전시킬 때 '가'의 눈이 새롭게 떠질 뻔했었다. 그랬다. 변강쇠의 방사 장면을 인용구 그대로 발표하는 생머리 선배의 몸 뒤로 반짝반짝 후광이 비치는 것이다. 이제 조금은 알겠다. 적나라하게 까놓은 뻘밭들이 민초의 자양분이 될 수도 있겠구나. 도덕군자의 가면으로 기생첩 치마폭 더듬는 양반들의 위선보다 민중의 토로가 훨씬 당당하구나. 그 행간을 끈끈하게 만나는 것이다. 그때부터 '해학적 민중의 힘'이란 문장을 좔좔 다스리게 된 것이다.

그러니까 해학은 민중의 풍자적 카타르시스다.

촛대바위는 다리가 없으므로 폭력과 희롱으로부터 도망칠 수 없다. 누군가 망치로 때려도 몸으로 삼키며 신음을 견뎌야 하고 날마다 쏟아지는 비바람도 고스란히 받아야 한다. 그러니까 임금은 강팍한 독재자요, 바위는 핍박받는 민초다. 우의정이 간 쓸개 꺼내놓고 손바닥 비비는 간신이라면 좌의정은 목숨을 걸고 직언하는 돌직구 충신이다. 충신들은 궐문 앞에 엎드려 통곡하면서 '군주의 양심'에 호소도 하지만 벼랑 끝 시국에는 죽창을 들고 민란의 전사로 나서기도 한다. 가장 슬픈 장면은 '내 조오지 내놔라' 같은 간곡한 호소다. 반역의 싹이 근본부터 쌍둥 잘리는, 아기장수 우투리의 아픈 외침이다.

그러나 종교인 이공선의 고답적 안광에는 대응할 수 없다.

그의 눈엔 '천당행 인간과 지옥행 인간' 두 종류로 딱 분류된다. 천당행 인간은 생김새부터 '깎은 밤톨'처럼 깔끔한 기품으로 옷깃을 여미지만 지옥행 인간은 막장 몰골로 고양이 세수조차 생략한 꾀죄죄 복사판이다. 천당행은 종소리 울리는 무대에서 가스펠송을 부르고 지옥행은 주막집 젓가락 장단 뽕짝에 빠진다. 천당행은 은빛 나이프로 케익을 자르고 지옥행은 단무지를 뿌리째 우적우적 씹는다. 천당행은 금빛 자동차 악셀로 질주하고 지옥행은 리어카나 우마차를 절뚝절뚝 끌고 다닌다. 이 상병이 그렇게 고상한 표피를 요구할 때마다 '가'는 얼굴에 붙은 거미줄을 벗겨내느라 엉거주춤 죽을상이다.

제대 회식 말미에 손 병장은 웃고 마 하사는 울었다.

둘이 훈련소 입대 동기라는 건 이미 소대원들에게 회자된 지 오래다. 쫄따구 때 고락을 나누던 마석근이 일병 2개월 차에 장기 복무로 말뚝을 박으면서 갈매기 계급장 마 하사로 변신한 것이다. 하사관 훈련 과정을 마친 후 다시 그 소대 분대장으로 복귀하면서 둘의 관계는 서먹해지기 시작했다. 손 병장(당시는 손 일병)이 상관 대접을 기피하면서 상견례마다 인상을 쓰게 됐고 가끔 시불시불 다투기도 했다. 마침내 마 하사가 손 병장 이마를 야전삽으로 찍고 '기스끼, 스발새끼' 아작냈다는 소문도 귀가 솔도록 들었던 터인데.

손 병장의 개구리복 기념 회식 날.

제대 축하 술잔을 뱅글뱅글 돌리던 마 하사가 막판에 폭삭 음울해졌다.

졸병들은 행여 그의 술주정이 폭발할까 봐 취침 점호 직후 재빨리 눈을 붙이려 했다. 그런데 바람 빠진 풍선처럼 쪼그라진 마 하사가 가호철을 깨우는 것이다. 웬걸, 다정한 눈빛으로 손을 잡으며.

"우리 소대의 분위기 메이커인 가 이병이여."

어럽쇼, 마 하사가 코끼리 허벅지를 홀쩍홀쩍 떠는 것이다. '가'가 먹 하니 쳐다보자 그가 돌연 생각났다는 듯이.

"촛대바위 한번 요청하자…… 나의 멍든 가슴을 달래줄 동포는 막사를 이 잡듯이 뒤져봐도 너밖에 없다."

흐룽흐룽 콧물을 삼키자 나머지 사병들은 모포를 빼꼼 열고, 얼라, 하며 '애원하는 음담패설'을 몰래 훔쳐보려는 중이다. '엮였구나' 하는 꿈꿈함과 '악질 상관에게도 순정이 있구나' 하는 동정심이 혼재된다.

'또 몸을 팔아야 하는구나.'

'가'는 허리띠를 졸라맨다. 어쩔 수 없다. 이왕 주려면 홀딱 벗고 주랬다며 그 패설을 거침없이 쏟아버리는데 이번에는 마 하사가 콤비를 이루어 훌쩍훌쩍 관현악 이중주를 만든다. 숨어 있던 소대원들이 하나씩 모포를 활짝 젖히고 걀걀 몸을 뒤틀기 시작했으니, '마'와 '가'의 기브 앤 테이크give and take 문답 때문이다.

"그 후 비가 오거나 바람이 부는 음-사안 날이 되며는……."

"집에 가고 싶어. 나도 개구리복 입고 제대할래."

이공선 상병의 모포도 들썩이는 걸 보면 결벽증의 그도 몰래 숨은 채 키득키득 참아내는 중이리라. 그러거나 말거나 '가'가 던지고 '마'가 받는 목청끼리 더욱 소리를 높여.

"내 젖 내놔라 내 초오치 내노라- 하는 소리 바람결에 울려 퍼지니."

"…… 왜 누구는 집에 보내주고 누구는 발목 묶어 평생 짬밥 귀신이 되라는 거야."

후엉후엉 포효하면, '가'도 그와 똑같은 고음으로 목청을 맞춰.

"그때마다 욕정을 못 참은 인근의 츠-녀 과부 유부녀 할 것 없이 그냥 달려와……."

"왜 손덕만이만 집에 보내는 거야. 나두 집에 갈 거야. 시헐."

"딴지고 쓰다듬고 빨고……."

"나두 개구리복 줘. 동두천 버스 타고 빠방빠방 엄마 있는 집에 갈 거야."

"오늘 날에는 꼬챙이 바위가…….."

커지는 만큼.

"산 높으면 기어가고 물 깊으면 헤엄칠 거야. 타박타박 간다구. 씨헐."

마 하사의 울음소리가 커지는 만큼 '가'도 변사의 스피커를 더욱 높여야 했다. 나머지 사병들까지 모포를 빳빳하게 편 채 위아래로 흔들며 '아싸로 비아' 추임새 넣는 풍광이 참으로 장관이다. 그런데 왜 눈물과 패설이 혼재된 평행선 속에서, 『울지도 못합니다』란 영화 제목이 떠올랐을까.

청춘남녀 세 쌍이 한탄강 계곡에 캠핑 텐트를 세우려 할 때는.

보리수 익는 초여름이었다. 산천이 온통 시퍼렇다. 맑은 물이 보이는 그 산꼭대기에 누군가 초록빛 보자기를 뒤집어씌운 게 틀림없다. 그리고 지금은 보병 3중대 120여 명이 기역자로 꺾어진 한탄강 상류에서 '목욕 집합 구보' 중이었다. 5월 이후, 막사 목욕탕 단체 입장 대신 강물 목간 나들이로 대체하곤 했는데, 장병들 역시 그 집합 호루라기를 선호했다. 흐르는 물살이 유유하게 시원했고 유원지 저쪽 잡힐 듯 말 듯한 아가씨들 훔쳐보는 재미도 있다. 하여, 강물을 만나자마자 훌러덩훌러덩 알몸 잔치를 펼쳤고 그때마다 초록색 물보라가 사방으로 퍼졌다.

문제는 저만치서 로망 체험 중이던 청춘들의 시계視界에 장정들의 알몸이 아스라이 노출된 점이다. 특히 뒤에 숨은 캠핑녀들은 수컷들의 맨살 때문에 눈을 들기도 힘든데 어느새 근육질 장병들이 일부러 쩍벌춤으로 덜렁덜렁 흔드는 것이다. 사타구니 거웃 사이로 얼핏 물건도 드러난다. 틀림없다. 100미터 전방 남정네들 알몸뚱이 가운데쯤 거뭇거뭇 희미한 색깔들이 죄다 그거다. 바싹 졸아든 캠핑족들이 반대 방향으로 철수 준비를 서두르는데, 기차화통 천 병장(천 상병에서 진급)이 벌떡 일어서며.

"초오치 봐라."

대한독립만세 자세를 취한 것이다.

웃음보가 동시다발 폭발할 때마다 한탄강 물살도 짐승처럼 포효한다는 사실도 알았다. 우웃빛 캠핑족들이 허둥지둥 오그라들수록 군바리들은 신명이 환장하게 올라 푸른 벌판까지 와그르르 흔들어버렸다. 나머지 소총수들도 '못 먹는 감 찔러나 보자. 시불시불. 누군가 선창한 노래를 후당후당 따라 부른다.

'가'는 도망치는 청춘녀들의 낭창낭창한 허리를 훔쳐보며 가슴을 쓰다듬는다. 물방울 튕기며 도망치는 캠핑족들의 몸 위로 「구월의 노래」 합창 소리가 그윽하게 합체되었기 때문이다. 미팅 3개월 이후였던가. 「구월의 노래」를 마지막으로 도망간 여자의 흔적을 찾던 기억이다.

그 밤에 청년 가호철 혼자서 금강물을 바라보며.

쏘주 뚜껑을 땄다. 실연당한 사내 혼자 백마강둑에 앉아 술병에 입 맞추며 훌쩍훌쩍 느끼는 밤 풍광이었던가. 나뭇가지가 음산하게 흔들리는 제방에서 '너를 보러온 게 아니야. 제방에 있는 물푸레나무를 보러온 거란 말이야.' 눈물 같은 쏘주 마시고 쏘주 같은 눈물 흘렸으니, 알싸하고 아련하다. 그러나 지금은.

> 연지 찍고 분 바르고 예쁘게 하고서
> 소총수에 몸을 바친 여대생 미쓰 리
> 때때로 생리 때면 짜증도 나지만
> 소총수가 원한다면 알몸에 선착순

그즈음 8개월 차 일등병으로 졸병도 서너 명쯤 들어왔으므로 '가'의 군 생활도 서서히 맞춤형으로 자리잡는 중이었다. 그때 최 병장(예전의 최 상병)이 활짝 웃는 표정으로.

"가 일병 나오시종."

간드러지게 꼬이는 목소리로가 수상하긴 했다. 불안한 낌새를 누르는데.

"지금부터 육군 일병 가 일병께서 촛대바위를 선보이겠습니다."

불시에 기습하는 것이다. 사병들의 박수 소리가 와─ 터지면서 한탄강 물살까지 몸을 후당후당 떨었던 것 같다. 운명이다. 거부해도 해결되지 않을 바에는 역시 화끈하게 벗고 벌떡 일어서는 게 정답이다. 이제는 강압적 군기 때문이 아니라 웃음 폭탄을 제조해야 한다는 강박증도 체화된 상태다.

"상감마마 아뢰옵기 황송하오나 무슨 말쌈을 그리 개 젖같이 하숏!"

군인들이 배꼽을 잡는 만큼 가호철도 포만감이 솟는 것이다.

"……그 후 비가 오거나 바람이 부는 음산한……."

이공선의 '짐승론'이 떠오르면, 어비, 설레설레 지우다가 어금니 질끈 깨물면서 계속 전진이다.

이번에는 대대 전체가 연병장 영화 관람 중었는데.

스크린의 주인공은 단연코 액션배우 이대근이었으니, 그는 현재 영화계의 마초 스타다. 지난 영화 고금소총에서 '오줌발로 장독을 깨는' 액션으로 전설적 스타로 굳혔으니 군바리들 역시 당대 최고의 정력제 사나이로 기꺼이 이대근을 꼽은 건 아주 당연하다. 가차없다. 그가 고구마 장수, 엿장수, 넝마주이를 전전하면서 골목길 반건달들과 치고받고 싸우던 어느 날이다. 우연히 재벌 회장님 막내딸을 희롱하던 삼류 불량배들과 다구리 트면서 드럼통과 장작개비로 완죠니 야작을 낸다. 그런데 화면이 바뀌고.

그가 다시 방뎅이 큰 작부의 볼에 입을 맞추려는 순간 필름이 투툭 끊어진 것이다.

화면에 수직으로 내리긋던 빗줄기 대신 시커먼 적막으로 뒤덮이는 순간 '가'의 심장이 덜컥 내려앉은 이유를 안다. 까맣고 아득하고 불안하다. 여기저기 난장판 야유가 터진 이후 사태가 문제다.

"입장료 물어내라. 쌍칼."

"너나 그냥 나가라. 공짜 영화는 원래 필름 끊어지는 맛이다. 우히히히히."

'가'도 그 틈새에 묻혀 그냥 끊어진 영화의 재생 시간만 헤벌레 기다리고 싶다. 여기저기 화랑담배 불빛이 터져 나오면서 웅성거리는 수두룩 군상의 소리에 파묻히고 싶다. 그때였다. 사열대 쪽에서 시커먼 그림자 하나가 핵 튀어나오더니.

"공격! 2중대 1소대 일병 길음탁 노래 일발 장전."

그러자 대대 사병 전체가 목을 쭉 뺀 채 일제히.

"발사아-."

단말마의 합창이다. 때까치 한 마리가 날개 치면서 삭정이 떨어지는 뚝딱 소리가 병사들의 함성에 묻혀버린 것 같다.

밥은 바빠서 못 먹고
죽은 죽어도 못 먹네
디리 쏘주나 마시고
디리 춤이나 춥시다
당디기 당디기

문제는 그 와중에도 군인 아저씨들이 '이것보다 더 화끈한 거 뭐 없나?' 두리번거리는 점이다. 아닌 게 아니라 우려했던 바가 터졌다. 소대 선두에 앉아 있던 마 하사가 갑자기 가호철의 어깨를 밀어붙이는 바람에 어, 어,

어 기우는 문짝처럼 떠밀려간 것이다. 그는 시커먼 연병장을 향하여 손마이크로 소리친다.

"대대- 납작 엎드렷."

어둠 속 눈빛들이 덜미 잡혀 질질 끌려나오는 '가'의 어깨끈에 일제히 집중되었다. 그때까지 '가'의 진수를 모르는 타중대 사병들은.

'저 꺼벙하게 생긴 화상이 무슨 노래를 하겠다고 앞에까지 기어나왔나' 하며 쓰뭉하게 앉아 있을 뿐이다.

"3중대 촛대바위가 등장했드앗!"

우레 같은 함성이 터진 쪽은 달랑 3중대뿐이다. 나머지 전우들은 그냥 '뭐여, 저 짬뽕은?' 하는 표정으로 뻘쭘했을 뿐이어서 '가'도 일순간 약발이 오르긴 했다. '초장부터 확실하게 본때를 보여주어야겠다'는 다짐으로 통일화 끈을 졸라매었다.

"ㅎ으ㅎ……ㅎ으으……"

먼저 콧소리 워밍업이다.

"즌설 따라 삼천 리 왔다 갔다 육천 리."

고음의 바이브레이션을 깔아주는 것이다. 아직까지도 다른 중대 군인들은.

"아따 그놈 목소리만 가지고도 한참 먹고살겠다."

대충 끄떡였지만 아직 홀연히 나타난 귀곡성의 실체는 맛보기도 못 느끼는 중이었다. 그러나 '가'는 구경꾼들의 폭발 반응을 확신하며 비장의 보따리를 훌러덩 풀어낸다.

"…… 내 지금부터 왕후와 더불어 무릉도원의 정사를 즐길 것인즉 좌의정과 우의정은 옆에서 달달이를 치도록 하여라."

대형사고였다. 그의 대대 무대 첫 데뷔는 왕대박이었고 연병장 전체가 쑥대밭 되면서, 그는 밤무대의 일약 목소리 스타가 되었다.

그러나 영화가 절기마다 규칙적으로 상영되듯.

낡은 필름 또한 규칙적으로 끊어지는 바람에, 언제부터였나, '가'가 영화 노이로제에 시달린 게 문제다. 필름이 나갈 때마다 군인들이 오랫동안 목을 메고 기다렸다는 듯 '촛대 나-와라'를 연호하는 바람에 '가'는 담벼락 뒤로 영원히 증발하고 싶은 것이다. 그러나 그의 은둔은 이미 불가능했으니.

"전우 여러분, 영화 필름이 왜 끊어지는지 아십니까? 저 전설적 촛대바위를 무대 위로 왕림시키라는 하날님의 계시입니닷!"

누군가 바람을 잡으면 나머지 선수들도 도깨비밥풀처럼 식식 따라붙으며 이구동성.

"옳소. 옳소요. 촛대바위 나와라."

"군바리 귓구멍도 행복할 권리가 있다."

어느새 그런 해괴한 풍토로 굳어버린 것이다.

'피할 수가 없구나.'

그는 이제 저질 군인에서 벗어나 순수 국문학도로도 인격적 대우를 받고 싶은 것이다. 그리고 솔직히 단 한 번만이라도 '나도 남들처럼 편안하게 영화 감상에 빠지고 싶다'며, 숨을 데를 찾는 중이다. 그러나.

"이리 안 왓!"

위병소 앞에서 잡혀버렸다. 팔을 낚아챈 사람은 소대장 박 중위다. 밥풀때기 두 개짜리가 소매를 잡아당기는 순간 아스팔트가 이무기처럼 꾸불텅거리는 바람에 속이 뒤집어질 뻔했다. 그러나 '가'의 짬밥 이력 덕분일까, 이제는 박 중위도 강압적으로 누르지는 못하고 통사정하는 포즈로 몸짓을 바꾼다.

"나가라. 넌 이미 개인의 몸이 아니야. 제발 대대 전체 군바리들을 즐겁게 해주는 게 가 일병의 사명이야. 이 사명대사만큼 존경받을 대대의 보물아.”

“살려줘. 응, 제발 우리 무적의 3중대를 침몰에서 구해줘.”

등을 떠미는 마 하사는 더욱 애걸복걸이다. ‘가’는 갈등에 빠진다. 울면서 ‘촛대바위’를 요청하던 내무반장 마 하사와 종교인 이공선 병장(상병에서 진급)의 개무시 눈빛이 동시에 겹쳤기 때문이다.

“배웠다는 놈이 부끄럽지 않니?”

이 병장의 입술만 떠올리면 주저앉고 싶지만…… 그러거나 말거나 밀고 잡아당기는 거친 소용돌이에 온몸이 송두리째 떠밀려나갈 판인데, 아니 벌써.

“드디어 나왔다. 우리의 영웅 촛대바위다. 대한국민 만세. 국민 오빠 만세닷.”

누군가의 선창을 신호로 ‘와—’ 함성과 박수가 동시에 터져 나오니, 어럽쇼 ‘가’는 어리둥절할 뿐이다. 버드나무처럼 커다란 키가 휘청휘청 흔들리며 등장하자.

“아싸—. 촛대바위 챔피언 먹었다. 이놈의 인기는 하늘을 찌르는구나.”

마 하사가 어, 하며 갸우뚱했고, 아무튼 ‘가’는 일단 시간을 벌었다며 안도의 숨을 돌리려는데.

“충성! 화기중대 일병 방달문 노래 일발 장전하겠습니다.”

순간 방청객 병사들이 완강하게 반발하며 씩씩한 그의 복청을 폭싹 덮어버리는 것이다.

“싫다. 싫어. 넌 들어가고 진짜 바위 나오라고 해.”

“아닙니다. 촛대 선수가 인기스타인 건 인정하지만 노래만큼은 제가 더 잘합니다. 또한 지금처럼 야유 한 방에 내려가면 화기중대 고참들한테 아작나기 때문에 반드시 한 자락 뽑아내야 합니다. 나는 잘할 수 있닷! 전우들을 울리고 웃길 수 있닷!”

하더니, 길쭉한 하체로 개다리춤 흔들며.

"발! 발! 발기을 돌리려고 바람 부는 대로 걸어서……."

그러나 관중들은 완강하게.

"들어가라. 제발 촛대바위 외에는 모든 게 엔돌핀 낭비다. 사이비 바위는 들어가고 진짜 바위 왕림하라. 우우우."

순간 전깃불이 켜지고 화면이 다시 재생되었으므로 그들의 실랑이가 일단 종료된 줄 알았었다. 아닌 게 아니라 군인들 역시 17대 1로 싸우는 마초 배우의 액션에 몰입되긴 했었다. 건달들은 서너 명이 널브러져 있는데 이대근은 뺨만 두어 군데 긁혔을 뿐이다. 다시 여인의 방뎅이 더듬는 이대근의 손길에 병사들 침을 꿀꺽꿀꺽 삼키기에 '가'도 비로소 '이젠 휴식이구나' 하며 안도의 가슴을 쓰다듬는데.

불과 몇 분 후.

화면이 새까맣게 꺼지면서 또 칠흑처럼 어두워진다. 그러니까 하느님은 절대 '가'의 편이 아니다, 하며 심장이 쇠 방망이질로 불안해지는데, 아닌 게 아니라 누군가가.

"이게 바로 촛대바위 나오라는 하느님의 계시다. 뺨뺨뺨뺨 빠라바라뺨. 여러분 다 같이 끝 부분을 따라하십시오. 촛대바위 위대하다. 위대하다."

"위대하다. 위대하다."

"민족의 지도자. 촛대바위."

"통일의 선구자. 촛대바위."

"촛대바위가 아니면 죽음을 달라."

"죽음이 아니면 그냥 촛대바위라도 뎅강 잘라주라. 썅칼."

"지구여, 멈춰라. 오줌이 마렵다."

"우이 씨, 나도 터질 것 같다. 차장 아가씨, 지구 좀 정지시켜 수분 방출의 기회를 달라. 물 좀 빼자구."

"입 닥치라고. 물꼬가 터질 때 터지더라도 바위 타령은 듣고 터져야지. 쌍."

그런 열광의 도가니 너머 가호철 혼자 뙤똑 서서 울멍대고 있는 것이다. 다만 한 시간이라도 아니 딱 십 분만이라도 밤하늘 어디로 먹지처럼 몸을 감추고 싶은 것이다. 제발.

마찬가지였다. 한 달 뒤에도, 두 달, 석 달 뒤에도.

좌우지간 영화필름이 끊어질 때마다 꽁꽁 묶인 인기스타로 강제 위촉되는 것이다. 지금도 미루나무 뒤에서 '최'와 '마'에게 닦달당하고 있는 중이다. 차이가 있다면 이제는 협박당할 군번은 지났으므로 그들의 표정도 바뀌었다는 점이다. 회유 방식도.

"제발 나가라. 소대장님도 3중대의 명예를 걸고 네 활약 여하에 따라 막걸리 회식을 시켜준댔어. 네 몸은 이미 개인이 아니라 3중대의 간판스타요 마스코트야. 네가 쪽팔리면 3중대 전체가 폭싹 찌그러지는 거와 똑같다. 이제 우리 천하무적 1대대 전체의 최고 예술인으로 데뷔하는 거야."

이런 식의 애걸복걸이다. 그래도 그렇지. 자대 배치 여섯 달 만에 벌써 아홉 번째 광대로 등장이니 제대하는 그날까지 또 얼마나 더 리피트 시킬지 기약도 없다. 재탕 삼탕 비슷한 문장에 질릴 때도 되었는데 군인들은 틈만 나면 아우성으로.

"나와라. 나와라."

앞에서 끌어주고 뒤에서 밀어주고, 아예 대대 전체가 스크럼을 짠 채 어깨동무 파도타기에 돌입하기도 한다. 한일전 축구 응원단처럼 싸인 코싸인으로 출렁출렁 오르내리며 젖먹던 기까지 죄다 보태는 것이다. 그 성원이 눈물겹게 고맙긴 하지만.

"빅토리, 빅토리, 촛대바위 빅토리. V-I-C-T-O-R-Y. 만세."

그런 응원 구호가 소름 끼치게 무서운 것이다. 쉬고 싶다. 제발…… 그런데, 앗!

이번에도 옥신각신하는 사이에 웬 사나이가 대타로 무대를 점령한 것이
다. 불 꺼진 화면 앞에 서 있는 그의 얼굴은 보이지 않지만 우뚝 선 품새에
서 왠지 끼가 덕지덕지 붙어 보인다.

"야－. 드디어 우리의 톱스타 바위 아자씨가 왕림하셨다. 아싸－ 브악
수."

와그르르 박수가 터지는데 가호철 혼자 가슴이 오그라든다. 어쨌든.

"충성! 1중대 일병 선동팔입니다."

또 누군가 끼어든 거다. '가'는 그런 동지들이 많을수록 기쁘지만.

"안 돼－. 아무나 나오는 게 아냐. 요새 야전무대 풍토가 왜 이 따쉬야.
사이비는 댕장 들어가고 오리지널 촛대바위 나오라고 햇."

와르르 야유를 받는 것이다. 아무튼 그는 몰아치는 후폭풍에도 끄떡없
는 군바리 깡다구로 버티며.

"아닙니다. 저는 한번 부른다면 반드시 부릅니다. 오픈게임으로 김추
자의 「거짓말이야」를 부르겠습니다. 아싸－. 좋죠? 네－ 좋다는 재청이 요
소요소에서 활화산처럼 터지고 있습니다. 아싸－아싸－ 거짓말이야. 거짓
말이야."

"그걸 듣노니 차라리 몇 대 얻어맞는 게 낫겠다. 우이 씨. 우리 부대엔 왜
이렇게 나이롱 바위가 많다냐? 원조 바위 나오라구. 쌍칼."

"옳소. 가짜 바위 0.5초 내에 물러가랑께."

"민족의 반역자 가짜 바위 물러가고 한반도의 지도자 원조 바위 나와
달라."

그러나 선동팔 일병은 여전히 기죽지 않고 '싸랑도 거짓말, 눈물도 거짓
말' 하며 엉덩이 비틀다가 발딱 일어서며 손가락 찌르는 포즈까지 선보인
다. 김추자의 다이아몬드 스텝 딱 그 포즈다.

"임마 그건 대통령 각하가 금지시킨 노래야."

"맞아. 신성한 군대에서 금지곡을 왜 불러. 죄다 꺼져라. 날래 날래 촛대바위 돌아오고 금지곡은 물러가랏."

그 동토의 시국은 유행가 수십 종을 금지곡으로 꽁꽁 묶었는데.

김추자의 「거짓말이야」는 손가락질 남발로 사회 불신감을 조장시킨다며 금지시켰고, 양희은의 「이루어질 수 없는 사랑」은 비관적 풍토 조장을 이유로 포승줄에 묶였고 이금희의 「키다리 미스터김」은 대통령의 짧은 신장과 비교된다 하여 딱 일 년간 가둬버렸다. 또 있다. 배호의 「0시의 이별」은 통행금지 시간인데 그때까지 집에 안 들어간 불건전한 사고방식이 이유이며, 김정미의 「바람」은 후렴구의 '흐응흥흥'이 야릇한 신음소리가 저질스럽기 때문이며, 송창식의 「왜 불러」는 장발 단속 중인 경찰에게 야유하는 포즈라며 쌍둥 잘라버렸다. 이장희의 「그건 너」는 불손한 손가락질이 문제고, 이미자의 「동백아가씨」는 왜색풍이 짙어서이고, 신중현의 「미인」은 '한번 보고 두 번 보고 자꾸만 보고 싶네'를 불량 청년들이 노래가사를 바꿔 '한번 하고 두 번 하고 자꾸만 하고 싶네'라고 '노가비[2]' 시켰다며 금지시켰다.

"김민기의 아침이슬은 왜 시켰지? 건전하잖아."

'마'의 통방구리에 '최'가 재빨리 끼어든다.

"대학생들이 데모할 때마다 그걸 부르니까 금지시킨 거죠."

"그 시키들, 왜 데모할 때 그 노랠 불러서 남들까지 못 부르게 하는 거야. 데모할 때 「전선의 아침」이나 「멸공의 횃불」을 부르면 아주 건전하잖아. 나쁜 촛대바위들."

그러다가 화들짝 놀라더니.

"앗! 그런데 촛대바위 이 종자는 어디로 숨었어?"

---

2 노래가사 바꾸기.

최 병장이 깜빡했다는 듯 허둥지둥 '가'를 찾는데, 사열대 뒤에서 장 상병(일병에서 상병으로 진급)이 호탕하게 웃으며.

"핫,핫,핫 걱정 마십시오. 제가 3중대의 톱스타 촛대 동포 코뚜레를 묶어 노천무대 앞에 세웠습니다. 잘 했죵?"

아닌 게 아니라 어느새 무대 앞에 쭈뼛쭈뼛 서 있는 '가'의 그림자가 보였다. 순간 관중석에서 아, 하는 탄성이 터지더니.

"맞다. 분명히 저 인간이 원조 바위다. 저 히쭈구리한 폼을 보라. 얼굴은 안 보여도 꺼부정한 몸만 보면 오, 뭔가 찌질이 가수와는 확실히 구별되는 자연인 포즈다. 틀림없다. 촛대님이 우리의 행복을 위해 빛을 내려주시러 오셨구나. 오, 위대할 손, 구세주 바워님."

온갖 존칭을 총동원시킨 최고의 찬사도 떡칠을 했으므로 이제 확실하게 판을 벌일 수밖에 없다. '가'도 (희망과는 다르지만) 엉덩이 세우며 다시 오리지널 변사의 포즈를 잡는다. 안 한다면 모르되 이왕 하겠다면 확실하게 해줘야 하는 것이다. 그렇게 병든 가슴 숨긴 채 가면의 웃음 짓는 광대가 되었다는데.

그 사이에 은밀한 기교도 하나씩 첨가되었다.

'임금님 불알은 못 만지느냐'라는 문장 다음에 '여왕 젖텡이는 못 만지느냐'는 대구를 덧붙였고 '내 즈옷 내놔라, 내 젖 내놔라'의 지루한 동음 반복은 '내 젖 내와라, 내 초오치 내놔라'의 변형 문장으로 보강했다. 또 있다. '만지고 쓰다듬고 빨고' 다음에 '잡아당기고'와 '탱탱 튕겨보고'까지 첨부시키니, 그 문장의 짜임새가 튼실하게 터질 때마다 국군 아저씨들은 사타구니를 비비며 팔짝팔딱 뒹군다.

이번에는 몸짓언어의 첨부다. 마지막 부분 '만지고'에서는 손가락을 쫌쫌 펴면서 만지는 흉내를 냈고 연이어 '쓰다듬거나 빨아주는' 장면에서도 몸짓, 턱짓으로 '쓰다듬고 빠는 흉내'를 리얼하게 재생시키니 그게 종합에

술로의 상승이다. 특히 잡아당기는 모습과 탱탱 튕기는 장면에서는 전우들 모두 일어서서 손가락 튕기는 몸짓으로 합체가 되었으니 마침내 대동단결의 결정체다. 마지막 '오늘날에는 꼬챙이 바위가 되었던 것입니다' 다음에 한 문장 더 첨부하여. '그 후 그 바위는 갑신정변 때 청나라 괴뢰도당의 재크나이프에 댕강 잘라지고 지금은 잡초만 무성하더라 이겁니다'를 덧붙여 마무리 웃음 폭탄을 선사했다.

이제는 '가' 자체가 움직이는 대박 무대가 되었으니.

좌우지간 사병들은 수십 탕씩 우려낸 그 변사의 문장을 전혀 질릴 줄도 모르고 연호하는 것이다. 물론 똑같은 문장을 되풀이해서 우려내도 병사들이 까무러치고 자지러지는 것은 '가'의 독특한 캐릭터 덕분도 있다.

다른 사병들도 열심히 모창에 도전장을 냈으나 아무도 '가'의 천부적 끼를 넘을 수가 없는 것이다. 1중대 길음탁은 어지간히 외웠지만 성대모사가 밋밋하며, 화기중대 방달문 역시 혓바닥을 비비꼬며 도전장을 내밀었다가 초장부터 야유를 받고 꼬리를 내렸으니, 영원한 천하무적 '가' 변사이다. 그러나 아직 다른 중대 병사들은 야간 영화 상영 때 목소리만 들었으므로 아무도 '가'의 얼굴을 모르는 상태였다.

숨은 그림으로 사라질 뻔한 결정적 계기가 있었으니,

14개월 차에 소총수 3중대에서 본부 취사병으로 적籍을 옮겼을 때였다.

취사병들은 그 시간에 밥을 준비해야 하므로 당연히 야전 영화 상영에 구경 갈 수 없었다. 그래서일까, 이적 직후에도 처음에는 필름이 끊어질 때마다 소총수들이 '나와라' '나와라'를 애타게 연호했지만 '불러봐도 대답 없는 이름'이 되면서 조금씩 잊혀지다가 마침내 포기한 것이다. '가'도 역시 적절한 때에 숨을 수 있어서 다행이라며 그렇게 사라진 목소리로 은둔해 지내다가, 들키게 된 계기가 있었으니.

18개월 차. 소총수에서 취사병으로 보직을 옮긴 4개월 이후다.

취사병 전입이 군생활 최고의 행운인 이유는 몸의 속도를 맞추는 훈련이 없기 때문이다. 아침마다 가랑이 찢는 태권도 품세도 없고 수요일 오후의 10킬로 구보도 없다. 화생방, 총검술, 야간 매복, 그 징글징글한 유격 훈련, 쪼그려 뛰기, 선착순 집합으로 울멍울멍 부은 발등 식히지 않아도 된다. 특히 취사병들은 영화 상영에 참여하지 않으므로 영원히 숨은 그림으로 남을 수 있을 것 같아서 안도했다.

오로지 육백여 사병들의 거대한 밥상만 준비하면 된다. 온종일 무와 생선과 양파와 단무지만 썰다 보면 국방부 시계추가 딸랑딸랑 돌아가는 것이다. 냉동 육고기와 냉동 바닷고기는 도끼로 빠갰고 물렁물렁 생선들은 식칼로 내장을 땄고 이면수어처럼 작은 놈들은 그대로 솥에 붓고 삽으로 헤쳐 쪼겠다. 그렇게 자르고 끓이는 세월 속에서 병사들에게도 그 기억이 아슴아슴할 즈음인데, 깍두기 배식 중, 하필 일등병 소총수와 말싸움이 붙으면서, 들통이 났으니.

배식 창구는 '밥 →김치류 →반찬류 →국'의 네 창구가 있었는데.

밥은 일 년 내내 똑같은 종목이지만 나머지는 종류별로 달랐다. 김치는 배추김치와 깍두기, 단무지, 무생채가 있고, 반찬류는 조림, 볶음, 튀김, 찜으로 분류되는데, 종류마다 다른 이름들이 앞에 붙는다. '조림' 하면 갈치조림, 고등어조림, 무조림, 감자조림, 생선묵조림, 콩나물조림으로 나뉘고, 튀김하면 고구마튀김, 오징어튀김, 명태튀김, 이면수어튀김 등으로 나뉘는 식이다. 마지막으로 국물은 무, 배추, 콩나물 같은 야채국이 있고, 동태나 어묵 같은 생선국이 있고, 쇠고기나 양, 돼지, 닭 같은 고깃국으로 나뉜다.

'가'는 식사 배식 때 두 번째 창구인 김치통 옆에서 깍두기 배식 담당으로 자리잡았다.

이제 취사병도 구력이 붙어 드럼통을 보지 않고 그냥 사꾸만 집어넣어도 정확히 세 개씩 배식할 수 있었으니 눈 감고도 척척 당겨오는 인간 자동 배식 기계로 익숙해졌을 즈음이다.

그날은 하필 소총수 일병 하나가 뾰로통 뱉으며.

"나는 왜 깍두길 두 개만 줘?"

배식 창구를 식기로 툭툭 치는 것이다. '가'는 흘깃 바라보며.

"니건 좀 크잖아. 네 깍두기 두 개는 작은 깍두기 세 개와 그램 수가 같아. 아니 자세히 보면 1.7배짜리도 있어서 더 크거덩. 저울로 재도 마찬가지야."

"세 개 다 줘. 요거 두 개로 어떻게 짬밥 한 끼를 먹남? 우리가 거지새끼냐?"

"이따가 다 먹고 다시 와 그때 하나 더 줄게."

식사 집합 대기 중인 소총수의 눈동자들이 일제히 배식 창구로 쏠린다. '가'도 이제는 대충 마무리 지으려고 심드렁하게 대응 중인데, 소총수 일병은 끈질기게.

"깍두기 한 개 먹자고 이따가 빈 식기 들고 탈레탈레 오란 말이야. 닝기미 국방부의 배식 정량을 취사병 밥떼기들이 죄다 떼어먹냐구?"

"짜샤. 떼어먹을 게 없어서 맛대가리 없는 깍두기를 떼어먹겠냐? 쪽팔리게 하지 말고 앞으로 움직이라구, 너 땜에 지금 배식 대열이 계속 밀리는 거 안 보엿? 빨랑 꺼져. 나머지 아자씨들도 빨랑 깍두기 먹고 박박 기러 나가야지."

느물거려주었다. 그러나 시비 거는 소총수 역시 주변 하사가 달려와 말리는 데도 울뚝배기로 밀려나지 않으려 버티며.

"깍두기 하나 더 줘. 이 나이롱 짬밥장아."

앗, 취사병들의 아킬레스 뚜껑이 와장창 열리는 '짬밥장'이란 호칭이다. 그냥 '짬밥장'도 열통이 터지는데 한술 더 떠 '나이롱 짬밥장'이라니, 이 자식은 내가 소총수에서 전출 온 걸 모르고 화약고를 터뜨리는구나.

"이 땅개 새끼! 뒈질라면 임금님 불알은 못 만지냐? 꺼졋!"

분기탱천 소리쳤는데, 순간.

"펭, 임금님 불알."

소총수 일병의 귓바퀴가 홰엑 늘어지면서 '어디선가 익숙한 문장'이라는 듯 갸우뚱한 표정으로 갸웃거린다. 순간 싸움을 말리러 달려온 식사 대열 인솔자 주번 하사가.

"앗! '임금님 거시기 만지기'는…… 그건 '여왕 젖텡이 만지기'의 바로 앞 문장이다."

그러더니 기차화통 삶는 목소리로.

"오우- 분명히 촛대바위닷. 이 아저씨 목소리를 모르면 간첩이지."

버럭 소리치더니, 식탁 위에 올라가 상기된 목소리로.

"전우 여러분, 빅뉴스요. 드디어 잡았습니다아. 소총수였던 촛대바위가 사라지면서 오리무중이더니 대대 취사장 짬밥장으로 숨어 있는 걸 따악 포획했네요. 아싸- 앞으로 밥 배식 때마다 전국구 톱스타와 대면하는 거네. 금단현상이 싹 사라졌네요."

그 소리가 들리자마자 보병들이 우르르 몰려와,

"뭐야? 3중대 촛대바위가 짬밥장으로 변신했어?"

"남진과 나훈아, 김추자와 패티김을 합치고 비비고 으깨도 못 당한다는 그 전설의 바위가 취사장으로 전출한 거야. 특종이닷."

우르르 몰려 원숭이처럼 창구에 대롱대롱 매달리는 바람에 배식 대열은 완전히 개판이 되었다. 바깥에서 대기 중인 다른 소총수들 역시 '뭐여' '뭐여' 오그르르 들이밀고 매달리는데, 주번 사관이나 주번 하사까지 체통이고 나발이고 완전히 계급장까지 해체된 난장판 사태다.

더 이상 몸을 감출 데가 없구나. 수십 개의 고슴도치 두상들이 쨍그랑쨍그랑 파안대소 중인데 취사병으로 변신한 가 상병 혼자 문어대가리로 벌 겋게 달아 있는 중이다. 자, 이제 숨길 수가 없으니 오리지널 공인의 사슬 로 칭칭 묶일 판이다.

그날 밤, 불침번까지 바꾼 가호철 혼자.

취사장 장독대 쪽으로 느적느적 걷는다. 등화관제로 감춰진 일종 창고를 바라보며 골똘한 상념에 빠지다가 갑자기 키득키득 웃기도 한다. 그랬다. 그는 지금 오랜만에 지난 필름을 복기하며 새로운 첨삭 기교를 개발 중이 다. 결벽증 체질의 순결한 사내 하나 그렇게 몸 따로 마음 따로 뒹구는 거 라며, 날아라, 촛대바위, 비상을 꿈꾸는 것이다.

한탄강 취사장

한탄강 취사장

한국이 어디냐?

취사반장인 '육군중사 김 중사'는 '돌격대 온달 대장'이다. 그의 품성이 헌신적이고 저돌적이라서 붙여진 이름이 아니라, 아무리 무식한 의문에도 망설임이 없이 퍼붓는 공격적 질문 때문이다. '이가 없으면 잇몸' 그 근성으로 버텨온 이십 년 구력의 짬밥 힘이 만만치 않다. 지금은 갈참 병장 박 병장이 들여다보는 세계지도를 어깨 너머로 훔쳐보다가 거침없이 묻는 중이다.

"한국이 어디 붙었냐?"

"여기요."

금세 짚어줬지만 삼십 초 뒤에 또 잊어버릴 게 뻔하다. 세계지도에서 다시 대한민국을 찾아낼 가능성은 어차피 없지만 그렇게 응답하면서 세월을 때우는 것이다.

"북한은?"

"같은 자리요."

"붙은 겨?"

"예스."

"워째 갸덜과 우리가 붙었냐?"

"원래 한 몸뗑인디 해방 때 양코배기랑 로스케가 어거지로 짜개놓은 거랍디다."

스테인리스 국자로 지도 한가운데를 짚어내자 형광등 그림자가 시커멓게 어른거린다. 육군 중사 김 중사는 국자의 그림자가 너무 커서 화들짝 뒤로 물러설 뻔했다. 요즘 가끔 그런 그림자 공포 현상이 나타난다. 겉으로야 우거지 인상으로 졸병들 군기를 쥐어짜지만 속으로는 쇳소리 한 방에도 바들바들 놀라는 것이다. 술취 탓도 있지만 나이 탓이요, 가족사 탓이 더 크리라.

"쉬시시싯쉭쉭쉭."

곧이어 찜통에서 수증기가 하얗게 솟구치면서 '푸화콰콰쾅' 기차 화통 소리가 터졌고 안개 속에 파묻혔던 병사들의 이빨부터 하얗게 드러나기 시작한다.

"이렇게 쬐그맣냐? 대한민국 땅떵어리가. 아이고오."

그는 이쑤시개로 한반도 지도를 콕콕 찌르며 한입에 쏘옥 집어넣겠다는 듯 입맛을 쩝쩝 다신다. 그러거나 말거나 박 병장은 삽을 푹 찌르며 가마솥 야채볶음 속살을 뒤집다가 조미육 한 조각을 입에 홀라당 집어넣는다. 짭조름하다. 가마솥에서 다시 빼낸 삽날 끝으로 야채 조각이 끈적끈적 떨어진다.

"쏴아아아쏴."

가마솥 닦기를 끝낸 가호철 상병이 양동이를 수평으로 눕혀 물을 쫘악 뿌리는 소리다. 구성조 일병도 투포환 선수처럼 양은대야를 돌리면서 '야히히히히' 괴성을 지르자 벽에 부딪친 물파편이 후릉후릉 퍼져나갔다. 벽을 타고 내려온 물줄기들이 바닥의 찌꺼기를 훑더니 한꺼번에 하수구로 몰아붙인다. 빗자루로 모아 쓰레받기로 덮어놨으므로 일단 배식 준비가 끝난 셈이다. 소총수들 배식 집합 직전인 지금부터 식사 대기 한 시간 가량이 가장 한가한 타이밍이다.

취사병.

전투적 뽀대는 전혀 없지만 기실 그만큼 편한 보직도 없다. 우선 실컷 먹을 수도 있지만(유신 시대 군인들에게 배부름이란 얼마나 큰 혜택인가.) 간섭하는 인물이 없다는 점이다. 간부라곤 선임 하사 딱 한 명뿐이니 특히 고참급에겐 완전 치외법권이다.

물론 그들에게도 이등병부터 말년 병장까지 계급으로 구분된 작업 원칙이 있다.

'식판 닦기(이병) → 생선 자르기(일병) → 고기 자르기(일병 고참) → 채소 자르기(상병) → 파 껍데기 다듬기(고참 병장) → 제대 날짜 기다리며 건들건들 사재 라면 끓여 먹기(갈참 병장)'

그 계급장 순서다. 유독 가호철만이 상병 계급장을 달고도 아직 이등병처럼 가마솥을 닦는 것은 그가 3중대 보병 소총수에서 중간 편입한 '날아온 돌'이기 때문이다.

박근수 병장.

그는 호적이 늦게 올라 집엣나이로 스물여덟에 입대했다.

제대 말년에 딱 떨어진 서른이니 이제 군바리 세계의 왕 성님이다. 중대장이나 참모부 간부들까지 차마 이름을 부르진 못했고 졸병 때부터 통상 '박 일병' '박 상병'으로 통했다. 국졸이지만 검정고시로 고졸 자격증을 땄고 사서삼경을 외울 정도로 머리가 좋다. (짧은 가방끈을 커버하기 위해서였을까? 읽는 것보다 외우는 것이 빨라진 특이 체질이다.) 사람들은 만약 가방끈만 있었더라면 크게 될 인물이라며 혀를 찼지만 정작 그는 무심하다.

이제 박 병장의 제대 후 문제가 현실로 다가왔다.

솔직히 뚱뗑이 아내와 병아리 같은 딸내미를 먹여 살릴 자신은 있었다. 문제는 어미와 딸이 모두 몸이 아프면 난리 블루스 죽상을 쓰는 것이다.

변비에 시달리는 아내의 일 뒤처리가 늘 불안했고 툭하면 설사에 시달리는 딸내미가 조바심 나는 것이다. 두 살배기 딸내미는 잠에서 깨어나면 무대포로 울었고 덩치 큰 아내 또한 쬐끔만 아파도 데굴데굴 엄살이 심했다.

시퍼렇게 흐르는 한탄강 줄기를 보며 한숨 쉬는 이유는 지금 마음 한쪽이 콩밭에 있기 때문이다. 다른 전우들은 망아지처럼 히힝히힝 몸이 가벼운데 그는 나이배기답게 딸린 식솔 먹여 살릴 궁리로 머리가 어항처럼 출렁인다.

"미국은 워디냐?"

김 중사가 또 묻는다. 군복 속의 나이 사십은 몸의 연륜보다 훨씬 쇠해 보인다. 그래도 김 중사만이 인생 선배라고 이립而立의 연배인 박 병장에게 말을 낮춘다.

"여기 뵈지유. 태평양 건너편 넓은 땅 덩어리."

"왔따. 이렇게 멀으냐?"

"멀지요. 한 뼘 거리는 되니까. 크크큿. 올해는 몇 년도인지 아쇼?"

"쌍칠년(1977년)도 오월이라. 쌍팔년도가 까마득하구나."

자, 떠나자 동해 바다로

가호철 상병이 피식 웃으며 메모지를 꺼낸다.

조미육 조각을 우물거리는 김 중사의 입술이 '닭똥구멍처럼 흐물거린다.'고 머리에 묘사되었기 때문에 놓치기 전에 재빨리 메모해야 한다. 그는 대학 시절 착안한 입술 묘사가 매우 만족스럽다. '닭똥구멍 같은 입술.' 그 만족스런 단어를 되씹고 또 되씹어 원고지 여기저기 써먹어서 너덜너덜 아작이 난 상태다. 문장에서는 '똥구멍'이라는 표준어보다 '똥구녕'이라는 사투리를 써야 더욱 토속스러워진다.

"무엇을 할 것인가 둘러어 보아아도 보이는 건 모두 돌아앉았네. 즈아아아 떠나자 동해 바다로."

그가 '즈아아' 소리를 내기 위해 칼도마를 두드리자,

밀가루 포대를 지고 가던 석순기 일병도 후렴구를 따라하기 위해 입술을 동그랗게 벌리려는 중이었다. 그러나 밀가루 포대 무게를 이기지 못해 찌그러진 양재기처럼 입술이 제대로 벌어지지 못하더니 그나마 간신히 튀어나온 목청도 아예 수증기에 묻혀버렸다. 푸대를 쓰러뜨리자 밀가루 먼지가 뽀얗게 피어오르다가 점점이 가라앉는다. '삼등 삼등 완행 열차 기차를 타고오-오호호.'

지금 가호철은 무를 썰고 있는 중이다.

월별 식단표에서 가장 흔한 기본이 무두부국이다. 무국, 무두부국, 배춧국, 배추두부국, 무된장국, 배추된장국이 되풀이되는 사이로 쇠고기, 돼지고기, 양고기 몇 점이 종종 끼어들어 기름기를 띄우기도 한다. 무에 된장을 풀면 무국이고 무와 두부를 합치면 무두부국, 무와 두부와 돼지고기를 섞으면 돼지고기 찌개가 된다. 배추를 끓이면 배춧국이고 배추와 두부를 섞으면 배추두부국이고 배추와 두부와 쇠고기를 섞으면 쇠고기배춧국이다. 그래봤자 배식된 식기 위로 기름기만 둥둥 뜨지만 일단 식단표상으로는 그럴싸하다.

무를 썰 때는 손목에서 힘을 빼야 한다.

몇 가마씩 무를 썰다 보면 두어 시간만 지나도 어깨뼈가 욱신거리므로 취사반 졸병 실습 영순위는 '칼질할 때 손목에서 힘 빼기'이다. 고급 음식점 요리야 감자건 당근이건 주물럭이건 정성스런 손맛이 가능하지만 육백여 군인 아저씨들을 감당하려면 체득화된 요령에 길들여져야 한다. 그러니까 손목을 풀어야 칼날도 힘을 받고 어깨도 결리지 않는다. 몸통 바깥에 왼손가락을 끼우고 안으로 구부려 무를 고정시킨 다음 칼날을 손등에 붙인 채 썰어야 손가락 잘릴 위험이 없고 어깨 통증을 예방할 수 있다.

삽자루는 취사장의 만물 해결사이다.

식자재를 도마 위에 눕히고 칼로 자르는 건 분명히 시간 낭비다. 닭은 통째로 펄펄 끓인 다음 드럼통에 넣고 삽으로 아작내듯 쪼개면 닭고깃국이 나온다. 동태나 고등어도 된장과 함께 펄펄 끓인 다음 가마솥 위에서 삽으로 부숴버리면 생선 몸통 분해가 해결된다. 쌀도 삽으로 헹구고 밥도 삽으로 푼다. 감자나 당근도 드럼통 안에서 삽을 휘휘 저어서 흙을 털어내며 양념 소스까지 삽으로 으깨고 뭉갠다. 또 있다. 취사병 집합 뺏다도 장독대에서 삽자루로 두들기며, 배식 도중 보병들과 싸움판이 벌어져도 삽자루 연장이 필수 등장품이다.

가호철은 언젠가 '취사장의 만능 삽'이란 소설을 써보겠다고 마음만 먹어본다.

그는 대학문학상에 낙방했던 커리어를 기반으로 '언젠가 한 방'을 노리는 야심찬 문학청년이다. 요즘은 한탄강 건너 과수원에서 떨어지는 배꽃 사태가 '눈보라처럼 아름답다'는 문장을 발견했다며 자부심을 세우는 중이다. (사실은 오영수의 「요람기」에 나왔던 기억력의 잔상임) 배꽃은 때때로 밥풀때기처럼 끈적끈적 매달렸다가 바람이 몰아칠 때마다 비듬처럼 와르르 쏟아지기도 한다. 쳐다만 봐도 배가 부르다.

그는 3중대 보병 14개월 만에 본부중대로 보직이 바뀌었는데,

그가 대대본부의 참모부나 통신대, 암호병까지 번번이 탈락한 것은 첫째, 생김새가 뽀대가 안 나고 둘째, 글씨체가 워낙 개판이며 셋째, 사물함 정리정돈에 취약했기 때문이다. 그렇게 밀리다가 정착된 그 취사병이란 직책을 군 생활의 행운 폭탄이라 판단하는 중이다. 원래 그는 구보와 태권도만 없으면 군 생활도 버틸 만하다고 생각했었다. 사춘기 때부터 원인 모를 척추염에 걸렸고, 그 후 지병을 치렁치렁 달고 다녔기 때문이다. 평소엔 멀

쩡하다가도 주기적으로 일 년에 두어 차례씩 관절 통증이 손님처럼 방문하곤 한다. 입대 전 종합병원에서 시티촬영까지 해보았으나 그 흔한 신경통이나 관절염 따위의 진단조차 나오질 않으니 도저히 영문을 알 수 없는 것이다. (훗날 밝혀진 병명은 '강직성 척추염'이었다.)

어쨌든 사나이의 자존심을 타이틀로 걸고 군 입대를 자원했다. 그는 아픈 병사가 총을 메고 벌판을 달리다가 이름 모를 골짜기에서 대인지뢰를 밟고 산화하는 풍경을 낭만적으로 꿈꾸기도 했으나 지금은 막사의 가혹한 실상을 리얼하게 체득하며 지옥 같은 소총수의 자괴감에 빠지기도 했다. 지옥의 이유는 몸의 구조 때문도 있다. 팔씨름이나 평행봉 같은 완력은 그런대로 버틸 만했지만 '어긋난 관절마디'로는 10킬로 구보부터 감당할 수 없었으니 수요일 '전투 체력의 날' 오전 구보시간마다 탈영과 죽음을 꿈꾸었었다. 아무튼 취사병 전입 이후 옭매듭이 풀려서 애오라지 구보의 공포에서 벗어나 오로지 쌀을 씻고 단무지를 자르며 세월을 보내는 것이다.

'애로 사항 많다.'

그런 측은지심은 차치하고라도 '구보의 낙오자는 인생의 낙오자다'라는 군바리식 개똥철학까지 얼마든지 견디려 했다. 가장 무서운 건 원초적인 신체 고통이다. 고참들은 쫄따구 유예시간이 지나자 마구잡이로 두들겨 패기 시작했다. 맷집으로 버티면 된다고 생각했는데 그게 장난이 아니었다. 귀싸대기는 내 몸이 아닌 것처럼 홀라당 내놓고 다녔다. '열중쉬엇' 시킨 채 각목으로 맨가슴을 짓찧는 장면은 때리는 놈도 폼 나고 맞는 놈도 그럴싸했다. 술 취한 고참이 한밤중에 쇠 파이프로 머리를 찍을 때는 '앗, 이렇게 생을 마감하는가' 싶기도 했다. 그랬다. 피가 분수처럼 솟구치는 것도 보았다. 보았다. 형광등까지 솟구치는 자짓빛 핏줄기 분수를 분명히 보았다.

'앗.'

상상의 수렁 와중에 깜빡 식칼을 먹은 것이다.

손을 베인 부위는 작은데 피가 그치지 않고 통증도 만만치 않다. 늘 그렇다. 숙련된 놀림 중에도 '아차' 하는 순간 손가락을 베이므로 취사병은 일거수일투족 방심은 금물이다. 김 중사가 한심하다는 듯 이마를 탁탁 치며 비웃는 포즈를 보인다. 그러나 가호철 역시 김 중사에게 그 비소鼻笑를 고스란히 돌려보내고 싶어지는 것이다.

'세계지도를 못 읽는 저 중생은 도대체 무엇을 위하여 무엇을 생각하며 사는가.'

그렇게 주변인들의 낮은 가방끈을 들춰내며 자존심의 체계를 세우고 싶어진다.

"의무대 갈 정도는 아니니 그냥 헝겊으로 누르고 계셔. 잉."

순간 김 중사의 콧방울이 지도책에 떨어지면서 반짝 빛을 냈다. 가호철은 김 중사의 콧물이 정액이란 단어로 입력되면서 다시 문장 기록의 충동으로 볼펜을 찾고 싶어진다.

"어때."

"됐습니다."

가호철은 재빨리 부동자세를 취했다. 빈틈을 조심해야 한다. 푸닥거리 한 판 깨진 뒤부터 그의 친절한 눈빛을 절대로 믿지 않는다. 누군가 악수를 하자고 손을 내밀면 반드시 숨겨진 뜻을 간파해야 한다. 물론 딱 한 번이지만 거북선 한 갑으로 그를 요리했던 커리어가 붙기도 했었다.

일종계 김두식 병장 전별식이었던가? (그는 사회 족보상 '가'의 고등학교 동기인데 학창 시절 얼굴을 서로 기억하지 못하므로 고참과 졸병 관계가 차라리 편안할 수도 있었다.) 취사반 회식은 원래 다른 보직보다 훨씬 걸판져서 본부중대 고참들까지 우르르 몰려와 먹거리 난장판을 이루기도 한다. 그 속에 섞여 가랑비에 옷 적시듯 '부어라 마셔라' 헬렐레거리다 까무룩 취했다.

그리고 취중의 불침번 차례가 되어 취사장 내무반에서 비몽사몽 근무 중이었던가? 몸이 깔아지면서 순간적으로 드르렁드르렁 곯아떨어진 것 같다.

짝. 짜자자자 빡짝.

홍두깨 한 방에 발딱 일어섰지만 이미 늦었다. 볼따구에 번갯불이 번쩍번쩍 튀는 틈새로 악마, 일그러진 악마의 형상을 보았다.

"안 졸았습니다. 진짭니다."

귀싸대기와 동시에 터진 단말마 비명이다.

눈을 떴을 땐 이미 김 중사의 고깃덩이 눈빛이 시뻘건 불을 뿜는 중이었다. 다시 싸대기 세례가 예배당 종치듯 대여섯 차례 땡땡땡땡 날아왔지만 몸의 감각을 완전히 상실해버려 아프지도 않다.

"당장 3중대로 돌아갓. 좆 간나 새깟!"

그 말이 최고의 쥐약이다. 원래 보직인 3중대 소총수로 다시 돌아가라는 얘기는 차라리 탈영해서 남한산성 가라는 얘기나 똑같다. 그의 몸 때문이다. 다른 병사들이 오히려 홀가분해하는 '수요일 전투 체력의 날' 완전군장 십 킬로 구보가 그에게만큼은 지옥이었다. 가 상병은 싸대기를 맞으면서 김 중사의 말이 엄포성인가 진심인가를 벌겋게 헤아려본다.

"진짜 미친개더라."

취사병 오리지널 고참들한테 또 한 번 깨질 줄 알았는데 위로해줘서 오히려 다행이다.

"바깥에서 배식구 못걸이를 철사로 '톡' 걷어올려 살그머니 고리를 따고 들어온 거야. 굼벵이두 기어가는 재주가 있다더니 잔대가리도 잘 굴려."

그렇게 고참들끼리 뒷담화를 놓던 그 직후,

가 상병은 김 중사의 뒤를 따라가 승부를 걸었고, 곧바로 배식 창구 뒤에서 '어럽쇼'를 맛보게 된다. 거북선(77년도에 가장 고급 담배, 300원) 한

갑을 찔러주는 순간 늙은 군인의 성난 말가죽 근육이 스르르 풀리면서 금세 인자한 외삼촌 미소로 바뀌는 게 아닌가? 아닌 게 아니라 '괜찮아' 하며 어깨까지 툭툭 두들기며 선량한 입술을 보여줄 때는 가 상병까지 감동을 먹어 눈시울이 시큰해질 뻔했다. 가 상병은 담배 한 갑의 위력에 깜짝 놀라면서도 '내가 미친개를 제압했다.' 하며 쾌재를 부르는 쪽으로 마음을 정리했다. '요-이, 볼 거 아니넹.'

'엣.'

분명히 마음속으로만 외친 것 같은데 실제로 양손을 번쩍 올린 만세삼창 자세다.

한 손엔 칼, 한 손엔 무를 들고 독립만세 부르는 모습을 바로 그 상상의 주인공 김 중사가 어리둥절 바라보는 중이다. '아차' 하며 재빨리 반달형 입술을 한일자—로 굳히고 무를 세워 '받들어총' 자세를 취한다. 김 중사는 덕담처럼.

"캠퍼스에서 쌍쌍파티 할 때가 좋았지."

툭 던져준다. 그네들이 대학 캠퍼스를 '날개 돋친 천국'으로 상상하는 게 어이없으나 가호철 역시 굳이 '애인 없는 캠퍼스의 고독'을 끄집어내며 고백할 필요는 없다고 생각한다. 나는 그냥 창백한 문학청년이었노라고 입술을 깨무는 중이다.

그때 취사장에 들어오던 키다리 이등병 하나.

캠퍼스 어쩌구 하는 단어에 귀를 쫑긋 세우다가 다시 바싹 군기 든 납덩이 빛깔로 거수 경례를 부친다.

장교와 술안주

"공격."

거수경례 구호 두 글자는 '공격'이었다. 앞의 '공'자는 작게, 뒤의 '격'자는 크고 짧게 소리치는 바람에 얼핏 미친개의 비명처럼 'ㄲ' 'ㄲ'으로 들리기도 한다. (수십 년 후 민중대회 투쟁구호는 '반격'이었다.)

"머댜? 이 아자씨? 깜딱이야."

박 병장이 눈을 내리깐다.

"이병 서봉구 취사반에 용무 있어서 왔습니다."

국기봉 스타일의 키다리 신병 하나가 허리에 양은냄비를 꽉 붙인 채 빨랫줄처럼 후둘후둘 떨고 있다. 그래도 뿔테 안경과 각진 얼굴이 새카만 이등병 계급장만 떼어내면 지적 이미지가 잘름잘름 넘칠 것 같다. 그가 서울대 음악 대학원을 졸업하고 서울 시내 여고에서 교편을 잡았던 인텔리라는 것을 이미 풍문으로 들어서 안다. 물론 그래 봤자 지금은 통신대 보좌관의 잔챙이 심부름꾼일 뿐이므로 가방끈 짧은 고참들이 여기저기서 '배운 놈 한 번 신나게 괴롭혀봐야지' 하며 벼르기도 했다. 저 나이배기 지성인 쫄따구를 원초적으로 깔아뭉개고 싶은 것이다.

"보좌관님이…… 취사장을 방문하여 안주거리 챙겨오라고 하셔서…… 심부름 왔습니다."

"드아시 한 번."

"보좌관님 심부름으로 안주거리 가지러 왔습니닷."

"안주거리 맡겨났나? 습생아."

타성적 욕설에도 육군 이병 서 이병은 긴장된 표정을 지어야 한다. 문득 출구 쪽에서 튀김 반죽하던 석순기와 눈이 잠깐 마주친다.

석순기의 눈빛이 번뜩번뜩 광을 쏟아냈던 건 서 이병의 어마어마한 학벌 간판 때문이다. 그는 언젠가 기회를 잡아 저 서울대 석사 출신 신병에게 하나님의 복음을 전파해야겠다고 다짐하는 중이다. 중생을 구원하는 복음 전파에는 반드시 우열반 수업이 필요한 것이다. 학력 별무 열 명보다 서울대 출신 한 명의 신앙이 훨씬 더 중요한 법이다. 취사병 중에서도 학사 가호철 상병을 제외한 나머지 인간들은 짧은 가방끈 빈털털이므로 도대체 마땅히 건질 게 없다고 생각하던 터이다. 그런데 이번에는 진짜 '왕건이 석사모'가 등장한 것이다. 가호철은 기껏해야 수도권에서 저만치 똥덩어리처럼 첨벙 떨어진 지방대 출신이지만 저 신병 서 이병은 우뚝 솟은 대한민국 최고봉 학벌의 소유자가 아닌가. 이제 지방대 가호철을 버리고 서울대 석사모를 잡자고 벼르는 중인데.

"메라카노? 드아시 한브온 야그햇!"

"옛, 보좌관님 심부름입니닷."

"니 집에 맡겨논 거냣?"

취사병들은 장교들과의 접촉을 무조건 싫어해서 일부러 전화기도 들여놓지 않았다. 설치해봤자 술 취한 장교들 심부름 전화뿐이라며 고참들부터 설레설레 거부했다. 그런데도 수시로 이렇게 전령들을 시켜서 '맡긴 물건 찾아가듯' 음식 챙겨가는 인간들 때문에 울화통이 터지던 차에 쫄따구 하나가 딱 걸린 것이다. 구성조가 식기에 기름기 시뻘겋게 번뜩거리는 조미육 한 국자 퍼 넣으며 시불시불 다가와서.

"야, 꼰대 신병."

"옛, 이병 서, 봉, 구."

"이 정도 분량이면 불쌍한 보병 쫄따구 일개 소대 곱창에 번들번들 기름칠할 반찬들이다. 잉. 앙 그런감? 밥풀때기들 술안주가 빛나는 보병 쫄따구들 양식을 자루 축내는 거란 말이다. 꼴리는 대로 이거 달라 저거 달라 명령하면 요리 주방장 아자씨들이 '니엣니엣' 굽신굽신 바쳐야 맘에 들겠나?…… 그르륵 퉷."

순간 구성조가 가래침을 '퉷' 뱉더니 숟가락으로 슥슥 비벼 조미육 속에 쑤셔 넣는다.

"섞어 처먹으라고 해. 기껏 밥풀때기 세 개짜리 계급장으로 온갖 폼 다 잡으면서 자기 부하들 양식 뺏아 먹는 느이 대장이 더 나쁜 놈인 것 니도 알 것 아잉가. 닝기미 짬밥장 권세로 골탕 먹일 방법이 이것밖에 없다. 그 인간한테 '가래침 요강째 처먹엇' 하며 강제로 아가리에 쑤셔 넣는 '폭식 고문'이라도 하고 싶지만 그랬다간 내 목이 먼저 댕그랑 달아나겠고…… 으떻소? 고참님의 깊은 가슴 속을 알겠징?"

하더니 고개를 서 이병 귓바퀴에 바싹 붙인 채.

"찔러바칠끼가?"

귓바퀴에 침 자국이 달라붙는다. 서 이병이 당황하여 고개를 떼며.

"아닙니다. 절대로."

라고 대답한 부분은 진심이다. 구성조는.

"작대기는 작대기끼리 같은 편이 되어야 한다. 니도 훈장질 하다 왔으니 알 것이다. 인삼 해삼보다 더 좋은 고삼이라고 그 새끼가 여고생 몇 명 달라고 농담 따먹으면 옛수우 대령했삽니다아 하믄서 바칠끼가? 졸대로 안 된다. 당장 싸대기가 날아가야겠지만 밑천이 없으니까 골탕 먹일 방법이 이것밖에 없다. 맞나? 안 맞나?"

"……엣. 맞습니다."

"경성제국대생 가르치는 재미도 짭짤하네."

가호철과 석순기가 동시에 '우와 서울대학생' 하는 표정으로 괜시리 한 번 더 끄떡여준다. 그런데 정작 이병 서봉구는 눈길을 피해 바깥쪽만 바라보는 중이다. 눈자위 푸르딩딩한 그의 그늘 밑으로 한탄강 시퍼런 물결이 넘실대고 있었다.

'아닙니다. 절대로.'

그 독백은 진심이다. 약한 몸끼리 똘똘 뭉쳐서 힘을 키우기 전에는 정면 맞대결이 불가능하다는 걸 체득했던 절망의 기억이 있었다. 힘이 생길 때

235

까지는 싸우지 말고 끼리끼리 벽돌 쌓아놓고 푸념에 빠질 수밖에 없다. 그 경험을 비싸게 치른 바 있으니.

'유신헌법 폐지하라.'

그 구호 문장만 떠오를 때마다 서 이병은 숙여진 고개를 펼 수가 없다. 책 속에 파묻혔던 고교 시절의 연장처럼 머리끝 동여매고 학점에만 몰입했던 대학 시절까지는 진짜 아무 생각이 없었다. '음악音樂에서 음학音學'으로 나아가기 위한 슬로건으로 악보를 만들었고 색소폰을 불었고 신촌까지 원정 나가 고액 교습까지 했다. 대학원과 교직 생활을 병행하며 탄탄대로를 달릴 즈음 칼을 맞았으니.

여고 교사인 총각 선생 시절.

국어과 강 선생의 손에 끌려 야학에 발을 들여놓지만 않았더라면.

지금도 '순풍의 순항' 상태로 어쩌면 군 복무까지 면제받았을지도 모른다. 기실 사건이라야 내놓을 만한 게 없었다. 야학 교사 다섯 명이 형광등 아래서 이맛살 맞대고 읽은 책은 기껏『민중과 지식인』『후진국 경제론』『소유냐 삶이냐』『역사란 무엇인가』그리고 게오르규의『25시』정도니, 뭐 금서라 할 것도 없었다.

『25시』를 담으면서 봄꽃 세상을 새롭게 만나는 줄 알고 잠시 가슴이 부웅 떴던 것도 사실이다. 바다 깊숙이 들어갈 때 동반하는 '잠수함 속의 토끼'처럼 가장 민감한 감각대로 세상을 먼저 부닥치리라 마음 다지며, 딱 한 번 집회에 참석한 게, 마지막 봄날이다.

'민주주의여 만세.'

정면에 붙은 현수막 구호를 스치면서 남보다 조금 빨리 귀가했을 뿐이다. 그날 밤 자취방 옆구리 때리는 소음에 벌떡 일어설 때까지도 조금은 의기가 남아 있었다. 오밤중 승용차에 끌려가면서도 스터디 멤버들을 절대로 불지 않을 거라는, 그 맹세는 단칼에 깨졌다.

"숙여."

눈을 가려 아무 것도 보이지 않는데도 그들은 목을 짓눌러 한사코 승용차 밑에 구겨 넣었다. 호송차가 한 시간 남짓 움직였을까. 눈감생이 와중에도 스위치 작동으로 문이 스르르 열리고 닫히는 소리를 감지하며 으스스 떨었다.

곧바로 도마 위에 올려진 통닭이 되었으니, 사람과 짐승의 차이는 문짝 하나 차이였다.

곁가지로 걸린 이름을 죄다 불었고, 그들이 원하기만 하면 실체 없는 유령 명함도 만들어서 바쳐야 할 판이다. '민주주의 국가에서 감히 민주주의 만세를 불러서 민주주의가 아닌 것처럼 왜곡시켰다'는 것이다. 그 허위 사실 유포가 나라를 혼란시켜서 체제를 전복하는 이적 행위가 된다. 그 지옥의 수렁을 경험한 덕분에 지금의 늦깎이 군 생활이 차라리 홀가분한 상태다. 그냥 겁먹은 척하며 몸의 학대로 세월을 보내고 싶다.

서 이병은 도리질 치며 가래침 섞인 조미육 볶음을 받는다. 조붓하게 경례를 붙이는 것도 차라리 이 자리가 편안하기 때문이다. 그래도 방심하면 덫에 걸릴 수 있으므로 조심조심 징검다리 건너야 한다. 그렇게 튀김 가마 앞에서 잠시 과거사를 지우며 허리를 펴다가, 어린 고참 일병 석순기와 아주 잠깐 눈이 마주친 순간이다.

신도와 비신도

일병 석순기는 튀김 허리를 분질러 밀가루를 떼어 먹는 중이었다.

뼈다구가 씹힐 때마다 콧구멍이 새끼손가락 들어갈 만큼 커다랗게 벌어진다. 모든 튀김이 그렇듯 따뜻할 때는 고소하고 식으면 비릿하다. 냉동차에서 그대로 패대기쳐 물만 뿌린 채 기름 가마에서 그야말로 대강대강 건

져낸 '이면수어튀김'이다. '소채류 140도, 어궤류 160도, 고기류 180도'의 완전 살균 예방 상한가는 막상 기름 가마에서 건질 때부터 모든 온도가 평등하게 식어간다. 기름 바다가 펄펄 끓고 밀가루가 노릇해지면 무조건 건지는 것이다.

장병들은 창구 두들기는 소리만 들리면 각다귀 떼처럼 후두두두 달려들었으니.

그 순발력은 가히 치타처럼 빠르다. 배식 직후 취사병들이 '부스러기, 튀김 부스러기' 하며 배식창구를 두들기면 시커먼 육식동물들이 '튀김 앞으롯, 돌격.' 아귀 떼처럼 달려드는 것이다. 취사병들은 치워야 할 짬밥통을 자동으로 덜어낼 수 있어서 좋고 보병들은 빈 곱창을 채울 수 있어서 좋으니 '막장 속의 윈윈 게임'이다. 그러나 일병 석순기는 배식 창구에 부딪치는 중생들을 볼 때마다 지옥의 천민 아수라장이 떠오른다. 먹는 것만 밝히는 병사들이 가엾고 같잖은 것이다.

'가련한 인생이다.'

튀김 조각을 씹으며 십자가를 긋자 성호 사이로 노랗고 파랗게 광채가 튀어 오른다.

'엣퉷퉷.'

침을 뱉는 이유는 임연수어 굵은 똥을 통째로 삼킨 탓이다.

생선 똥을 뱉으며 다시 심혈을 기울여 성호를 긋는다. 원래 군종軍宗으로 오고 싶었으나 가방끈이 짧아 취사병으로 밀려왔다. (물론 그는 '가방끈'이라는 천박한 단어를 절대로 사용하지 않고 머리카락 보일라 꼭꼭 숨긴다.) 그러면서 고참 앞에서 부동자세로 서 있는 석사 출신 졸병에게 아주 잠깐 마음속의 경의를 표했다.

'너와 함께 하느님의 초능력에 대하여 진지하게 토론하고 싶다.'

마침 한탄강 물살을 바라보던 서울대 출신 신병과 눈빛이 마주친다. 서

봉구가 잠깐 당혹해하다가 머슥한 듯 눈길을 내리깐다. 석순기는 속으로 '푸핫하하하 독실한 신앙의 힘이 서울대 학벌의 기를 팍 꺾었닷' 하며 입술을 쫘악 벌렸다.

"푸핫하하하."

이상하다. 분명히 마음속으로만 만세를 부른 것 같은데 겉으로 툭 튀어나오는 파안대소 때문에 취사장 장병들 모두가 어리둥절 쳐다보는 중이다. 석순기는 달아오른 얼굴을 재빨리 다독여 평상심으로 돌아온다.

전우들 모두 따뜻한 하나님의 품으로 인도하고 싶었던 그의 신념은 자대 배치 하루 만에 완전히 초토화되었다. 함량 미달 중생들에게 구원의 메시지를 던지려는 시도 자체가 무리수 패착이다. 정리할 것이 있으면 빠를수록 깔끔한 것이다. 하나님이 아무리 사랑으로 껴안아도 그들의 음담 세포들은 꼼지락꼼지락 성경 책까지 침투시킬 것이다. 가여운 세균 영혼들.

그런데 또 이상하다. 자대 배치 2개월 남짓인데 시나브로 군대 스타일로 체화되면서 그에게도 속세화의 위기가 닥칠 것 같아 조마조마하다. 그 천박한 음담패설을 되씹으며 키득대다가 양심의 가책에 시달릴 때마다 입술을 찢어버리고 싶은 충동에 시달린다. 동두천 외출 때 본 성인영화『심봤다』관람 이후 때때로 돌출되는 현상이다.

산삼은 여자 알몸을 닮은 게 가장 비싸다고 했다. 신기하다. 웬 식물성 뿌리가 잘록한 허리와 펑퍼짐한 엉덩이까지 고스란히 닮을 수가 있을까. 하여, 숯막골 심마니가 산삼과 비교하기 위해 아내를 발가벗긴 채 몸을 짯짯이 살피는 『심 봤다』의 영상이 불쑥 떠오르면서 얼굴이 시뻘겋게 달아올랐다. 지아비의 손짓 한 방에 꼼짝없이 옷을 벗는 아낙의 알몸이 떠오르면서 '흐흐흐, 나도 신혼 초야에 똑같이 해봐야지' 하는 두근두근과 함께 아랫도리가 불쑥 솟기도 했다. 그런데 이상하다. 아직도 동정童貞만큼은 결혼 대상자에게 바쳐야겠다는 신념에 변함이 없는 데도 요즘 들어 아무 때나 사타구니에 기별이 오는 것이다. 실전보다 관음증 풍경이 더 야하다는 뜻을 알 것 같다.

식용유는 여섯 번째 울궈내었다.

세 번 이상 튀기지 말라는 조리 규칙은 귀신 씻나락 까먹는 소리다. 어항처럼 투명하던 식용유 빛깔이 튀기는 횟수 따라 찌꺼기 농도가 진해지다가 마침내 폐수처럼 시커먼 색깔로 버걱대는 중이다. 기름 반·찌꺼기 반의 가마솥에 밀가루 반죽을 잘라 넣으면 나중에는 아예 쇳물처럼 새까만 튀김이 건져져 나왔다. 그래도 보병들은 쇳덩어리 튀김 조각을 향해 부나비처럼 달려드니 '허기짐이 곧 성찬'인 셈이다.

따로 챙긴 식용유는 고참들의 '꽈배기 촌 몸 풀기' 비용으로 사용하기도 했다.

이슥한 밤, 식용유를 걸쳐 메고 한탄강 징검다리 건너 골목에 들어서면 골목길 입구부터 분 냄새가 지천으로 풍기는 그 유곽 풍경이다. 젊은 날 도심지 유흥가에서 몸을 팔다가 세월 따라 밀리고 밀려 막장까지 쫓겨나온 꽈배기 촌 아줌마들은 막내동생이나 조카뻘인 군바리들의 주벽과 욕정을 넉넉하게 다독여줬다. 그랬다. 서른 후반에서 쉰에 가까운 큰이모들은 식용유 한 통 건널 때마다 가뿐한 표정으로 치마를 걷어 올렸다. 턱살은 박꽃처럼 푸짐하지만 속살에서는 박속처럼 뽀얀 향기가 난다.

수증기 솟구치는 풍경은 축포를 쏘아대듯 장관이다.

목탄 열차처럼 '치익 칙' 준비 시동에 걸리면 식판대가 폭발할 듯 통째로 흔들린다. 그러다가 파팟팟 파열음과 함께 취사장 전체가 순식간에 수증기 폭탄에 덮이는 것이다. 졸병들이 부뚜막에 올라 밥삽을 곧추세우면 형광등 불빛에 번뜩이는 삽날이 금세 머리라도 찍어 누를 듯 위엄을 보여준다. 시뻘건 불길이 부뚜막을 잡아먹을 듯 이글거렸지만 울울 청년들은 거침없이 뛰어올라 경중경중 캥거루 몸싸움을 벌이기도 했다.

"쨍강쨍강."

"덤벼라. 이소룡 타법이다. 야호호허훙."

"쇼오잇. 발정한 고양이 발목치기."

스테인리스 국자와 밥삽이 용쟁호투 검법으로 슝방슝방 그림자 쇼를 보여주니, 젊음은 막장에서도 생선처럼 비늘을 떨치는 것이다.

"박비양 님 가져왔습니다."

구성조가 신문지 뭉치를 박근수에게 건넨다.

"얌마. 박비양 님이 아니고 박 병장님이라굿. 근디…… 몇 근이고."

그는 '병장'을 '비양'이라 하고 '쌀'을 '살'이라고 발음하는 경상도 토종이다. 소년 삐끼 출신으로 성장하여 장차 룸살롱 사장으로 우뚝 서는 게 목표다.

"두 근예."

쇠고기다. 박근수가 김 중사의 우비를 벌리고 겨드랑이 사이로 쇠고기 뭉치를 챙겨준다.

"대공포 쪽으로 가소."

"가소? '가십시오'가 아니고."

박 병장이 구성조의 말끝을 잡지만 오히려 김 중사가 못 들은 척한다. 뇌물이 오가는 시간만큼은 말투 따위의 소소한 시비에 낭비하지 말고 자리를 재빨리 정리해야 한다. 그렇게 '악어와 악어새'처럼 공유하며, 패고 싸우면서도 가끔 취사병들이 막내동생처럼 귀엽게 보이기도 한다.

그러나 집안 생각만 떠오르면…… 설레설레 고갤 흔든다.

몽둥이 찜질을 당한 막내동생 호동이가 집을 뛰쳐나간 장면이 떠오를 때마다 자꾸만 술독에 빠지고 싶어진다. 피붙이 사랑이 증오로 변신하면서 가슴이 왈칵 뒤집혀졌다. 돼지 저금통 밑바닥을 따서 동전을 훔치고 다시 라이터불로 때워놓은 게 발각된 것이다. 하필 원두막 옆에서 담배를 피우다가 맏형 김 중사한테 딱 걸렸다.

"느이 큰성이 짬밥 먹으며 번 돈 밑구멍을 뚫다니…… 뻿컷"

호동이는 신병들 신고식처럼 평행봉 자세로 뻣뻣하게 굳어버렸다.

처음에는 다섯 대만 때리려고 했는데 울컥 열 대까지 불었다가 가속도가 붙은 김에 아작아작 밟아버렸다. 순간 사춘기 눈빛에서 '끄응' 하는 형광빛이 쏟아지더니 그대로 문을 발칵 뛰쳐나갔으니, 아차, 방심한 찰나다. 그날 밤 집을 박차고 나간 질풍노도는 일주일째 감감무소식이다.

어쨌든 지금은 위병소를 피해 대공포 쪽으로 움직이는 게 급하다. 한 번도 검문을 받은 적이 없는 데도 그쪽으로 가려면 자꾸만 뒷골이 땡겨 그늘만 골라 밟으니 그게 보호색 본능이다. 대공포 쪽 한탄강은 물살이 빠른 편이었지만, 수면이 깊지 않아서 종종종 징검다리가 박혀 있다. 군홧발을 잘못 디디면 겨드랑이 장물이 풍덩 빠질까 봐 더욱 구부정하게 숙인다.

석순기는 징검다리를 건너는 김 중사의 어깨를 쓸쓸히 바라본다.

한탄강 봄바람이 불 때마다 그의 낮게 웅크린 좁은 어깨 위로 배꽃 무더기가 쏟아진다. 앞 모습도 중늙은이 화상이지만 뒤태가 훨씬 부실해서 안쓰럽게 생각하는 순간.

아.

얼떨결에 탄성이 터진다. 그 여자다.

생선 박스 들고 쓰레기장에 갔을 때가 보름 전인가. 웬 생머리 여자 하나가 저물녘 시냇가 아카시아 숲에 숨은 채 오줌을 누고 있었다. 석순기가 여자보다 훨씬 더 깜짝 놀랐다. 처음에는 '오마나' 하며 분홍 팬티를 끌어올리던 그녀가 나중에는 오히려 재미있다는 듯 낄낄대며 뒷걸음질쳤기 때문에 순백의 군바리 아저씨가 먼저 고개를 돌렸다. 그때 쨍그랑쨍그랑 소리나던 팬티 고무줄 소리의 기억과 함께 아랫도리가 싸─하고 쏠렸던 기억의 잔상이다.

바로 그 여자가 지금 커피 병 보자기 끼고 다시 징검다리를 폴짝폴짝 건너는 것이다. 가재는 게 편이던가. 커피 배달을 다녀오는 길에 중년의 꽈배기녀들과 쏘주도 한 잔 걸친 듯 볼그족족한 볼살이다. 짧은 치마 뽀얀 허벅지가 물살 따라 촐랑촐랑 뛰는 모습이 눈부시고 눈물겹다. 뽀얗다. 삶은 달걀처럼 뽀얀 허벅지가 숨두부처럼 포동포동하다. 아찔하다. 석순기가 아카시아 숲에 숨어 허리띠를 끄르는 찰나 귀두 끝 지나 정액이 찔끔 가랑이 사이로 떨어지는 바람에 장화 밑창으로 재빨리 문질러버린다. 아무 일도 일어나지 않았다.

튀김 소쿠리 흔들면서 「내게 강 같은 평화」를 흥얼거리다 보니 얼핏 한탄강 푸른 물결로 '하나님의 은총'이 비료부대 터지듯 쏟아지는 것 같다. 지금은 양파를 까던 박근수 병장이 구성조에게 슬슬 시비를 거는 중이다.

천사와 창녀

243

"그래, 그 자갈마당 가시내들이…… 웃겨."

박근수가 한심하다는 표정으로 입술을 이죽거린다. 양파 껍데기를 쓰레기장에 쏟았으므로 사실상 고참병의 금일 일과는 마무리되었으니 이제부터 심심풀이로 졸병의 출신 성분을 닦달하는 것이다.

"천사 같아요. 유리창에 가지런히 앉은 한복 아가씨들 생머리 위로 전구다마가 반짝거리면 하늘나라 선녀들이 차곡차곡 이열횡대로 모여 있는 것 같아요."

"누가? 그 창녀들이."

"……엣…… 모두 착해요. 뽀얀 속살 덮은 잠자리 날개옷이 붉은 등불 아래 화사하게 빛나면 그게 바로 천사들이죠."

구성조는 단무지 썰기를 멈추고 짐짓 표정을 굳힌다. 그는 몸 파는 여자들의 영혼이 진짜 색동저고리처럼 아름답다고 강변하려다가 뒤끝을 내렸다. '맨살 대면의 진정성'이 '창녀'라는 강한 부정 앞에 울컥 가로막힌 것이다. '살롱의 향기가 더 진실하다구요' 그 말을 끝까지 참아야 했는데 불쑥 한마디가 튀어나온다.

"박비양 님 개네들은 착합니다. 자신을 위해 버는 게 아니라 가족을 위해…… 가난한 집안에 꼬박꼬박 돈도 보내……."

구성조가 울컥 목이 메어 말을 끊었으나, 박근수는.

"니노지 판 돈으로 동생 학비를 챙겨?…… 허걱."

"몸 팔은 거지 나라 팔은 것도 아니지 않습니까?"

구성조의 목소리가 너무 비장해서 박근수는 '어쭈구리 세게 나오네.' 하는 표정을 짓다가 이참에 '창녀 찬가' 뿌링이를 뽑아내야겠다며 마음과 다르게 말뚝을 박는다.

"창녀들이 나라 판다고 경매 붙이면 어떤 돌대가리 대통령이 '내가 사겠소오' 하며 돈 싸들고 사러 오냐? 빙태."

"김두환 같은 깡패는 좋아하시면서 와 자갈마당 여자애들한테 왜 그리 박댑니까?"

"그 분은 사나이고 의인이야. 시캬. 비교가 되겠나?"

석순기는 두 병사의 수준 낮은 대화에 가슴이 터질 것 같지만 차마 끼어들지 못한다. 구성조가 자기보다 기껏 이십 일 정도만 전입이 빠르므로 웬만하면 동기同期로 지낼 수도 있겠지만 워낙 막된 인간이므로 자칫 옆차기 한 방에 나가떨어질 수도 있다. 그런 수준 낮은 설전은 두세 합만 오고가도 삶의 수준이 폭삭 추락할 것이다.

"몸 파는 아가씨 돈 빼앗아갈라고 난장 터질 때마다 양말에 감췄던 사시미칼이 번뜩번뜩합니다. 사시미를 손바닥으로 잡길래 그대로 비틀어 빼니까 손바닥이 돼지고기처럼 너덜너덜 떨어집디다."

귀동냥하던 석순기가 흠칫 몸을 사린다. 구성조의 생선 자르는 칼이 조폭들의 사시미로 돌변하는 찰나 칼날이 뱃살 깊숙이 박히는 착시가 눈을 팍 찔렀기 때문이다.

'으이그으.'

제대하면 반드시 수준 맞는 사람들끼리 울타리 치고 오순도순 살아야겠다고 곱씹으며 눈을 비빈다. 십자가 아래에서 고요히 「내게 강 같은 평화」를 읊조리며 소낙비 같은 은총을 받고 싶다. 그때.

내게 물개 같은 정력. 앗싸 앗싸.

'오비이락烏飛梨落'

배식 창구로 '똑같은 가락, 천박한 가사'가 합창으로 화음을 이루는 것이다. 미치겠다.

운짱들과 한 판

수송부 기름밥들이다. 그들은 보병보다 통상 한 시간쯤 빨리 등장해서 밥상을 펼치고 노닥노닥 한가하게 시간 때우는 게 관례다. 낮술 한잔 걸친 불쾌한 술 냄새가 우르르 발소리를 내면서 오늘따라 더 느리적거린다. 부착된 메뉴는 염적무에 콩나물무침 그리고 돼지고기찌개다.

"고기 좀 주소."

포갠 식기에서 하나씩 꺼내 배식구에 거칠게 밀어 넣는 수송부 계급장은 기껏 일등병이다. 키가 크고 매부리코에 눈빛이 자객처럼 서늘해서 만만치 않지만 그래봤자 작대기 두 개 일등병 계급장일 뿐이므로.

"줬잖아."

쌍둥 잘라버리고 국통을 옮기는 중이다. 국통 속이 워낙 깊은 구조라서 살코기는 아래로 가라앉고 비곗살은 위로 둥둥 뜨게 되어 있다. 그러니까 배식 초기에는 기름기만 둥둥 떠서 주고 막판 배식 팀에게만 한꺼번에 살코기를 몰아주게 되어 있다. 골고루 나눠주려면 국자를 깊숙이 저어 살코기를 수면 위로 끌어올려야 하는데, 그건 진짜 귀찮은 짓이다.

"더 줘."

"주는 대로 먹는 거야. 군바리 여물통은 말하는 데 쓰는 게 아니라 관등성명 바르게 대고 야간 초병 근무시 암호규칙 제대로 대라고 입이 뚫린 거야. 일병 아자씨."

박근수가 고개를 돌리지 않은 채 무심한 척 대꾸한다.

"고기가 없잖아. 이게 안 보여. 스발, 전부 비계잖아. 씨앙."

"일등병 아자씨. 아우. 진짜 까다로우세요."

욱장을 누르고 그냥 배식을 진행하려는데, 매부리는 술꼭지 돈 김에 한판 붙자는 꼬장이다. 박근수가 잠깐 난감해졌는데.

"이걸 누구 콧구녕에 쑤셔 넣으란 말야."

배식 창구에 볼을 붙이고 눈을 부라리는 것이다.

"그냥 처먹어. 젖망구리."

"너나 처먹어 이 시부랄 짬밥 새꺄."

"뭣! 짬밥!"

석순기가 튀김 소쿠리를 '탁' 밀치며 튀어나오자 문짝 사이로 봄바람이 쉥 밀려온다. 구석에서 지켜나 보려 했지만 '짬밥'이란 단어가 그리도 모욕스러운 것이다. 사나이로 태어나서 '밥 짓는 군인'이란 게 아무래도 거시기해서 고향 식구들에겐 참모부 소속이라고 둘러대었던 터인데 순식간에 허를 찔린 것 같다. 이제 박근수 고참에게 대드는 무식한 운짱 새끼의 아귀통에 일격을 가해야 한다. 게다가 매부리가 비곗덩어리를 배식대 위에 하나씩 건져내며 노골적으로 싸움을 걸었으니, 자, 이젠 진짜 피하기 힘들어진 상황이다. 그런데 획, 치켜 뜬 눈빛이 장난이 아니라서 멈칫했던 석순기가 재빨리 눈을 내리고 똥을 피하듯 몸을 돌린다. 순간.

"시팔."

매부리가 배식구 사이로 식기를 집어던졌기 때문에.

'파팍.'

이제는 마주오는 열차로 충돌할 수밖에 없다.

취사장 가운데로 폭탄처럼 '팡' 터지면서 비곗덩어리 한 점이 박근수의 볼에 맞았다. 모두들 석고처럼 굳어버렸으니, 이제 터진 물꼬를 막을 방도가 없다. 그런데 웬걸 오히려 매부리가 문을 박차고 들어와 먼저 박근수 병장을 밀어부친다. 키다리 상대지만 기실 박근수도 완력으로 만만히 당하는 체력은 아니다. 마주잡은 멱살끼리 부르르 밀고 당길 때 석순기는 재빨리 밀가루 반죽에 몰두할 수밖에 없다. 저 소용돌이 똥물판은 피하는 게 지혜로운 행위라고 둘러대며.

'주여, 내 가까이.'

기도에 빠질수록 시간은 더욱 더디게 흐른다. 그때였다.

"기름밥 새끼들. 안 꺼졋."

구성조가 바람처럼 튀어나와 주걱으로 틈입의 머리를 내리친다. 매부리가 어, 어, 하며 팔뚝으로 막는 바람에 주걱에 담겨 있던 조미육 조각이 그대로 얼굴에 달라붙어버렸다. 순간 급식실에서 밥을 먹던 수송병들이 매부리를 구조하러 벌 떼처럼 출구를 박찼으니 바야흐로 '기름밥 대 짬밥' 패거리의 맞대결이 되었다. 선발대 수송부 뚱뚱보 상병이 그대로 구성조의 목을 휘감는다.

"운짱 새끼들, 대가리를 기름 가마에. 시부랄. 확."

가호철의 입에서 쌍시옷 소리가 터져 나오니 고상한 문학청년에서 터프가이 액션배우로 탈바꿈하는 순간이다. 그러나 부뚜막에서 뛰어내리며 '이얏' 이단옆차기를 날리려다 가랑이 사이로 뚱뚱보의 박치기를 먹은 게 하필 낭심이다. '쿵' 쓰러졌으니 역시 마음대로 안 된다. 여기저기서 군홧발과 장화 부딪치는 소리가 '퍽퍽' '철벙철벙' 둔탁 화음으로 아수라장인데, 가호철 혼자 아랫도리 부여잡은 채 혼자 혼몽에 빠진다. 이런 때는 그대로 누워 있는 게 가장 지혜로운 판단이야.

"동작 그만."

기함 소리와 함께 누군가가 군인들의 어깨를 낚아채는 순간 '앗, 살았다' 하는 생각이 든다. 전투 중인 군복들이 일순 동작을 멈춘다. 어느새 나타났을까. 김 중사 눈빛이 황금박쥐 광채를 뿜으며 '쿵' 공격 자세를 잡고 서 있다.

늙으신 그의 어머니

김 중사가 불쌍한 표정을 간신히 참아내는 막사 바깥 하사관 주택에서다.

짜장면 소독저를 젓던 그의 어머니가 소매로 콧등을 쓰윽 훔쳐내자 볶음장과 코딱지가 양 볼에 묻으면서 번들번들 빛을 낸다. 짜장면 그릇을 서로 밀고 당기다가 하마터면 엎을 뻔했다. 입은 세 개인데 두 그릇만 시켰기 때문에 그 부족한 한 그릇이 문제가 된다. 복순이는 이미 짜장면 그릇에 아귀餓鬼처럼 고개 처박는데 어머니 혼자 젓가락을 들지 않는다.

마누라가 아들놈 데리고 도망친 후 어머니와 자폐증 여동생 복순이 그리고 막내를 데리고 넷이서만 살았었다. 그나마 사춘기 호동이가 집을 나갔으니 지금은 루핑 지붕 아래 달랑 세 식구다. 쏟아지는 물살을 막으며 '산 너머 산'처럼 막막하게 견디는 중인데.

"안 먹는드아."

"드쇼. 엄니. 이. 제발."

"배불러."

어머니가 바람을 '푸' 불면서 불뚝 맹꽁이 배를 만들어 보이자 김 중사의 눈이 벌겋게 충혈된다. 빨리 벗어나 취사장에서 쉬고 싶다. 언제부터였나, 삽날 소리, 무와 배추 자르는 소리, 식용유 뚜껑 따는 소리, 수증기 사이로 생선 토막 날아다니는 취사장의 굉음과 고함소리가 마음의 고향 같은 휴식 공간이다.

"아까 취사장에서 먹었다고 했잖아요. 몇 번 말했어…… 창고 문 열면 식자재가 지천으로 넘친다고…… 제발 애태우고 속 태우고 불 태우지 마시고 빨리 배 채우고 이거나 냉장고에 재워주세요. 국방부표 조미육.

신문지 속에서 팔뚝만 한 조미육 뭉치가 툭 튀어나오자 복순이의 입술이 귀 밑까지 쫘악 찢어진다. 아, 모든 표정이 귀찮다.

"배가 불러. 연신 먹었걸랑."

"뭘 잡쉈어. 엄니가."

"……아~침."

어머니는 중천에 뜬 해를 보며 이빨 쑤시는 흉내를 낸다. 그랬다. 출근 전에, 어머니가 부엌에 서서 맹물에 딱딱한 찬밥 말아먹는 걸 본 것 같다. 곰팡내 나는 부엌이 싫고 서서 먹는 풍신이 싫고 맹물에 찬밥 말아 쩝쩝 들이키는 저 늙은 입술이 싫다. 김 중사는 실랑이에 지칠 때마다 어서 빨리 부대로 들어가 어린 병사들과 안고드잡이로 잠들고 싶다.

"드세요."

애원하듯 통사정하지만.

"난 안 먹어. 졸대루."

그 사이에 짜장면 가락은 새끼손가락만큼 팅팅 불어 고무풀처럼 찐득찐득 뭉쳐 있다. 젓가락으로 쑤시자 그릇째 한 뭉텅이가 되어 풀자루 뭉치처럼 따라나온다. 이젠 호박 쪼개듯 잘라내어 도막도막 찍어 먹어야 할 판이다. 김 중사가 푸르락푸르락 달아오르는 양 볼을 꾹꾹 눌러 참는 중인데.

'위이이이잉.'

하필 그때 똥파리 한 마리가 콧등 앞에서 빙빙 도는 바람에.

김 중사가 '휙' 노려보다가 '우와악, 널 죽여버리겠다' 각목을 빼어든 것이다. 복순이가 질겁하며 넘어지자 남색 치마 사이로 조선무 허벅지가 드러나는 바람에, 아찔하고 아프다.

그렇게 돌아온 취사장에서 싸움판이 벌어졌으니 자, 이제 '깔아놓은 명석판'에서 '물 만난 노익장'을 발휘할 찬스다. 그는 갑자기 펄펄 끓는 에너지로 작대기들 싸움 복판에 뛰어들어 이단옆차기와 돌려차기와 곡괭이 찍기를 좌충우돌 날렸다.

잠시 후 평정된 싸움판이, 폐허처럼 을씨년스럽더니, 지금은 고요, 고요하다.

"멫 번씩 허나?"

김 중사가 박근수의 허벅지에 물파스를 발라주며 머리를 쓰다듬는다. 몇몇 부상병이 생겼지만 지금 취사장은 다시 평상심으로 식사 준비 중이다. 구성조는 코피를 닦고 나서 금세 국자를 잡았고 석순기도 아수라 장터를 빗자루 정리로 마무리한 상태다.

'몇 번 하냐구?'

김 중사는 박 병장의 아내가 첫 딸을 업고 면회를 왔을 때도 몇 번이고 그런 식으로 약사발을 올리더니, 삼 년째 재탕 삼탕 또 그 질문이다.

"삼세 번요."

박근수는 귀찮다는 듯 심드렁이 대꾸한다.

"날 더우면 얼음덩이라도 집어넣남?"

철조망 너머 배꽃 천지를 보며 아주 잠깐 싸-한 고요함에 빠진다.

김 중사는 배꽃 무더기가 왜 밥풀때기처럼 끈적끈적 가슴에 달라붙는지 그 이유를 잘 안다. 배꽃이 떨어지고 열매가 호두알만큼 여물면 박 병장이 제대를 하고 또 넉 달이 지나면 교련 혜택 4개월을 받은 가호철도 개구리복을 입는다. 그렇듯 수도 없이 청년 군인들이 입대와 제대를 되풀이했고 김 중사 혼자 말뚝처럼 그 자리를 지키는 중이다.

"마누라를 이쪽으로 옮겨야겠습니다."

"뭐 할라고?"

"제대 하믄 요 앞에 군바리 상대로 포장마차라도 차릴 참이니…… 팍팍 밀어주십숏."

"깨까시 빠이빠이 하자. 노가다를 뛰더라도 멀찌감치 원정 가서 뛰어. 막사 쪽엔 오줌도 누지 말고."

김 중사는 흘낏 식당을 쳐다본다.

굶히고 멍든 수송병들이 이맛살 맞대고 키득키득 식사 중이다. 뚱뚱보가 숟가락으로 때리는 시늉을 하자 매부리가 '아싸' 뒤로 피하는 게 천상 연둣빛 청춘이다. 물 찬 생선처럼 뛰어다니던 매부리가 얼핏 박근수와 눈이 마주치자 멋쩍게 웃으며 고개를 돌린다. 이제 그네들은 저마다 물찬 암컷 만나 생물처럼 펄펄 뛰는 청춘을 만끽하리라.

김 중사는 집나간 아내를 설레설레 지우다가.

"석순기, 쟤네딜 튀김 좀 몇 개 갖다 줘라."

튀김 몇 조각으로 멍든 발등을 녹여내는 군인들의 표정이 참으로 앙증스럽다.

그러나 감상의 수렁에 빠지기엔 이미 타이밍이 늦었다.

오전 훈련을 마친 소총수 무더기가 어느새 식사 대열로 입장 중이니 취사장 일동 일사분란 서둘러야 하는 딱 그 타임이다. 새까만 얼굴에 눈빛만 땡글땡글 빛나는 소총수들이 '군가와 사기의 짬뽕'으로 바락바락 악을 쓴다.

아름다운 이 그앙산을 지키는 우리. 으앗. 밥 줘. 브압 줫.

자, 드디어 배식 시간이다. 완장 찬 주번 하사가 '식당 앞으로' 하며 호루라기 불던 손을 폼나게 90도 회전시킨다. 졸병들은 식기를 허리에 바싹 붙이고 팔을 90도 각도로 올리며 행진 중인데 짬밥 수 꽉 찬 고참들은 주머니에 빈손을 찔러 넣은 채 당나라 군대 포즈로 허부적허부적 걷는다. 가호철의 친정인 보병 3중대라서 밥 배식 자세가 머슥하고 민망한데.

부산에 설탕 공장, 설탕 공장 아가씨, 사흘에 한 봉 두 봉 한 달에 열 봉지 치마 밑에 설탕 넣고 정문을 나서다, 치마 밑에 불이 붙어 설탕이 녹았네.

아싸아싸. 밥 줘. 밥 줘. 종간나 부엌데기 짬밥들아. 브압 줫.

"식판 부으라."

식판 두 개를 풀어 밥 무더기 수증기가 모락모락 올랐으니 이제 본격적인 배식 활동 개시 차례다. 박 병장이 주걱을 물에 '탁' 담그며 배식 창구를 연다. 오늘 메뉴는 '임연수어조림, 조미육 닭볶음, 염적무에 쇠고기국'이니 모처럼 '육해공'이 합종으로 모인 셈이다. 보병들은 '황우도강탕' 대신 음담패가로 헛배를 채울 작정이다.

부산에 설탕 공장 아가씨는 꿀ㅇ지.

무더기로 겹쳐진 산능선이 뒤로 갈수록 하늘빛을 닮았다. 철망 위로 허연 낮달이 떠 있던 오월, 젊은 매 떼들이 징한 세월을 보내는 중이다.